文學新象 286

隱身黑暗的少女

Invisible Girl

麗莎·傑威爾（Lisa Jewell）◎著
吳宜璇◎譯

高寶書版集團

情人節深夜11點59分

我低著頭，把連帽上衣的帽緣拉近臉龐。走在我前方的那個紅髮女孩加快了速度；她知道有人正尾隨著自己。我加快腳步好趕上她。我只是想和她談談，但是我可以從她的動作看出她嚇壞了。身後隱約的腳步聲讓我放慢下來。我轉身，有人跟在我們後面。

我不需要看到臉就知道是誰。

是他。

我的心跳劇烈，全身血液在血管中快速流動，力道大到讓我腿上的傷口開始疼痛。我縮進暗處，等著那個人經過。他拐過彎，在看到前方那個女孩時，肢體語言有了變化。我認得出他，他的動作，我很清楚他打算做什麼。我走出我的藏身處。我大步向前，走向那個人，迎向危險，我自願這麼做，命運未卜。

之前

1 ◆ 薩菲爾

我叫薩菲爾・麥朵斯。十七歲。

我的血源主要是來自父親那一邊的威爾斯，摻了一點千里達，還有一點馬來西亞，再加上一些來自母親那邊的法國。人們有時會想猜測我的血統，但總會猜錯。如果有人問起，我只會簡單回答我就是個大雜燴。你懂吧，沒道理跟別人清楚交代我是誰跟誰睡了的結果。這是我的私事，不是嗎？

我是位於查克農場街上一所六年制中學的一年級學生，我還挺喜歡在這裡學習數學、物理和生物學。我不太確定離開學校之後要做什麼；每個人都希望我上大學，但有時候我覺得我只想去動物園工作，或是去寵物美容院也行。

我住在阿爾弗雷德街一棟大樓八樓的兩房公寓裡，就在我之前的學校對面，在我上中學前，這棟大樓還沒蓋好。

我奶奶在我出生前不久去世，我媽媽在我出生後不久去世，我爸爸對我不聞不問，而我爺爺在幾個月前也過世了。現在我和叔叔一起住。

他只比我大十歲，名字叫亞倫。他像父親一樣地照顧我。他在一家彩券行工作，每天朝九晚五地上班，週末還去幫人整理花園。他應該是這世界上最好的人。我還有一位叔叔，他的名字是李，他跟妻子和兩個小女兒住在艾塞克斯。我們家族裡終於多了幾位女性，不過對我來說有點遲了。

我在兩個男人的照顧下長大，所以我不是很懂該怎麼跟女孩打交道。更準確地來說，我比較會跟男生相處。我小時候常常和男孩混在一起，總是被叫男人婆，儘管我自己從來沒有自覺。後來我開始改變，變得「漂亮」（我不認為自己漂亮，不過我遇到的每個人都說我漂亮），男孩們不再把我當成一起玩的同伴，他們在我身邊變得很彆扭，我想我最好改找女生當朋友好一些。我交了幾個女性同伴，我們並不特別要好，我猜一旦離開學校，我們可能不會繼續聯繫，但是我們處得還可以，會一起消磨時間。畢竟我們已經認識彼此很久了，相處起來很自在。

所以，我差不多就是這樣的個性。我不是那種總是很嗨、很開心的人。我很少大笑，也不像其他女孩那樣喜歡抱來抱去。我的嗜好很無趣：我喜歡看書，還有下廚。我不太喜歡出門。我喜歡在星期五晚上跟我叔叔一起看電視的時候喝點蘭姆酒，但我不碰大麻、不吸毒或任何這一類的東西。儘管長得漂亮，我的生活令人驚訝地乏善可陳。但似乎沒有人會這麼想。大家總以為長得漂亮的人，肯定都過著多彩多姿的生活。人們有時就是如此盲目。很蠢。

我有段隱藏起來的黑暗歷史，我的思想很陰沉。我會做很可怕的事情，有時甚至會嚇到自己。我會在半夜醒來，發現自己整個人被床單纏住。即便我上床睡覺前已經很用力地、牢牢地將床單塞在床墊下，床單表面緊繃到可以彈起硬幣。但第二天早上，床單的四個角落都會鬆開。床單纏得亂七八糟。而我完全不記得發生了什麼事，不記得做了什麼夢。更別提真的有好好休息。

我在十歲的時候發生了非常、非常不好的事。請先不要深究是什麼事。但是，是的，我當時是個小女孩，任何一個小女孩都不應該經歷這些，那是一件非常可怕的事，它改變了我。我開始在襪子覆蓋住的腳踝處自殘，這樣就不會被看到傷痕。所謂自我傷害，對那時候的我來說早就是家常便飯，但我不知道我為什麼會這樣做。我只知道這可以讓我停下來，不要太用力思考生活中的那些事情。

當我快十二歲時，亞倫看到了我腳上的那些傷痕和疤，推斷出我在對自己做什麼，於是把我帶去看我的家庭醫生，他把我轉介到波特曼兒童中心接受治療。

我被送到一位名叫羅恩・福斯的兒童心理學家那裡。

2 凱特

「媽咪，妳能說話嗎？」

凱特的女兒呼吸急促，語氣驚慌。

「怎麼了？」凱特說。「發生什麼事？」

「我正從地鐵站走回家。我覺得……」

「怎麼樣？」

「好像，有個男人。」她女兒放低聲量悄聲說。「跟我跟得很近。」

「繼續說話，喬，繼續說。」

「我是啊，」喬治雅回嘴。「聽，我正在說話。」

凱特忽略青少年的叛逆，對她說：「妳現在在哪裡？」

「快到唐利小屋附近。」

「好，」她說。「很好。那就快到家了。」

她拉開窗簾，向外張望著一月份漆黑夜裡的街道，等待她女兒熟悉的身影。

「我沒看到妳，」她開始有點緊張。

「我在這裡，」喬治雅說。「我看到妳了。」

就在她這麼說的當下，凱特也看到了她。她的心跳緩了下來。她放下窗簾，走到大門外，在冷冽的空氣中環抱雙臂，等待著喬治雅。對街有個身影閃進對門那棟屋子的車道。是個男人。

「是他嗎？」她問喬治雅。

喬治雅轉過身，厚重羽絨外套袖子下的雙手緊握成拳。「對，」她說。「就是他。」凱特關上門，摟著她走進溫暖的玄關。她略略發著抖，伸出雙臂急促而用力地抱了下凱特，然後說，「怪人。」

「他到底做了什麼？」

喬治雅脫下外套，漫不經心地扔到最近的椅子上。凱特撿起外套，拿去掛在玄關。

「我不知道。反正就是讓人心裡發毛。」

「怎麼說？」

她跟著喬治雅走進廚房，看著她打開冰箱門，朝冰箱裡快速地瞥了一眼後又關上。

「我不知道，」喬治雅再次說。「他就是跟得很近。就是……**很奇怪**。」

「他有跟妳說什麼嗎？」

「沒有。但是看起來好像有要跟我說什麼。」她打開食物儲藏櫃，拿出一包蛋糕類零食，挑了一塊一口塞進嘴裡。她咀嚼後吞下蛋糕，做出渾身發抖的模樣。「總之嚇壞我了，」她說。她望向凱特倒的那杯白酒，「我可以喝一口嗎？安撫我的焦慮？」

凱特翻了個白眼，把杯子遞給了女兒。「妳能認出他嗎？」她問。「如果再見到他？」

「大概吧。」喬治雅正打算再喝第三口酒，凱特把杯子從她手中搶了回來。

「夠了，」她說。

「但是我的心靈受創耶！」她回嘴。

「最好是，」凱特說。「不過這件事告訴我們，即使在這種地方，妳以為應該很『安全』之處，還是需要保持警覺。」

「我討厭這一區，」喬治雅說。「真不懂怎麼會有人想住在這裡。」

「我懂，」凱特表示贊同。「我等不及回我們的家了。」

這棟屋子是暫租的臨時住處，她們位於一英里外的家因為地層下陷整修中。她們原本以為在「高級住宅區」住一段時間會是不錯的經驗，完全沒想到這一區的高級居民們全都真心地不喜歡有人住在離自己太近的地方。她們沒想過會遇上一道道拒人於千里之外的安全閘門，相較於基爾伯恩家家陽台毗鄰的吵雜，這些綠樹成蔭、豪宅林立的街道是如此安靜。她們這才發現原來空蕩蕩的街道比擁擠人潮更令人害怕。

◆◆◆

過了一會兒，凱特走到臥室裡面向屋子前方的凸窗旁，再次拉開窗簾。對面高牆上映照著搖曳的光禿樹影。牆的另一邊是一塊空地，原本的屋子已經拆了，準備蓋新的建築。凱特有時會看到裝卸貨車倒車進入工地木製圍牆的一處入口，約莫一個小時後出現時，車上載滿了土石瓦礫。她們在這裡住了一年，到目前為止，沒有任何開始打地基的跡象，工地現場也沒見過戴安全帽的建築師出沒。這對倫敦市中心來說極為稀有：一處沒有明確功能的閒置空間，如一道無人知曉的縫隙。

她想著她的女兒轉過街角，聲音充滿恐懼，腳步聲緊跟其後，陌生人的喘息近在咫尺。這是多麼輕而易舉的事啊，她思忖著，從工地圍牆後伸手拖走街上的女孩，施以毒手，或甚至殺了她後藏在那個黑暗、封閉的空間裡。人們又要過多久才會發現屍體？

3

「喬治雅昨天晚上被嚇壞了。」

羅恩從筆電上抬起頭。淡藍色的眼睛瞬間顯露擔憂。「為什麼？」

「從地鐵站回來的路上被嚇到的。她覺得好像有人跟在後面。」

羅恩前一天很晚才回家，凱特獨自躺在床上，聽著對面空地裡的野狗嚎叫，看著窗外樹枝的輪廓透進窗簾如群魔亂舞，不斷胡思亂想。

「那個跟著妳的男人，他長什麼樣子？」那晚稍早，她問喬治雅。

「正常人的樣子。」

「怎麼個正常法？長得高嗎？胖還是瘦？黑皮膚還是白種人？」

「白人，」她說。「一般身高。普通身材。常見的衣服和髮型。」

沒來由地，這樣平凡的描述比喬治雅說他有六尺七吋高、臉上有刺青，還要讓凱特感到不安。

她想不通為什麼她覺得這一區很不安全。保險公司同意在舊房子整修期間，每週支付高達一千二百英鎊的臨時租屋費用。她們原本可以在同一條街上找到不錯的房子，還附帶花園，但她們起意決定把這當成一次冒險的機會，到別區過過看不同的生活。

凱特瀏覽了房產廣告，看中一個位處漢普斯特德豪宅區的豪華公寓。兩個孩子都在瑞士小屋一帶上學，羅恩的辦公室則靠近貝爾塞斯公園。相較她們原本住的基爾伯恩區，漢普斯特德離兩個地方的距離更近，步行可達，不見得要搭地鐵。

「看，」她把廣告拿給羅恩。「漢普斯特德的三房公寓加露台。走到學校只要十二分鐘。五分鐘就能到你的診所。而且佛洛伊德以前就住在這條街！如果能在那裡住一段時間，」她興致勃勃地說，「是不是挺有趣的？」

凱特和羅恩都不是倫敦本地人。凱特出生在利物浦，在哈特爾浦長大，羅恩的成長過程都待在薩塞克斯郡沿海的萊伊鎮。她們倆都是在長大後才來到倫敦，對倫敦人口分布區位完全沒有概念。凱特一位從小就住在北倫敦的朋友對她們的臨時住處的反應是，「喔，不，我可不想住在那兒。太偏僻了。」但是當凱特簽下租約時，她還不知道這件事。她滿腦子只想到帶著詩意的區名，附近有著建築如畫般風格獨具的漢普斯特德市中心，以及街角那棟佛洛伊德故居旁的藍色解說牌顯得這裡多麼特別。

「也許妳應該從現在開始都陪著她？」羅恩說。「如果她晚上還要在外面走動的話？」

凱特在腦中想像當喬治雅被告知即刻起，她的所有夜間活動將有個老媽隨侍在側時的反應。「羅恩，她十五歲了！這會是她最不想發生的事。」

他給了她一個常見的表情，那個表情的意思是：好吧，既然妳就是要我對於妳所下的所有決策讓步，這些決定要是出了什麼差錯，請自行負責。包括我們的女兒可能遭遇被強姦、襲擊甚至殺害的結果。

凱特嘆了口氣，轉頭望向窗面上她丈夫和她自己的倒影，朦朧而生動地呈現出一段正至中期的婚姻。她們已經結婚二十五年，可能還會再持續二十五年。

除了倒影，窗外下雪了。飽滿的雪片絡繹旋轉而下，像是電視雜訊干擾了影像。她隱約聽見樓上鄰居的腳步聲，那是一對韓裔美籍夫妻，儘管曾經多次錯身，彼此微笑打過招呼，她還是記不太住他們的名字。遠處傳來警笛聲。除此之外，別無其他聲響。這條路向來安靜，大雪更增添了寂靜氛圍。

「妳看，」羅恩將筆電的螢幕稍稍轉向她的方向。

凱特把老花眼鏡從頭頂拿下來架在鼻子上。

「漢普斯特德荒地公園那區有名二十三歲女子被猥褻。」

她深吸了一口氣。「是的，當然，」她未自己辯護，「那可是荒地。我當然不會讓喬治雅晚上獨自一個人走過荒地那一帶。我不會讓我們任何一個孩子這麼做。」

「這顯然是這一個月來發生的第三起攻擊事件。第一起事件發生在龐德街。」

凱特短暫地閉起了眼睛。「那就在一英里外。」

羅恩沒說話。

「我會叫喬治雅小心，」她說。「晚上走回家時，要打電話給我。」

「很好，」羅恩說。「謝謝妳。」

4

「我知道那是誰！」剛衝進廚房的喬治雅這麼說著，蒂莉跟在她後面。才剛過四點半，她們倆還穿著校服。冬日冷冽空氣和一股驚慌氣息隨著她們被帶進屋內。

凱特轉過身盯著她的女兒。「什麼是誰？」她說。

「奇怪的傢伙！」她回答。「那天晚上跟著我的那個。我們剛才有看到他，他住在對街那棟奇怪的房子裡。妳知道的，就是車道上放了把大扶手椅的那棟。」

「妳怎麼知道是他？」

「絕對是。他正好出來倒垃圾，然後一直看著我們。」

「怎樣看著妳們？」

「嗯，很詭異的眼神。」

站在喬治雅身後的蒂莉點著頭表示意見一致。

「嗨，蒂莉。」凱特打了個遲來的招呼。

「妳好。」

蒂莉長得很嬌小，有著一雙大眼睛和一頭烏亮黑髮，看起來很像皮克斯電影裡的人物。她和喬治雅同校了五年，直到最近才成為朋友。而且算是喬治雅離開小學之後交到的第一個朋友。儘管凱特有點摸不透蒂莉，她很熱切地希望看到她們的友誼滋長。

「他知道是我，」喬治雅繼續說。「他看著我的樣子就是這樣。我看得出來他知道那天晚上是我。那個眼神真的很噁心。」

「妳也看到了嗎？」凱特問蒂莉。

蒂莉再次點頭。「沒錯。他肯定對喬治雅有什麼意見。我可以保證。」

儘管櫃子裡還有半盒沒吃完的奶油餅乾，喬治雅又開了一盒新的，遞給蒂莉。蒂莉婉謝了餅乾，兩個人隨即窩進了喬治雅的房間。

前門再次被打開，是喬許。凱特的心情好了些。喬治雅進門時總是敲鑼打鼓地帶著新聞、宣布某個大消息，並伴隨各種情緒，而她弟弟則像是從沒離開過一般。他沒有帶進任何外界嘈雜，他的問題也總會在適合的時機和緩地提出。

「哈囉，親愛的。」

「嗨，媽。」他走進廚房擁抱她。每次回家、睡覺前、一早起床或準備出門幾個小時以上的時候，喬許都會抱抱她，從他還是個小男孩時起持續到現在。她曾期待這個行為會停止或逐漸消失，但喬許十四歲了，仍沒有放棄這個習慣的跡象。凱特偶爾會有個奇怪的念頭，這麼多年來她都待在家裡，時間遠超過孩子們對於一位全職母親的需求，主要原因是喬許。出於某種原因，他依舊感覺自己如此脆弱，仍是那個第一天上托兒所時足足掩面哭了四個小時，直到她出現帶他回家的小男孩。

「今天在學校裡都好嗎？」

他聳聳肩說，「很好。今天有物理測驗。六十五分滿分我拿了六十分，排名第二。」

「哦，」她立刻又抱了抱他。「喬許，這太棒了！做得好！物理耶！在你這麼多擅長的科目裡。真不知道你是遺傳誰的。」

喬許幫自己拿了根香蕉和一顆蘋果，倒了杯牛奶，坐在廚房的桌旁陪了她一會兒。

「妳還好嗎？」他沉默片刻後問她。

她驚訝地看著他。「很好啊。」她說。

「妳確定？」

「當然，」她笑著再次確認。「為什麼這麼問？」

他聳了聳肩。「沒為什麼。」然後他拿起牛奶和書包，走向自己的房間。

「晚餐吃什麼？」走到走廊一半時，他回頭問。

「咖哩雞。」她說。

「酷，」他說。「我正想吃點辣的。」

廚房裡再次回歸寧靜，只剩下凱特和窗外透進的陰影，以及她腦中兀自發散的凌亂思緒。

5

就在那天稍晚，事情發生了。某種程度集合了所有凱特對這一區曾想像過、尚未成形的恐懼。

喬治雅的朋友蒂莉剛離開她們家便遭到襲擊。

凱特原本邀請蒂莉留下來晚餐，她回說不用了，謝謝，媽媽在等我。凱特正在想，可能她不喜歡咖哩吧。才沒過幾分鐘，傳來了敲門聲，門鈴也拼命響，凱特去應門，門外的蒂莉臉色發白，一雙大眼睛裡滿是驚嚇：「有人碰我。他碰我。」

凱特趕緊把她帶進廚房，拉了把椅子，幫她倒了杯水，詢問到底發生了什麼事。

「我剛走過馬路。就在對面，建築工地那裡。有人在我後面，突然伸手抓住我。抓了這邊。」她比著自己的臀部。「他試圖把我拉走。」

「把妳拉到哪裡？」

「後來沒有。我掙脫了。」

喬治雅讓蒂莉坐到桌旁，摟著她的手臂。「天哪，妳有看見他嗎？有看到他的臉？」

蒂莉擺在腿上的手顫抖著。「不確定。大概吧。我不知道……一切都發生在一瞬間，太快了。真的，很突然。」

「妳有沒有受傷？」喬治雅說。

「沒有吧？」蒂莉顯得有些遲疑，好像不太確定。「沒有，」她再次回答。「我沒事。

我只是……」她盯著自己的雙手。「嚇到了。那個人……真的很恐怖。」

「年紀多大?」凱特問。「大概?」

蒂莉聳肩。「我不知道。」她吸了吸鼻子。「他戴了頭套,還繞了條圍巾在臉上。」

「多高呢?」

「蠻高的,我覺得。瘦瘦的。」

「我應該報警嗎?」凱特問,她也不懂自己為什麼會問一個剛被襲擊的十六歲女孩是否要報警。

「見鬼了,」喬治雅說。「妳當然應該報警。」在任何人還沒來得及拿起手機前,她已經撥了號碼。

警察來了,蒂莉的媽媽也出現了,這一晚的發展軸線開始將凱特帶往過往未曾經歷的場面,警察出現在她的廚房裡,素未謀面的母親在她面前哭泣。一股緊張情緒讓凱特在警察離去、蒂莉和她媽媽搭上Uber、整棟屋子都回歸平靜之後,仍輾轉難眠了好幾個小時,儘管她知道今晚應該沒人能睡得好,畢竟發生了一件不好的事,就在這個地方,就在她們身邊。但還有某個說不上來的、覺得這件事似乎因她而起的感覺,因為她的錯誤,因為她沒有盡責當個好人而疏於注意。她努力想停下都是自己的錯的念頭,可是那晚她躺在床上,突然意識到了這可怕的事實,這想法整晚折騰著她,讓她筋疲力盡。

第二天早上,凱特在鬧鐘響之前就醒了,她只睡了三個半小時。她轉身看向羅恩,他平躺在床上安然地睡著,兩條臂膀好好地塞在羽絨被裡。她的丈夫是個長得挺好看的男人。掉了大部分頭髮的他如今剃了光頭，露出了三十年前她們初次見面時她並不曾想過的輪廓。她原本以為他的頭骨應該平整如瓷器底部。實際上卻起伏如丘陵，還有些疤痕皺褶。浮突的血管從太陽穴延伸至額前。他有著大鼻子和厚重的雙眼皮。他是她的丈夫。而他恨她。她知道他的想法。這是她造成的。

她滑下床，走向可以俯瞰街道的大片前窗。旭日初升的陽光穿過樹間，照進對街的建築工地。看起來一片平靜。然後她望向更右邊那棟車道上擺了張扶手椅的屋子。她想到住在那兒的那個人，從地鐵站尾隨喬治雅回家的變態，昨晚丟垃圾時投向她女兒和蒂莉的猥褻眼神——那個男人很符合蒂莉對於襲擊者的描述。

凱特找出昨晚警察留給她的名片。警探羅伯特．伯特。她撥了電話，無人應答，她留了語音訊息。

「我有關於昨晚蒂莉．克拉斯尼奇受襲擊案的訊息，」她開始說。「我不確定這有沒有關聯，但對街有個男人，住在十二號那裡。我女兒說他有天晚上在她回家路上跟著她。昨晚在她和蒂莉下課回家路上也詭異的直盯著她們。但我不知道他的名字，他大約三十或四十歲，這是我知道的所有資訊了。抱歉，就只是個想法，麻煩您們查查十二號。謝謝。」

「妳今天有和蒂莉說到話了嗎？」那天早上稍晚，喬治雅在屋裡轉來轉去忙著準備出門上課，凱特問她。

「還沒，」喬治雅說。「她沒讀我的訊息也沒接電話。可能關機了。」

「喔，老天，」凱特嘆了口氣。她無法承受內心的罪惡感，彷彿是她讓這種事情發生。

她想像著如果是喬治雅，她美麗無暇的女兒，在從朋友家回家路上被某個男人趁暗伸手碰觸。簡直難以忍受。她想著瘦弱嬌小的蒂莉，可能受到太大的刺激以至於無法回應她最好的朋友的訊息。她找出昨晚蒂莉的媽媽在她手機上輸入的號碼，撥了電話。

凱特連撥了六次，蒂莉的媽媽終於在第六次接了電話。

「喔，伊洛娜，嗨，我是凱特。她怎麼樣了?蒂莉還好嗎？」

一陣很長的靜默，然後是手機被轉成靜音的背景音。接著有個聲音說，「哈囉？」

「伊洛娜？」

「不。我是蒂莉。」

「哦，」凱特說。「哈囉，蒂莉，親愛的。妳還好嗎？」

又一次詭異的沉默。凱特聽見電話那頭傳來伊洛娜的說話聲。然後，蒂莉開口，「我有話要跟妳說。」

「怎麼了？」

「關於昨晚發生的那件事。」

「嗯哼。」

「並沒有發生。」

「什麼？」

「沒有什麼男人碰我。他只是走得很近，我被喬治雅描述的關於住在對街那個男人的事搞得神經兮兮，妳懂的，我以為是他，但並不是，根本不是同一個人——但我被嚇得趕緊跑回妳們家，我……」

出現了話筒換手的雜音，伊洛娜回到線上。「對不起，」她說。「我真的、真的非常抱歉。我跟她說她必須自己向妳坦白。我實在難以理解，我是說，我知道這些女孩這陣子壓力很大——考試、社群媒體、所有這一切，妳明白吧。但這些都不能當成理由。」

凱特緩緩眨眼。「所以，沒有人被襲擊？」這怎麼可能呢。她回想著一臉蒼白的蒂莉，驚恐地瞪大眼睛，雙手直抖地流著眼淚。

「沒有。」伊洛娜用平淡的語氣確認，凱特很想知道她是否也覺得難以置信。

凱特望向窗外，警探羅伯特．伯特正坐進停在對街的汽車。她記起自己今天稍早在警探手機留下了關於對街那個男人的留言。心中竄過一陣愧疚。

「妳告訴警方了嗎？」她問伊洛娜。

「是的。當然。我立刻就說了。在警方資源已經如此短缺的情況下，可不能這樣浪費警力。總之，我現在要送她去上學了。真是丟臉到家。還是得再說一次，我真的非常、非常抱歉。」

凱特關上手機，看著伯特警探的座車直直開向路口底端離去。

蒂莉為什麼要撒謊？這實在毫無道理。

凱特在家工作。她是一位訓練有素的物理治療師，十五年前喬治雅出生時，她放棄了這份工作，再也沒有真正回歸職場。她偶爾會為醫學出版品或專業領域雜誌撰寫有關物理治療的文章，有時也會租用朋友位於聖約翰伍德的診間，幫自己熟識的病人進行療程，但大部分時間，她都待在家中，當個自由接案工作者（喬治雅的描述則是「抱著筆電的家庭主婦」）。

在他們原本的家裡，她在閣樓上有個小辦公區，但在這個臨時租屋處，她得在廚房桌上工作；她的文件就放在筆電旁的檔案夾裡，如何讓一切保持井然有序，避免被日常家務打亂步調，實在是一項艱鉅的任務。她老是找不到筆，大家也總會在她的商務文件後面隨手寫字，這是另一件在搬到這間小公寓前，她沒有認真思考過的事情。

凱特透過窗凝望著對街的屋子。然後她打開了筆電，開始上網搜尋。

她查到十二號那棟屋子上一次的買賣紀錄已經是十年前，對於坐落在知名區域的房產來說很不尋常。永久物業權歸屬於蘇格蘭一家ＢＧ房產公司。她沒有找到關於這個住址或住在這裡的人們的任何訊息。她確信這是一棟神秘之屋，人們來到這裡，然後再也不曾離開，他們在窗上懸掛著從未拉開過的厚重的窗簾，任由家具在車道上朽爛。

她接著在地圖上搜尋那個地址的能量線。其實她也搞不太懂能量線的意義，但她認為這附近可能是某些奇異的能量線匯聚之處，畢竟這地方一到深夜杳無人煙，竟然還留有尚未開發的空地，每晚總聽得見狐狸嚎叫，年輕女孩會在回家路上被尾隨、在黑暗中遭受襲擊，這一切都讓她感到很不舒服，心裡很不踏實。

6

在蒂莉聲稱遭到襲擊事件的那一晚後，凱特不再經過車道上擺了扶手椅的那棟屋子。她住處所在的位置讓她可以選擇向左或向右轉，抵達主要道路或前往市中心，她現在選擇向左轉。三天前她無意間讓警探去詢問對屋那個男人一起並未真的發生過的年輕女孩襲擊事件，她可不想冒險和那個男人擦身而過。他可能認不出她，但她會知道是他。

她甚至盡量不看向那棟屋子，但是今天當她拿著裝滿網購退貨包裹的袋子準備前往市中心的郵局時，她迅速地往那兒瞄了一眼。有名大約比凱特大十歲的婦女正側身站在那屋子的門前。她看起來很醒目，穿著灰色長外套、好幾條圖案繽紛的圍巾、踝靴，鐵灰色的頭髮在頭頂正上方綁成髮髻，幾乎快越過髮際線碰到額頭。她眼睛下方畫著黑色眼線，手上抓著一個小手提包和幾個行李箱。凱特看著她翻著手提包，拿出一組鑰匙後轉身面對前門。在門關上前，她望見她在走廊上停了一會兒，翻閱著擺在一張小桌上的一些郵件。

凱特回過神來意識到自己正站在街上，盯著一扇緊閉的門。她趕緊轉身，前往小坡上的市中心。

在郵局寄還包裹後，凱特選了一條風景秀麗的回程路線。如果她選擇此處作為一家人的臨時住處是個錯誤，她想透過還住在這裡時盡可能地享受漢普斯特德市中心風光當彌補。基爾伯恩的人潮熙攘，喧鬧、雜亂而真實，凱特熱愛那個地方。但是基爾伯恩沒有心，沒有所謂市中心，就只是一條大路和與之垂直相連的整齊小巷。漢普斯特德則不同，它有各式巷弄小道、縫隙空間、閘門、農舍、小徑甚至隱蔽的墓地，並以這種方式往各個方向開展延伸至一英里或更遠，一路直到北邊的荒地公園，再接回靠西南邊的寬闊大道。這是典型的倫敦小鎮，凱特每回步行時的新發現都為她的生活增添了色彩。

凱特今天比過往走得更遠了些，越過了荒地公園的小徑區，穿過風聲低語的樹林，沿著兩旁有著成排特色獨具、主要是喬治王朝風格老屋的小路蜿蜒前行，直到突然發現自己處在一片完全不同的建築景緻中：好幾棟如詹姆士．龐德電影般的白色低矮平房如屋頂瓦片般層疊而立，配備水泥人行步道和螺旋梯。每一棟屋子都有著寬闊的露台，能夠俯瞰樹林和遠處的荒地公園。她拿出手機，進行每當她對這個城鎮有新發現時的動作：上網搜尋。她正位於可能是全世界有史以來造價最昂貴的國宅區，這是一九七〇年代工黨政府推行的一項理想主義式的實驗計畫，期待讓窮人擁有與富人相同的居住環境。政府花了將近五十萬英鎊購入這塊土地。每棟房屋的建造成本為七萬二千英鎊。當政府試圖透過向住戶收取超過一般國宅標準的費用來彌補投入成本時，整個計畫陷入了推動瓶頸。最後證明這個實驗徹底失敗。

現在，這一區的屋子成了建築設計界的熱門話題。凱特在房產經紀人的網頁上看到一間價格超過一百萬英鎊的兩房公寓。她忍不住好奇，誰會想到在愛德華時期大宅後面藏著這樣一片充滿未來感的小世界？

她往後看了看，突然意識到自己現在孤單一人。周遭沒有人煙。吹拂過這塊化外之地周邊林木葉片的風聲正對她低語。風聲催促她離開。立刻。她不應該在這裡。她加快腳步，不斷加速，直到幾乎是跑著穿過草地、經過成排屋子、越過小丘，回到了滿是美容院、精品店和雜貨商店的大街上。

經過地鐵站時，她的目光被當地報紙《漢普斯特德之聲》的一則頭條新聞吸引過去：「光天化日下被猥褻」。

她停下腳步，盯著這段話，血液中的腎上腺素仍處在激昂狀態。她一時有種這則頭條新聞是來自某個平行時空的超現實感，好像假使她細讀新聞報導的內容，就會發現是在說她，凱特·福斯，兩個孩子的五十歲老母，在閒置的一九七〇年代國宅區慘遭摧殘，無法解釋那一天她為何獨自在那一區徘徊。

然後，她又想起了蒂莉，自從四天前那個晚上見到她驚恐地站在家門前，她無時無刻、沒有一天不想起她，她揣測這起當地發生的一系列攻擊事件，是否與星期一晚上蒂莉聲稱並未發生的事有所關聯。

她經過了位於山坡底的報攤，買了一份《漢普斯特德之聲》，然後回家。

羅恩那天晚上再次晚歸。羅恩是一名兒童心理學家，在位於貝爾塞斯公園的波特曼兒童中心工作。擁有一位精通兒童心理學的丈夫並沒有表面聽起來那麼有用。她的丈夫似乎只能理解具有社交障礙傾向的孩子（這是他的專長）。而她們自己的孩子儘管有時有些個性古怪，但整體來說很正常，這讓他完全無力招架，每當他們當中任何一個做出充其量只能被稱之為典型的青少年行為時，他的反應卻像是他從未和十幾歲的孩子交手過，或甚至彷彿他自己也沒有經歷過青少年時期。

這讓凱特很氣憤，在孩子們成長期間，她得前所未有地不斷回視自己的青少年時期，彷彿她在學習當父母的過程中穿過一扇門，而迎面走來的是當年的自己。

「今天都好嗎？」她用一種刻意要顯示輕鬆愉悅的語調對他喊道。如果這一晚的交談能以這樣的氣氛開始，後面開始每下愈況可不是她的錯。她不知道羅恩是否能從這種特定的語調注意到其中隱含了戲劇化的暗示，但走廊那頭的他給予了熱情的回應：

「還不錯。妳呢？」

他在廚房裡，她的丈夫，光頭上戴著毛線帽，穿著黑色外套和手套，好抵禦外頭寒冷的一月天氣。他摘下毛帽放到桌上。然後拿下手套，露出多骨嶙峋的雙手。接著從肩上取下斜背包放在椅子上。他沒有看她。她們已經不再認真對視彼此。沒關係，凱特並不真的需要他看著她。

他拿起桌上的《漢普斯特德之聲》，看著標題。「又一個？」

「又一個，」她回答。「這次是下一條路。」

他點了一下頭，繼續閱讀報導，然後開口，「在白天。」

「對，」她說。「太可怕了。那個可憐的女人。就只是出門上班，一如往常地開始一天的生活。某個病態的混蛋卻自己決定他可以為所欲為，認為自己有權侵犯她的身體。」她發抖著，再次想起嬌小的蒂莉瞪大眼站在家門口的情景。

喬治雅走了進來。她穿著休閒服：絲質針織短褲和連帽上衣。凱特年輕時沒有所謂的休閒服，有日常出門的衣服和睡衣，沒有其他。

羅恩把《漢普斯特德之聲》放到她面前。「看哪，喬治雅，」他說。「本地的性侵害案。上一次出事就在大馬路上，在大白天。拜託妳，讓腦袋保持清醒判斷。還有，拜託不要因為戴著耳機就失去警覺。」

喬治雅不耐地咂咂嘴。「我會好好使用我的腦，」她說。「別忘了本人還很年輕。不像你們已經老了，腦袋不清楚。而且我敢打賭肯定就是那傢伙。」她點擊著報紙封面。「對街那個男人。變態傢伙。看起來就是個人渣。」

提到對面那個男人讓凱特微微顫抖，她羞愧地臉紅。她沒有把報警要他們找他談話的事情告訴羅恩或孩子們。這實在太尷尬了。完全是自以為是的中產階級在好管閒事。

「蒂莉還好嗎？」她轉移話題地問道。「她有再跟妳談談星期一晚上的事？」

喬治雅搖了搖頭。「沒有。我有試著和她說話，但她不想談。只說了她很丟臉。」

「妳覺得呢？真的是她編出來的？」

她女兒思考著這個問題。「某個方面來想，是吧。我的意思是，這不就像是她會做的那種事嗎？妳懂我的意思？她以前也會說謊。」

「什麼樣的謊？」

「喔，都是些小事，比如她說她知道某個饒舌歌手或 YouTube 上某個名人，等妳追問時就會發現她根本一無所知。她有時候會為了讓氣氛融洽或試著融入人群而這麼說。當她知道自己被識破時，就會露出那種茫然的眼神，反而讓妳覺得很抱歉讓她置身那個處境。」

「但是，像那天晚上的事情。妳覺得她有辦法撒那麼大的謊？」

「我不知道，」她說。她聳了聳肩，「是吧。有可能。大概是她反應過度。妳懂吧，可能只是反應過度了。」

凱特點頭。有可能，她想著。但《漢普斯特德之聲》的標題再次吸引了她的目光，一抹懷疑的陰影閃過腦海。

7

情人節前一天，凱特在當地的購物中心裡挑選給羅恩的卡片。她沒有打算安排什麼浪漫驚喜。實話是，在過去三十年中，起碼有十二年是根本連張卡片都沒有。情人節向來不是他們關心的重點。但在經歷了去年種種，而他們仍然即將攜手共度這一年的情人節，這個事實讓她覺得一張卡片應該並不為過。

她拿起一張畫著十指交纏互握的兩隻手的卡片。上面寫著：「是的！我們仍然喜愛彼此！」

像是會燙傷一般，她迅速將它放回架上。

她不確定自己和羅恩是否依然有這樣的感受。

最後，她選了一張上面只簡單地寫了「我很愛你」，配上一顆大大紅色愛心的卡片。毫無疑問。她仍然愛他。愛這個部份很容易分辨；複雜的是其他所有事情。

一年前的此時，凱特回想著，她和羅恩幾乎確定分開。一切都箭在弦上。他們甚至已經打算取消一趟七千英鎊的假期，情況就是那麼嚴重。

是她的錯。

全部都是她的錯。

她懷疑羅恩有外遇。不，不是懷疑，是**確信**，她全身上下每根神經都深信不疑，儘管沒有看到羅恩和另一個女人在一起，沒有任何給別的女人的可疑簡訊，甚至也沒有什麼領口上的口紅印記。她整個人抓狂了很長一段時間。

六個月來，凱特著魔似地挖掘她丈夫所有的私密紀錄：他的電子郵件帳戶、簡訊、WhatsApp 通話紀錄、照片，甚至是工作上的文件。她仔細研究了一個心理受創的漂亮年輕女孩就診時陳述的可怕細節，好尋找某個訊息來支持她主張羅恩與她有發生性關係的論調，厚顏無恥地侵犯了一個原本確信自己對心理醫生所說的一切將會被嚴格保密的孩子的隱私。

羅恩在去年二月初察覺了她所做的事情。或者，應該這麼說，當羅恩某天下班回家告訴她，他認為新來的助理偷看患者的私人紀錄，包括他的電郵和手機，他正在監視她，打算在必要時舉報，此時她不得不全盤托出。

可能會被立案調查的這個想法讓她驚慌，於是她坦承，「是我。是我做的。是我。」她開始哭泣，試圖對一切做出解釋，但沒有任何足具意義的理由，因為過去的那幾個月，她就是徹底地瘋狂了。

她確實希望他會在她坦白後把她抱在懷裡，用他低沉而令人安心的嗓音對她說：「不要緊、不要緊，我理解，我原諒妳，沒事的。」

相反地，他看著她，「這是我這輩子聽過最差勁的事。」

他當然沒有外遇。他只是每天工作到很晚，日復一日地應對患者們難以想像的情緒，還得應付一個工作還沒上軌道的新手助理以及生病的父親，壓力沉重。同時他試著透過偶一為之的慢跑來鍛鍊身體，並為了總是無法持之以恆感到沮喪。如他所說，他只是在這一切當中掙扎著保持平衡。而過去的她就像個白目的笨蛋，挺著豬鼻子疑神疑鬼地到處嗅聞，刺探他的私人領域，做出違背職業道德的行為，讓他的工作瀕於危殆，憑空想像著他最糟糕、最不堪的行徑。

「到底是為什麼，」他難以置信地看著她，「怎麼會認為我有外遇？」

這是個很簡單的問題。她停頓，花了點時間思考。為什麼覺得他有外遇？

「因為我老了，」最後她這麼說。

「我也老了。」

「是的，但你是男人。你不會被標上有效期限。」

「凱特，」他回答。「妳也不會啊。不只是對我來說。老天哪，妳和我。我們都沒有什麼過不過期的。我們就是**我們**。我們就只是……**我們**哪。」

他在那之後搬出去住了幾天。這是她的主意。她需要好好想清楚。當他回來時，他說，「我覺得我們已經迷失了，就像我們曾經處在同個世界，如今卻不在了，我不知道要怎麼重新回到原來的模樣。」

而她說，「我也有同樣的感覺。」

她們在隨後幾天經歷了許多情緒激動和焦慮的場景，並且對於是否取消原本預定好的昂貴滑雪假期進行了多次討論，包括孩子們的可能反應，還查了取消的賠償規定（顯然並沒有「因發生離婚意外」的除外條款）。然後，在出發前兩天，他們喝了一瓶紅酒，上了床，決定去度假，也許能修補他們之間的問題。

在某個程度上，有的。孩子們玩得很開心，歡笑不斷，每天都陽光明媚，她們選的飯店很棒，到處都遇到充滿善意的人們。一週後返家，兩人未經討論地在潛意識中共識決定，就這麼繼續下去，當作那件事沒發生過。

但是，那件事確實存在。她越過了界，傷害了彼此間的信任，直到現在，她仍然感覺自己的卑微。作為一個得在道德倫理上以身作則的母親，在那瘋狂的六個月裡，她完全忘卻了自己的位置，直至今日，羅恩的目光仍令她畏縮，害怕他會看出她藏在表面下的不安全感，那個可悲的自己。如今，在他不看她、或者看不到她時，她會覺得比較安心。因為如果他看不到她，他就不會恨她。他恨她。她知道。

薩菲爾，這是她曾仔細閱讀了就診紀錄的患者的名字。薩菲爾・麥朵斯。當時十五歲的她，從十歲開始自殘。

在那瘋狂時期的某個冬日，凱特真的去了薩菲爾的學校，在欄杆外觀察著她。就是她，凱特十分確定與丈夫有外遇的女孩：高挑、削瘦、胸部很小，深色捲髮往後綁成髮髻，雙手放在黑西裝外套的口袋裡，淡綠色雙眸掃視著操場，帶著股王者氣息。和凱特原本所想的模樣大不相同。有個男孩走近她，像是在輕佻地開玩笑逗弄著她。她看見薩菲爾的目光越過那男孩的肩膀沒理他，然後那男孩退開，回到自己的朋友群，風度翩翩的舉止彷彿他原本就沒有預期會有更多回應。

接著，兩個女孩朝薩菲爾走去，三個人一起上了台階，回到學校大樓。

薩菲爾看起來不像是會用拉開的迴紋針傷害自己的女孩。她看起來像被簇擁的女王。

凱特上次再看到薩菲爾，是她們搬到漢普斯特德公寓的幾個月後。她和一個老人沿著芬奇利路走著，身後拉著塑膠購物車。

凱特跟著她們走了一段時間，因害怕被發現而心跳急促。老人走得有點費力，薩菲爾得時不時地停下來等他趕上，她們倆最後停在芬奇路底瑞士村的一棟建築前，進了其中一座高樓的鋁製大門。

當門在她們身後關上時，凱特停下腳步，屏住呼吸，突然意識到自己在做什麼。她迅速轉身，加快步伐回家，試圖以此去除內心的愧疚。

8

第二天早上，羅恩越過餐桌將一個紅色信封遞給凱特，臉上掛著些許害羞的笑容。「如果妳沒有準備也沒關係的，」他說。「那只是一個……妳知道的……」

她微笑著從手提包裡拿出自己的紅色信封遞給他。「我們加油吧！」她輕聲說。

他們有些笨拙地同步打開了各自的信封。羅恩給凱特的卡片出自藝術家班克西的設計，圖案是紐約布魯克林牆上一個貼著ＯＫ繃的紅色心形氣球，非常貼切。

她打開卡片。他用潦草的字體寫著：「妳準備好撕下ＯＫ繃了嗎？」

她往桌子那頭的他瞥了一眼，忍不住笑出聲來。這段話讓她覺得很窩心。她說，「你呢？」

他低下頭，然後抬起來微笑。「準備好了，」他說，「我早就準備好了。我只是……」

他看著她剛給他的卡片，上面只平淡地寫著：「給我親愛的老公，情人節快樂！愛你的凱特」。

「我一直在等待。」他說。

她點點頭。她一時有點困惑，到底是誰的心被貼了ＯＫ繃、誰還在康復中、是誰在等待。她原本以為是羅恩，是她傷了他的心。

「我們晚上出去喝一杯？」他提議。「挑個沒那麼高級的地方？其他店可能都被訂滿了。」

「好，」她說。「交給我吧。我來想想有什麼普通一點的地方。」

羅恩出門後，凱特打開她的筆電開始工作。剛剛和丈夫的互動讓她有些心神不寧。自從他們搬到這裡，感覺就不太對勁。連原本就岌岌可危的婚姻關係好像也有了變化，讓她覺得陌生。她甚至想念起她向羅恩坦承不諱後的那幾個月，羅恩是好人，凱特是壞人，一切黑白分明。

打從搬到漢普斯特德之後，她沒那麼確定了。這幾個月來，羅恩的舉止變得很奇怪。他每天晚歸，心不在焉，對她和孩子們**沒有**耐心。他經常臨時**無故**取消家庭活動。他會**特意**關起門來或是跑到外面低聲講手機。一定有什麼問題。一定有。

她再次拿起他的卡片，讀著上面的字句。連這些文字都表示她確實有理由感覺受傷。但究竟是什麼會傷她的心？是他對她之前行為的嚴詞苛責？還是別的事？她闔上卡片，把它立在桌上。一邊工作，目光一邊不斷飄向那張卡片。

她一直沒辦法集中精神，只好開始上網，開始搜尋附近推薦的酒吧。她正瀏覽著網頁時，大門口的郵箱發出了聲響，有郵件被扔到門墊上的聲音。她迅速起身，很高興有別的事可以讓她分心。她走到大門，留下其他鄰居的信件後，把自己那堆郵件拿進了公寓。大部分郵件上都貼了大張的白色轉寄標籤，取代他們在基爾伯恩的地址。但是有一件是手寫的，直接寄到現在的地址給羅恩。

她盯著這封信看了一會。是女性的筆跡，郵遞區號不完整，摸起來是硬的，應該是類似卡片的東西。她想著，可能是當地乾洗店的優惠券吧，或是窗戶清潔公司的酷炫簡介，什麼都有可能。

她把這封信放在最上面，跟其他郵件一起堆放在廚房餐桌上，繼續上網搜尋當地的酒吧。

手機顯示了一則訊息，是喬治雅傳來的。

媽。喬治雅的語氣彷彿她就在走廊另一邊跟她說話似的。

她嘆了口氣，回傳。我在。

妳可以幫我送我的地理課校外教學調查表過來嗎？現在。

凱特翻了個白眼。放在哪裡？

不知道，廚房某處。

凱特在廚房裡仔細搜尋，把她那疊文件也翻了一輪，最後在回收箱裡找到了。她把調查表壓平，傳訊息給喬治雅。麻煩鬼，找到了。我現在送過去。

事實上，她很高興有藉口離開屋內。外面天氣晴朗，回來時她可以順道去商店逛逛。而且，每次一有機會進小孩學校，潛入他們每天待上八小時的神秘世界，總會讓她感覺有點興奮。

她在去學校的路上經過她幾個月前看到薩菲爾走進去的大樓，身後拉著購物車。她稍微放慢了速度，抬頭向上看。窗戶反射的刺眼陽光直入天空。她又想起今天早上收到那封女性手寫給羅恩的信件，心中湧上某種熟悉的感覺，一年前那種猜疑、不安，最終驅使她做出難以想像的事情的感覺。

她趕緊加快腳步，朝著孩子學校的酒紅色外牆前進。到了學校大門，接待桌後方有個年輕女子幫她按鈕開門，一臉親切和善的笑容，彷彿正準備讓凱特問什麼尷尬的問題。

「請幫忙轉交，」凱特把折疊好的文件遞給她。「十一年級G班的喬治雅．福斯。」

「喔，沒問題，放心。我會確保她收到的。」

凱特掃視著穿堂，想看看有沒有她認識的孩子，當成是來到這裡的一點收穫。但現在是上課時間，沒有學生在教室外走動。她離開學校回到街上，深吸了一口氣。她知道自己的心跳有點過快。彷彿她剛剛發現自己與周遭空氣有著相同的頻率，所有感官功能不斷放大，與之相互呼應。

她在超市裡幫喬治雅買了酪梨，為喬許準備了炸雞柳和法式長棍麵包，一公升的蘋果芒果綜合果汁，差不多是孩子們放學回家不到三十秒鐘就能喝完的量。她還難得地記得要買高湯塊和鹽巴。另外加上奶油、牛奶和一盒巧克力蜂巢脆餅。她走向自助櫃檯結帳，後面沒有人排隊，她放慢了動作，逐一掃描結帳，目光飄向了店外的排班計程車。每天都會有同一群司機在這裡靠邊排班，等候叫車，這已是常見的街頭風景。然後她的目光越過計程車司機們，望向地鐵站入口，有個她熟悉的身影正走進去。高瘦、光頭、斜揹著袋子，腳步輕快。

羅恩，她輕聲地自言自語。

那是她的丈夫。正處在他生活中某個隱藏的秘密時刻。這就跟她去小孩學校的感覺很像。她拿出手機打給他。電話響了十聲，然後切斷了。不知為何她覺得他從口袋裡掏出手機，看到是她的名字後又放回口袋。

現在是中午，據她所知，他沒有安排出診，也許他約了某個人吃午餐？

她很快想起這天是情人節。於是忍不住開始想像，羅恩坐在一家時尚的小餐館，桌上有一朵紅玫瑰，服務生正在把香檳倒入他對面一位美麗的年輕女性的香檳杯裡。

她搖了搖頭甩開這個想法。

她不要再變成以前那樣。

9

羅恩那天晚上快七點回到家。凱特觀察著他翻閱廚房餐桌上郵件的反應。他看到那封裝了卡片的白色信封，彷彿有一小股電流穿過他的身體，引起一陣騷動。他的手指微微地顫抖了一下，但他繼續翻著其他郵件，然後默默地放回桌面。

「今晚還想出去喝點什麼嗎？」他問。

「當然想，」她很快回答。「我有上網找過，可是沒有不用先訂位的店。」

「也許我們應該直接去鎮上。去找找看起來最沒有情人節氣氛的酒吧？」

「我沒問題。八點出發？」

羅恩點頭。「好。我想我可能先出去跑個步。什麼時候吃晚飯？」

烤箱裡是喬許的炸雞柳。她沒有幫羅恩或她自己準備晚餐。「我們今晚不在外面吃嗎？」

「好啊。都可以。我沒有很餓。」

她原本開口想說，「哦，那是因為你不知道跟誰去哪裡好好吃了頓午餐。」但她並不想以此做為今晚的開端。她換上微笑，「沒問題，你先去跑步。」

過沒多久，喬治雅出現了。她走到麵包箱，拿出凱特特地為她買的昂貴黑麥酵母麵包，放進了烤麵包機。然後走到冰箱打開蔬果層，翻找了一會兒，拿出新鮮酪梨，在流理台邊切成薄片，用刀尖把籽挖出來扔進垃圾箱，再用她每次慣用的大碗將酪梨搗碎，撒上磨碎的鹽巴後，抹在兩大片烤吐司上。接著將吐司跟一大杯蘋果芒果汁一起放在桌上，開始吃起來。

喬治雅看到凱特呆呆地看著她。「妳還好吧，媽？」她說。

凱特點點頭，停止胡思亂想。「沒事。」

喬治雅用空著的那隻手拿起班克西的情人節卡片仔細審視。「噢，」她說。「真甜。老爸送卡片給妳耶。好可愛。這是什麼意思？」

「它的意思是……」她從紙捲上撕了一張廚房紙巾，擦拭著灑在流理台上的茶。「我不知道。也許是覺得經過去年發生的事情之後，我仍然有點脆弱。」

「哦，妳指的是妳們的**危機**嗎？」

「是的。我們的危機。」

「實在很怪耶，」喬治雅說，嘴裡滿是食物。「非常、非常怪。到底是怎麼回事？」

他們從來沒有告訴過孩子們發生的事。從未讓孩子們知道他們曾經只差一步就要離婚。他們只有說兩人間出現了一點危機，不過在一起生活了這麼多年，這種情況很正常。他們會分開幾天，各自想想之後該怎麼做。接著就沒有之後了。羅恩搬回家來。他們一起去滑雪，生活繼續。

凱特搖了搖頭。「我也很難解釋，」她說。「就是每對夫婦都會發生的事吧。」

「但是妳們現在沒事了？妳和爸爸？」

「是的。我們現在沒事了。實際上，我們今晚要去外面喝酒。」

「哇喔，我也可以去嗎？」

凱特揚起了眉毛。「這是為了啥？」她笑了。

「我很喜歡酒吧。」

「妳真古怪。」

「喜歡酒吧有什麼好怪的？」

「沒什麼。」凱特微笑。「好啦，一點兒都不怪。」她接著說，「妳今天有收到卡片嗎？」

「媽，妳這個問題很老套。妳應該問我有沒有送誰卡片。我才不是那種坐在那兒被動地等著男孩子設法讓我記得他們的女孩。」

「好吧，」她說。「很高興聽妳這麼說。那麼，請問妳有給任何人卡片嗎？」

「當然沒有！」她說。「妳沒看過我學校裡的男生嗎？」她放下那張情人卡。「爸爸在哪裡？」

「去跑步。」

「怪人。」

喬治雅和凱特都討厭跑步。她們天生不適合這個運動。她們很容易喘不過氣，覺得地面太硬，腿很重跑不動。她們倆一致認為羅恩穿著萊卡緊身運動服看起來有些可笑。

喬許用他帶點笨拙、游移不定的行進方式走進廚房，像是在漫不經心地尋找著什麼。他走向凱特擁抱著她。她聞到他身上學校的氣味，以及他常用的體香劑。他從背包裡掏出一個有點皺皺的信封。

「情人節快樂。」他說。

她打開信封，那是一張他自己做的卡片，黑色底紙上有個用紙夾固定住的紙製紅心，卡片裡寫著：「獻給世界上最好的媽咪。我真的很愛妳。」

他從小時候開始，每年做一張情人卡送給凱特。他是這種類型的男孩：他愛他的母親勝過世界上任何其他事物，他崇拜她。從某方面來看，這是很光榮的事。但從另一方面來說，她很擔心，一旦她不小心犯錯或者對他說了太嚴厲的話，可能會對他造成嚴重的打擊。

「謝謝你，我可愛的兒子。」她說，並親吻他的臉頰。

「不客氣，」他說完，接著問起，「晚餐吃什麼？」

她關掉烤箱，拿出他的炸雞柳，並將卡片跟已經立在桌子上的卡片放在一起。這時候她的心跳瞬間加速。

喬治雅打開了寄給羅恩的白色信封；她已經拿出卡片，正準備翻開。

「噢，我的天，喬治雅！妳在做什麼？」她從喬治雅的手中搶走卡片。

「天啊！妳的反應也太激烈了吧？只是一張卡片。」

「是啊，但那是寄給爸爸的。妳不能隨便看別人的信。」

「妳就看了我的！」

「是，那是因為妳還是個孩子！不然我絕對不會看這麼私人的東西。」她拿起信封，想把卡片放回去，這才發現喬治雅用她一貫的方式開信，基本上就是將信封撕成兩半，好取出卡片。「哦，見鬼了。喬治雅。我真不敢相信妳做了什麼。妳到底在想什麼？」

喬治雅聳了聳肩。「我只是想看看誰送爸爸情人卡。」

凱特勉強將卡片塞進撕破信封的下半部，然後先收進抽屜裡。她現在沒辦法處理這件事。

「妳不看嗎？是誰寄的？」

「我不要。這不關我的事。」

「妳怎麼可以這麼說？他是妳老公耶。有陌生人寄給他情人卡這件事，名正言順、百分之百關妳的事。」

「也許是他的病人，」凱特說。「意思就是，不關我的事。」

「如果是他的病人，他們怎麼會有這裡的地址？」

「不知道，」凱特說。「可能剛好有寫在他辦公室什麼地方吧。天曉得。」

「嗯哼。」喬治雅誇張地揚起她的眉毛，把手指放進嘴裡。「好吧，祝你們在酒吧度過一個愉快的情人節之夜，」她戲謔地說。她把空盤子拿到水槽，一如往常大聲地放下。「有甜點嗎？」

凱特遞給她那盒巧克力蜂巢餅乾，然後面向廚房窗戶上的倒影，窗上的那張女人的臉看起來很像她，但感覺比她老。她強烈感覺到這個女人的生活正走上一條黑暗曲折的道路，通往她並不想去的地方。

她伸出手指碰觸廚房抽屜的把手，裡面放著羅恩的神秘卡片。她拉開抽屜，接著又再一次堅決地把抽屜關上，離開了廚房。

羅恩過了八點才回來。凱特在八點五分到八點十五分之間打了三次電話，但他沒有接。八點二十分，他終於滿身大汗地出現在走廊上，看起來有些憔悴，他直接走進臥室的浴室洗澡。

「給我五分鐘，」他在走廊那一頭對她喊著。

凱特嘆了口氣，拿起手機，心不在焉地滑著臉書。那張卡片還在抽屜裡面。她仍然沒有看它。

羅恩在八點四十分時終於整裝完畢，準備出發。

他們去跟孩子們說再見，兩個孩子都正在房間裡寫作業，或者至少是正在用筆電忙著他們聲稱是為了做作業的事。

他們往市中心的上坡路走去，空氣潮濕而甜膩，凱特覺得她的皮膚也變得濕濕黏黏的。她想要伸手牽羅恩的手，卻提不起勇氣。如今像牽手、在床上擁抱或挑逗對方、又或者是親吻嘴唇，這些舉動都像是某種認可，被當成一種獎勵，好像必須要先努力完成了什麼才有資格這麼做。如果她在此刻握住羅恩的手，似乎就意味著他們仍然是三十年前那對二十五歲的戀人，她對他依舊有著當初的感覺，他們之間沒有改變，但是她無法否認從那以後發生過的一切。她無法假裝什麼都沒有發生過。

「所以，」她說，「今天跑得很遠嗎？」

「對，我中午吃得太豐盛了。我得確定自己有空出胃來吃晚餐。」

「哦，你午餐吃了什麼？」

「一大碗義大利麵，淋上某種奶油醬。我沒想到會用奶油醬，但還是把整碗都吃光了。」

「在辦公室吃的？」

「不，不是，我去鎮上吃的。」

他的語氣輕快。沒有跡象顯示他去鎮上吃午餐有什麼不對勁的地方，不過她說話的聲音還是怪怪的，拉高了音調。「哦，為什麼跑去鎮上吃？」

「我遇到蓋瑞。妳記得吧，倫敦學院大學那個？他希望我明年幫他開一門大一的兒童心理學課程。每週三個小時，每小時一百英鎊。」

「哦，」她說，突然浮現了些許疑心。「太棒了！你要去嗎？」

「當然！每個月可以額外收入一千二百英鎊。足夠我們去度一兩個不錯的假期。我們搬回家時可以買幾張新沙發。而且，我真的很喜歡蓋瑞。還有免費的義大利麵可以吃。所以是的，完全不需要考慮。」

他低頭看著她微笑，那是一個發自內心的笑容，不帶任何修飾或隱藏。他和一個好朋友共進午餐，多了一份好工作，可以帶給他們愉快的假期和高級沙發。她忍不住以同樣的心情對他露出微笑。

「真是太好了，」她說。「真的很棒。」

她很想問他，為什麼今早聊天時沒提起今天有午餐約會。如果是她，她就會先跟他說，她今天會和某人共進午餐，會討論可能的工作機會。但是她暫且拋開這些抱怨，讓自己保持好心情。

他們到達坡頂，漢普斯特德市中心就像往常一樣，如夢境或電影場景般地迎接他們。他們在一條鵝卵石小巷尾端找到一間酒吧，壁爐裡燃著火焰，狗兒們在粗糙的老舊地板上伸懶腰。儘管他們說今晚不特別慶祝情人節，羅恩還是從吧檯拿了一瓶香檳和兩個冰涼酒杯回來。他們舉杯慶祝他的新工作，他們的臉在閃爍的火焰中忽明忽暗。羅恩伸手握住她的手，擺在他們中間，感覺很好。凱特有好一陣子沒有再想起家中抽屜裡的卡片。

10
薩菲爾

我第一次見到羅恩．福斯時才十二歲半。

那個時候的我已經自殘兩年多了。

我才剛上八年級，男孩們開始成為問題。

他們的注意力、目光、腦袋裡正在想的事情、以及彼此間聊到我時的想法——對於大部分童年都和男孩們一起度過的我來說，全都瞭若指掌——這些事情開始讓我感到厭倦、司空見慣並且疲憊。我還蠻喜歡這個所謂的**治療**，和一個不多話的男人待在一個安靜的房間裡，靜靜地花一個小時左右談論自己。

我原本預期看到披頭散髮的眼鏡男，穿著花呢外套，甚至掛了單片眼鏡。沒想到眼前是個酷哥，湛藍眼睛、顴骨稜角分明，蜘蛛般的長腿套了黑色牛仔褲，兩條腿不停交叉又放下，看得人頭暈。每當他想描述某些東西時，他的手會像那些帶著異國情調的奇異鳥類般擺動。還有，跑鞋。你懂吧，以一個年長者來說，真的是很高級的跑鞋。還有我最喜歡的聞起來很乾淨的衣服味道，帶著樹木、草地、雲朵和陽光的氣味。

當然了，我第一次見到他時並沒有記下這些。當我初次見到他時，我還是一個孩子，純粹覺得他看起來就跟《超時空奇俠》裡的博士一樣酷。

在他看向我之前，他盯著筆記本看了好一會兒。

「薩菲爾，」他說。「那是一個非常好的名字。」

我回答，「是的。謝謝。我媽媽選的。」

非常像一個十九歲的媽媽會挑的寶寶名，不是嗎？

他接著說，「那麼，薩菲爾，跟我聊聊妳自己。」

「哪方面？」大家都知道不該問孩子們開放性的問題。他們會完全不知道該如何回應。

「比方，談談學校裡吧。過得如何？」

「很好，」我說。「我過得很好。」

好了，看來就是這樣，問幾個很蠢的問題，把本子上的答案填一填，回家和他老婆看《冰與火之歌：權力遊戲》或啃藜麥健康食品吧。我心想：這根本沒有用。

他繼續說，「告訴我，薩菲爾，妳身上發生過的最糟糕、最可怕的事情是什麼？」

於是我知道情況不同了。雖然我還不知道會往什麼方向發展，我只知道我現在正處在生命中的某個時刻，需要有人願意問我發生過什麼最糟糕的事情，而不是睫毛膏有沒有糊掉，或晚餐要吃雞肉還是魚。

我沒有立刻回答他。我的腦海裡思緒翻騰。那件事情首先冒了出來。我十歲時發生的事情。但是我不想告訴他。還不想。他等待著，等了起碼一分鐘之久，等著我回答。然後我說，「全部。」

「全部？」

「對。全部。我媽媽在我認識她之前就死了。接著是我奶奶。我爺爺一個人撫養三個孩子和一個孫子，後來他病得很重，以至於我叔叔得在差不多我這個年紀時就負責照顧我們所有人。他從來沒能好好過日子。我們養了一隻虎皮鸚鵡。應該說養過。他死了。隔壁那個會幫我整理頭髮的女士，她叫喬伊斯——也死了。我最喜歡的小學老師雷蒙德小姐得了癌症，才剛結婚就去世了。還有，我爺爺得了關節炎，幾乎無時無刻不在忍受疼痛。」

我突兀地停下來，距離那件讓我來到他門前的關鍵事件就只差幾步了。我盯著他，藍色眼眸讓我想起在那些很像狼的狗兒們中其中一隻狗的眼睛。我預期他會接話，「喔，可憐的孩子，難怪妳這麼多年來都在傷害自己。」

結果他說，「現在跟我說說在妳身上發生過最棒的事情。」

老實說，我很訝異。彷彿我剛才描述的事情沒有任何意義，彷彿他根本沒有在聽。有那麼一刻，我甚至不想回答他。我只是坐在那裡。但是我腦中突然浮現了某件事。小學時有個女孩叫蕾克西。她很受歡迎，個性善良；老師或孩子們全都很喜歡她。她住在很不錯的路段上的漂亮房子裡，有著水晶吊燈和天鵝絨沙發，她總是邀請全班同學參加她的生日聚會，包括我，即使我實在算不上是她的朋友。

有一年，她舉辦了動物趴。有個白髮男人開著一輛裝滿箱子和籠子的貨車來，每個箱子和籠子裡是一隻動物，我們可以觸摸牠們。他帶來了黃鼠狼、蛇、幾隻竹節蟲、田鼠、雪貂、各種鳥類、狼蛛。他還帶了一隻名叫哈利的貓頭鷹。

那個滿頭白髮的男人環顧了所有的孩子，看見了我，他說，「嘿，妳，妳想抱抱哈利嗎？」

他讓我站在前面，幫我戴上一副大大的皮手套，然後把貓頭鷹哈利放在我伸出的胳膊上，我站在那兒，哈利轉過他的大頭看著我，我也回望著他，我的心裡湧出一股溫暖、柔軟、深刻和平靜的感覺。就像是我愛著他，愛著這隻貓頭鷹。這實在很蠢，因為我根本不認識牠，牠是一隻貓頭鷹耶。

我看著羅恩．福斯，開了口，「我九歲那年在蕾克西的生日派對上抱了貓頭鷹。」

他說，「我愛貓頭鷹。他們是非凡的生物。」

我點點頭。

他說，「當妳讓貓頭鷹停在手臂上時，有什麼感覺？」

我說，「感覺就像我愛他。」

他寫下了一些東西。他說，「妳還愛誰？」

我心想，嗯，我們不是應該在談論貓頭鷹嗎？然後我說，「我愛我爺爺。我愛我叔叔。我愛我的侄女們。」

「朋友呢？」

「我不愛我的朋友。」

「妳的愛的感覺是什麼？」

「感覺像……像是一種需要。」

「需要？」

「對啊，你愛一個人，因為他們會給你所需要的事物。」

「如果他們不再供給所需呢？」

「那就不是愛了。那是另外一回事。」

「貓頭鷹呢？」

我頓了頓。「什麼？」

「貓頭鷹。妳說那感覺就像妳愛那隻貓頭鷹。」

「是的。」

「但是妳並不需要貓頭鷹。」

「不。我就是愛他。」

「和妳愛爺爺的感覺一樣嗎？」

「不，」我說。「感覺……比較純粹。」我知道這聽起來不太正確，並試著糾正我自己。「不是說我愛我爺爺的方式不純粹。但是我會擔心他。我擔心他會死。我擔心他沒辦法再給我我需要的東西。這讓我感到難過。我對這隻貓頭鷹並不感到難過。我只覺得這樣很好。」

「妳認為兩種愛是相等的嗎？」

「是的。」我點頭。「是的，我這麼認為。」

他停了下來，抬頭看著我，露出微笑。我沒想到他會笑。我一直以為不得在治療過程中微笑也在他的工作項目當中。但是他笑了。我不知道，可能是因為我們剛好談到那隻貓頭鷹吧，我又有了那種柔軟如天鵝絨般的感覺。

所以，是的，也許在我意識到之前，我已經需要羅恩・福斯了。

我第一次在波特曼中心的診所外見到羅恩，是在我們初次療程過後大約一年。我正從學校走回家，而他在位於我住的公寓對面的學校剛結束一個會面要離開，患者是那間學校的一名學生。他穿著藍色襯衫，看起來很幹練，拿著公事包，正和另一個看起來也很精明幹練的男人說話。他們結束對話，他轉頭準備過馬路，看見我正看著他。

我以為他可能會揮揮手繼續往前走。但是他沒有。他過了馬路，和我站在一起。

「嗨，哈囉，」他說。他的雙手插在口袋裡，有點用腳後跟施力站著。不知怎地讓他有點像學校老師，我瞬間有種彷彿在學校外面撞見老師衣衫不整之類時的……呃，倒楣的感覺。但同時間，我很高興見到他。

我回答，「嗨，」心裡想著我在他眼中是什麼模樣。我那天戴了假睫毛；那可是二〇一六年初，每個人都戴假睫毛。當時我並不覺得自己看起來很蠢，但我可能確實如此。

「下課了？」他說。

「對。正要回家。」我邊說邊看向大樓的八樓。我總是能從地面上一眼認出我家的樓層，因為隔壁三十五號的窗戶上掛了紅綠條紋的醜窗簾，形成了顯著的標誌。

「在那裡？」他說。

「是的，」我說。「就在上面。」

「我猜，視野不錯？」

我聳聳肩。我寧願捨棄景觀，換一個有更多房間的地方住。

「所以，我們下一次的約是……？」

「星期三。」我說。

「下午五點三十分？」

「是啊。」

「到時候見。」

「好喔。到時候見。」

我走向大樓的入口。當我拉開門時，往後看了一眼，出於某種原因，我希望羅恩仍然站在那兒看著我。但是他沒有。他離開了。

羅恩和他的家人在去年一月左右搬到了波特曼中心附近的一棟公寓。我怎麼知道的？因為我看過他們，更具體地說，就在他們搬進來的那天。我正準備走去市中心，從我住的地方沿著那些滿是華屋、特斯拉轎車和電子安全閘門的大路一路上坡。

那裡有一輛貨車，閃著警示燈在路邊並排停車，一些年輕人正在卸下箱子、燈具、椅子和其他各式物品。屋子的門是敞開的，而我總是很喜歡窺探一扇打開的門裡面的風景。我看到一個女人，她很瘦，穿著牛仔褲，粉色的套頭衫和運動鞋，有著齊肩的亮澤金髮。還有個男孩，青少年，她們正在走廊盡頭忙著把東西搬進門內。然後一個男人走了出來，是他。是羅恩。他當時穿著連帽上衣和牛仔褲。他走到貨車後方，對車裡的人說了些什麼，我差一點就要溜走，但我突然有股強烈的慾望想讓他知道我有看到他。穿粉色套頭衫的女人出現時，我正要過馬路打招呼。當時我不知道她是他的妻子，但我猜想她就是。

他們彼此說了些話，然後兩個人都進了貨車，我屏住呼吸，繼續往前走。

在我往前走的同時，我瞄了一眼前門上的門牌號碼：十七號。

我從沒跟羅恩說過我有看到他搬進新家。我們以前不會討論這種事情。我甚至沒有想過他會住在哪裡，或者在波特曼這個診間之外的生活是什麼樣子。我們的下一次會面大約是在我看到他搬家的四天後，一切進行如常。他沒有告訴我他搬家了，我也沒有告訴他我知道。

過了兩週，羅恩說他認為我們可以開始準備考慮停止療程。他這麼說的時候好像認為我應該會很高興，彷彿是我真的很想趕緊結束治療，就像是上課或游泳訓練還什麼的。他說他覺得再約兩到三次的會面應該就能「達成我們所需要的進展」。

奇怪的是，你知道的，我並不笨，但我顯然笨到以為治療會一直持續下去，直到我想喊停為止。也或許是，永遠。

「你怎麼知道？」我問。「你怎麼確定我們該有什麼樣的進展？」

他笑了，他獨有的懶洋洋的奇特笑容，彷彿他從沒想過這個問題，而且認真想想，也覺得這沒啥大不了似的笑容。「那是我的工作啊，薩菲爾。」

「是，但我不能說些什麼嗎？」

「當然可以。當然。妳想說什麼？」

我得停下來，好好想想我的答案，因為我並不完全明白自己想要什麼。基本上，我希望每週可以繼續有這個空檔，在羅恩的診間裡待上一個小時；夾層天花板上讓人感覺熟悉的三盞日光燈，一盞是黃光，二盞是白光；雙層玻璃窗外，可以望見某棵樹上斷掉的樹枝在冬夜的風中來回擺盪，在遠處路燈的光線照射下形成錯綜陰影；兩張鋪了編織椅墊的紅色椅子；低矮木桌上擺了紙巾和一小盞白燈；靠近扶手椅腳旁有著乾硬的白色補丁的棕色地毯；人們經過門口時總會刻意降低聲量。我希望能繼續每週看著羅恩的腳，繫帶皮鞋或者白色專業慢跑鞋，偶爾有討人厭的塑膠魔鬼氈涼鞋，有時則是雪靴。我想聽他用低沉平穩的嗓音問我問題，還有等我回答時輕輕地清嗓子的聲音。我想要繼續在每次會面結束後，走過戲劇學校，經過地鐵站、小農市集和劇院，感受著腳下紋理隨著季節變化：濕滑的樹葉，熱烘烘的踏腳石、黏滑的雪，又或者骯髒的水坑；所有月復一月、年復一年曾和羅恩共度的時光，怎麼可以結束？這是在對我宣告，白天和黑夜將不再存在，一天中將不再有二十四小時。就是這麼重要啊。

最後我說，「我的意思是我想我還沒有準備好。」

「妳覺得從哪一方面來說，妳還沒準備好？」

我聳聳肩，胡謅著我仍然會想要自殘，儘管我已經一年多沒有這個念頭。

他看了我一眼，那眼神在說我其實是胡說。「好吧，」他說。「我們還要再觀察兩到三個星期。我會啟動停止療程的過程。如果妳還是覺得有需要，我們隨時可以再延長時間。但我真心認為妳不需要。薩菲爾，妳真的很棒。我們取得的進展是很了不起的。妳應該感到開心。」

我還沒有告訴他五年級時發生在我身上的壞事。我很想現在告訴他，讓他閉嘴。我想說，**某人在我十歲的時候對我做了很可怕的事，你已經和我持續對話了三年多，卻依然毫不知情，你怎麼能說我應該感到開心呢？我想跟他說，你是個狗屁心理學家。**我有千言萬語想說。但是我沒有說。我就這麼離開了。

羅恩．福斯在三週後確認結束我的療程。

他試圖讓那個時刻顯得重大而充滿歡樂。

我假裝我很好。但一點兒都不好。

差得遠了。

11

我有沒有說過我是個訓練有素的殺手？我是忍者戰士？

好吧，其實我不是。但是我是跆拳道黑帶。我家對面就有一所武術學校，就在體育中心裡面。那裡被稱為「道場」，我從六歲起開始就去道場學武。你會認為我已經能夠保護自己，抵擋一個心理變態的六年級男孩對我上下其手。但是，並沒有。我很可悲，我放任這件事發生，多年以來我一直為此傷害著自己，而哈里森·強生卻自在地將這些拋諸腦後，升上了中學。

他會說我享受這件事，因為過程中我很順從。但是我沒有。

每週在跆拳道課上，我踢腿、怒吼、滿身大汗，假裝每一次出手都打在哈里森的頭上。我想像牆上濺滿了他的鮮血，他豌豆大的腦，他的頭骨碎片。

在學校裡，當我還是個小孩的時候，我讓這件事發生了三次。

我仍然每週去上一次跆拳道課。其實這只是習慣，不過過去這幾個月來，我在跆拳道課上學到的技能非常有用。我的個頭不小，五尺八寸，當我把頭髮放下來的時候，看起來更高。我很顯眼。人們會注意我。但是我確實能夠相當靈活地行動。如果有必要，我可以像影子一樣四處走動。我拉起連帽上衣的帽緣，低著頭，眼睛向上瞟。只要我想，我可以在街上經過我叔叔旁邊，而不會被他發現。

沒有跟羅恩約診的第一個星期還能忍受。之前如果我生病，他休假，或有其他原因，偶爾也會取消一次診療。在即將邁入第三個星期時，我的胸口到腹部竄出一陣寒意。我想像羅恩坐在我們的診間裡，坐在相同的扶手椅上，面對著別的有著愚蠢煩惱問題的孩子，而他必須假裝對他們的問題有興趣，就像他對我一樣。

有天下午我從學校走回家。當時大約是五點二十分，那是我通常去波特曼中心找羅恩進行診療的時間。

我突然發現自己向右轉而不是向左轉，沿著熟悉的街道走向波特曼中心。太陽剛下山，我在校服外穿了件大大的黑色羽絨外套，黑色緊身褲，一雙黑鞋，頭髮向後梳，連衣帽罩在頭上。我慢慢潛行到停車區前方行道樹中間，看著他的窗戶。

你知道我在那裡待了多久嗎？

我在那兒站了快一個小時。

那是三月，天氣很冷。真的、真的很冷。

我偶爾瞄到一些移動的身影，後來，所有診療間都亮起了燈，我才發現已經到了晚上。我的牙齒在打顫，可是都待這麼久了，我現在不能離開，起碼要等我看到他吧。

大約二十分鐘後，他終於出現了。他當時穿著一件黑色大外套和一頂套頭帽。我甚至可以從遠處看到他吐出的氣息，在路燈照射下形成一朵暈黃的雲霧。那時他正微笑著，我有一瞬間以為他是不是看到了我，但是他沒有，他是在對別人微笑，對他身後的女孩。她看上去大約十八、九歲。他為她開門，然後那個女孩點了一根菸，他們共享著那根菸。我以為除非你和對方非常熟，否則你不應該跟其他人共抽一根菸。我還想到我當他的病人這麼多年，從來沒見過羅恩抽菸。

他們抽完菸後，回到了大樓，羅恩再次為她開門，他似乎刻意地在跟著她走進門時貼著她。我看到她轉過身對他微笑。

我來波特曼中心是為了滿足想接近我所孰悉的那個他的奇怪需求，但我眼前的他，讓我覺得是另一個人，一個會吞雲吐霧、故意貼著年輕女性的人。

我不覺得滿足。事實上，我想見他的念頭越來越強。我在外面又呆站了半個小時，停車場開始越來越空，大門不斷打開又關上，工作人員一一離開，相互愉快道別、簡短交談，評論著天氣有多冷。我認出了一些這幾年有接觸過的人，秘書、接待員和護士。然後羅恩再次出現。他又和那個年輕的女孩走在一起。他再次紳士地為她扶著拉開的大門，然後她微笑著從他伸直的手臂下方走出來，像在跳舞一樣。我把這一幕拍了下來。你們可以說我很詭異，但這似乎是我需要讓我在閒暇時可以窩在房間裡研究的東西。我需要分析這個女孩的肢體語言、羅恩的微笑，搞清楚我現在眼前所見的一切。

我有點希望他們一起去別的地方，但是他們沒有。他們彼此輕輕擁抱了一下，只有抱一下下，稍稍碰了碰肩膀和臉頰，然後她將包包背在肩上，朝地鐵站方向走去。羅恩停了片刻，拿出手機，輕按了幾次螢幕。我透過螢幕的光看到他的臉。他看起來老了。然後他抬起頭，手機的光映照著他的側臉，接著他放下手機轉身追上那個女孩，他們現在離我夠近了，我可以聽到他跟她說。「等一下，安娜，等等我，」他說。

她停了下來，轉過身，她耳朵上有好幾只耳環在閃閃發亮。

「我有半小時的空檔，」他說。「如果妳不急著趕回家，也許我們可以喝杯咖啡？或其他更烈的飲料？」

他聽起來很緊張，有點蠢。

年輕的女孩微笑點頭。「當然，」她說，「好的。我不急。」

「太好了，」羅恩說。「去地鐵站對面那家剛開的店？」

「聽起來不錯。」安娜說。

他們同步走開，腳步聲在漆黑寒夜的柏油碎石地面上迴響著，往外走到了外面的大街上。我躲在無人注意的樹木之間，從裡到外都凍僵了。

12 歐文

透過三樓接待區的平面玻璃窗，歐文正望著一月灰撲撲天空中漫天飄落的雪花。他討厭倫敦的雪，除了造成濕滑難走的人行道、誤點的火車和混亂之外，沒帶來什麼好處。

歐文在伊靈高等學院為十六歲至十八歲的青少年教電腦課程。他已經在這裡教了八年。不過他現在沒有在上課，他正因某些未明說但感覺不太妙的原因，被叫來校長辦公室外面等候。他緊張到胃翻攪個不停。

終於，校長秘書請他進去。「傑德可以見你了。」她放下電話說。

歐文驚訝地看到人力資源部主管荷莉．麥金利和學生事務專員克拉麗絲．杜爾也在傑德的辦公室裡。氣氛很凝重。克拉麗絲在他走進門時完全沒有看他。他一直把克拉麗絲當朋友，或者至少是有時會跟他說話的人。

荷莉站起來。「謝謝你來與我們會面，歐文。」她伸出手，歐文跟她握手，他發現自己的手很濕，但克制住道歉的衝動。

「請坐。」傑德用手勢示意他坐在他們前方的空椅子上。

歐文坐下來。他低頭看了一眼他的鞋。它們很新，他才買一天，還沒有任何磨損。這雙鞋不是他通常穿的樣式；棕色皮革，有點尖頭，挺時髦的。他很希望有人注意到它們，稱讚說真是雙好鞋，但到目前為止沒有人這麼說。現在他看著它們，疑惑著自己為什麼要買。

「恐怕，」克拉麗絲開口，「我們接到了關於你的投訴。好吧，實際上我們收到兩件投訴案，都是同一種類型的事件。」

歐文微微瞇起眼睛。他轉著大腦思考過去幾個月在工作上發生過什麼樣的事情足以被稱之為事件，想不出半樣。

克拉麗絲把目光投向她的資料。「去年十二月十四日，在聖誕晚會上？」

歐文再次瞇起眼睛回想。聖誕晚會。他本來不打算去的。過去兩年他都沒參加。以教職員身分出席學生舞會，得在當一個沉悶的觀察者和一個過於熱情的參與者之間取得平衡，一旦錯過那個平衡點，就一點兒也不好玩了。不過最後他還是被二年級班上兩個女孩莫妮卡和梅西好說歹說地逼去了。

「老師，來參加嘛，」她們這麼說（儘管其他人都叫他歐文，她們還是堅持稱他為老師）。「我們想看你跳舞。」

這種反向的逗弄並不是第一次發生。這樣的情形一直存在：因為歐文是一個安靜的人，不願透露太多私人生活，而且他有點笨拙地執著於保持工作和個人之間的明確界限，所以有些學生會故意逗他，或試圖破壞他的界線。通常是女孩們，並且通常是運用她們的性別優勢來做到這一點。

像這兩位，莫妮卡和梅西，就成功地突破他的防線——*別總是這麼無趣，老師，要及時行樂啊*——他最後屈服了。

他在晚會待到最後。喝了酒，跳著舞。大汗淋漓——*呃，老師，你真的滿身大汗！*——

他帶著一種混合了勝利和羞恥的奇特感覺搭上晚班地鐵回到家，第二天早晨醒來時，他的頭重得像塊濕透的抹布。但是他想起前一天晚上，感覺蠻開心的。那是個值得回憶的夜晚。

「兩位女學生堅持——」克拉麗絲再次指著她的文件，「——你批評她們的性傾向。」

歐文在椅子上微微晃動。「我什麼……？」

克拉麗絲打斷了他。「她們說你過度詳細地描述自己的性偏好，並且刻意碰觸她們。」

「我——」

「你碰觸她們的肩膀和頭髮，還故意把額頭和頭髮上的汗水濺到女孩們臉上。」

「不！我——」

「不僅如此，歐文，還有一些日常教學的反應，有人說你在課堂上對女學生說話的口吻很輕蔑。」

歐文放在腿上的手用力握拳。他抬頭看著克拉麗絲說，「沒有。絕對沒有。我對所有學生一視同仁。說話方式完全相同。至於汗水，那是意外！我那時候在跳舞，一直在打轉，汗到處飛！我絕對不是故意的！而那些女孩，我清楚地知道妳說的是誰，她們這陣子一直在鬧我，已經煩了我好幾個月。」

「歐文，恐怕我們得對此進行調查。現在你們兩造各執一詞。剛剛提到的女孩說，還有其他人願意出面指證你在課堂上的性別歧視，還有你在聖誕晚會上的不當行為。」

歐文覺得怒火中燒。他有種想把頭頂冒出的怒氣整個砸向坐在對面的所謂紀律小組的感覺，尤其是克拉麗絲，她用帶著憐憫和尷尬的矛盾神情看著他。

「聖誕晚會上沒有什麼『不當行為』。我沒做任何事。無論何時、何地我都保持專業態度，不管在教室內或教室外都是如此。」

「好吧，歐文，我非常抱歉，但是我們還是必須進行調查。在調查過程中，我們得讓你停職。」

「什麼！」

「如果你繼續上課教授對你提出指控的學生，我們會沒辦法進行公正的調查。這是學校規定。我真的、真的非常抱歉。」

剛剛這句話是傑德說的，值得稱讚的是，至少他看起來一副真的很遺憾的模樣。歐文猜想，主要原因在於這下他得重新整理所有課表，找人代理歐文。特別是在另一個教電腦程式的教師埃莉．布魯爾即將休產假的此刻，這件事會非常麻煩。

「那麼，我應該……我的意思是，要停職多久？」

「先暫定兩週，到時候再通知你。但我猜也許會超過一個月。當然，先讓我假設調查結果對你有利。」

「所以，我現在就……？」

「是的，請帶走辦公室裡你需要的物品，霍莉會在大廳等著送你離開。」

歐文闔上雙眼，再慢慢睜開。他即將被趕出學校。但是他沒有做任何不對的事。他很想拿起他坐的那張椅子，扔向傑德後方那扇窗，看著椅子在玻璃窗上砸出一個大洞，碎片落在下方停車場的積雪中閃閃發亮。他想走進6D教室，莫妮卡和梅西正在裡面上課，他要站在她們面前，用力挺直他五尺九吋半的身軀，對著她們愚蠢的臉大吼。不過實際上，他慢慢起身，讓所有怒氣糾結在自己體內翻騰，離開了那間辦公室。

一個小時後，當歐文離開芬奇利路的地鐵站時，雪停了。他背上的包包像有一噸那麼重。裡面裝著他辦公桌上的各式物品，包括一盞熔岩燈。他應該把它留在辦公室才對，幾週後他就回來了。但出於某個原因，他還是把燈裝進了背包。有個聲音悄聲提醒著他，**萬一她們是對的**怎麼辦？

從芬奇利路到他住的那條街之間是一道陡坡，坡頂有兩所私立學校。當他意識到自己正在往上走的時候，已經是下午三點三十分，正好是放學時間。一路上到處都是學生，蜿蜒地走著，媽媽們跟在後面拿著小背包和彩色水壺。儘管地面上的積雪已經開始融化，路旁汽車引擎蓋上仍然覆蓋了厚厚的一層雪，孩子們用手抓起雪互扔。他們完全不看路，一下左一下右地走著，擋到他的去路。他幾乎無所立足，只得沿著牆走。而媽媽們對此毫不在意。歐文討厭這些為人母的女性，這些學校媽媽們，穿著詭異的內搭褲，頭髮蓬鬆，擁腫的冬季大衣配上兔毛帽，身上有在冬日裡開始褪色的曬痕，還有嶄新的運動鞋。像這樣的女人到底都在想什麼？當只有她們和孩子們躺在床上，或者手裡拿著大如魚缸的酒杯的時候？當她們不在健身房或不用去學校接孩子們下課時，在做什麼？她們究竟是什麼樣的存在？他實在想像不出來。不過話說回來，所有女性，任何一般女性，對他來說都像是永恆的奧秘。

歐文住在漢普斯特德最好路段之一的街上，某棟華廈的一樓。屋前是一條髒亂且久未使用的車道，用來放置垃圾箱和其他住戶不願存放在家中的雜物。車道旁的草坪上有一張已經放了快一年的大扶手椅。沒有人抱怨，因為沒有人在乎；這幢建築物裡住的都是老年人和喜歡獨居的人。

他和他阿姨泰絲一起住在這棟建築裡最大間的公寓，有著其他樓層住戶都沒有的挑高天花板，大扇窗戶，堅固的四道門，門上還裝飾了扇形窗。歐文的臥室在公寓的左後側，從房間窗戶可以俯瞰這個社區髒亂而無人整理的公用花園，還有旁邊一牆之隔，曾經有棟豪宅矗立的建築空地。在這個滿是光鮮亮麗並有著安全柵門的新公寓和豪宅的街區裡，他住的這棟房子似乎格格不入。屋主是個神祕的蘇格蘭人，只知道他叫G先生，他似乎懶得費心維護這棟原本美麗的建築的屋況。泰絲曾經寫信給他，但沒有任何回音。

泰絲現在不在。她在托斯卡尼有另一棟房子，和倫敦這棟一樣破敗，她在那裡待了很長時間。她離開這裡時，會把公寓裡除了浴室和廚房的每一扇門都鎖了起來。她說這是為了防盜，但歐文明白這是因為她認為歐文會去翻她的東西。即使她住在這裡的時候，她也會鎖門。歐文從來沒有走進過她那優雅挑高的客廳，從來不曾有過。

歐文走進公寓，聞到泰絲常用的經濟包衣物柔軟精的淡香氣，陳舊靠墊與滿布灰塵的窗簾的味道，以及壁爐裡灰燼的餘味。

這是一年中最暗沉的時節，天變黑了，歐文轉開泛黃的電燈開關，指頭下方傳出嚇人的嘶嘶聲。骯髒的燈泡發出悲傷如黃疸的微光，房裡很冷。歐文的房間裡有一個電子蓄熱式暖氣，但是泰絲不住在這裡時，總開關是不會開的，即使她在的時候也很少開。他在衣櫃後面藏了一個插電式的送風式電熱器，如果被泰絲發現肯定會叫他丟掉，因為她堅信這會害她的電費高漲。

他將背包放到床上，重重地坐進小碎花扶手椅上。他拿出送風式電熱器，將它打開。由於房間挑高，需要一段時間才會變熱，一等到變暖和了些，他就脫掉新鞋踢進床底。他不想再看到這雙鞋，更不想再穿上它。出於某種無法言說的理由，他覺得會發生下午那件事都是這雙鞋子害的。是鞋子把他變成了一個不是他的人：一個會對學生作出性騷擾行為的人，一個需要被停職的人。

他脫下毛衣，伸手撥了撥滿是靜電的頭髮。歐文的髮質很好，他試圖旁分，卻總是會變成中分，最後看起來好像是他故意梳成這樣的髮型，就像《我們的辦公室》影集裡那個高大的傢伙。並不是說歐文看起來像是電視裡那個人，歐文比他好看多了。沒人說過他帥。但是也沒人說過他醜。

歐文透過窗戶看到外面灰褐色的天空又開始下起雪，每片雪花飄下時都有一側被街燈短暫地照亮。他開始擔心積雪，擔心第二天早上要走下坡路去地鐵站時會很麻煩，得扶著車子跟圍牆才能避免滑倒。然後他想起來了。他想起今天下午的「事件」。他被停職了，他辦公室的物品現在正塞在他床上的背包裡。他明天無處可去。冰箱裡有食物——應該足夠他吃兩天。雪會降下，會在地面上形成積雪；但他並不需要擔心。

13

那天傍晚過後，歐文打開筆記型電腦，輸入「對於性攻擊的不實指控」。他在網路上尋找應對的建議，然後找到一篇《衛報》刊載的一篇探討人性的文章，內容敘述了那些被誣指強姦的男人們所受到的影響。和這些人被控訴的行為相比，對他的指控顯得微不足道。這些故事起初讓他震驚，後來這種感覺逐漸被痲木漠然所取代，他知道女人向來就是這樣。可不是嘛。女人會撒謊。女人討厭男人，她們只想傷害他們。還有什麼比指控一個男人是強姦犯更能傷害到他的呢？

他閉上眼睛，用拇指和食指捏著鼻樑。他可以感覺到早些時候被壓抑的憤怒在他體內直線竄升。他想到莫妮卡和梅西；她們甚至稱不上特別好看，卻表現得好像他應該對於她們反常地願意理他而感恩。梅西其實很胖（她顯然認為自己擁有時尚說法是「曲線玲瓏」的身材。不過在歐文眼中，曲線應當存在於往內縮的腰間，而不是向外突出）。

然後，他想到了前天晚上那個蠢女孩，她和他同時出了地鐵站，又和他同時走過芬奇利路，在同一處轉了彎，卻表現得好像他會突然撲倒她一樣，只不過因為他**竟然**和她住在同一條街上。他看到她拿出電話打給某人，緊張地氣喘吁吁，每隔幾分鐘就偷偷回頭張望。她是認真地認為他是故意跟著她，好像他對她有啥企圖。她還只是個孩子。歐文對小孩沒興趣。他是歐文喜歡大人，和他一樣長大成熟、有工作的女性，衣著得體，而不是像最近許多青少女那樣穿得像個流浪漢。

那女孩的母親已經站在門口等她，滿面愁容地直到把她健全、平安地迎進屋裡。

這裡沒有噁心的變態了，親愛的。

歐文察覺自己的指甲戳進了掌心，於是鬆開了拳頭。他盯著泛紅的半月痕跡，漫不經心地用拇指抹了抹。然後他把注意力轉回螢幕上的文章，滑到最底端的評論。歐文喜歡看這些評論，那裡是龍蛇混雜之處；他喜歡觀看某些人會說出多麼自貶身價的言詞好獲取一時快感；他自己有時也會這麼做。那感覺就像是從事某種運動，但之後他會有股可悲的懊悔。他這麼做對人類有什麼正面貢獻嗎？啥都沒有。

有幾個男人在這篇文章下留了憤怒的評論，其中一則引起了歐文的注意。他的用戶名稱為「妳的損失」，論述清晰而且感覺見多識廣。這是他的親身經歷，他這麼寫著：

有位我得說長得不算太難看的女同事指稱，我對她的愛情生活提供的建議實際上是種性暗示（而我必須說，這女人談論的唯一話題就是她的愛情生活。我跟她還有另一位成天都在談論男人的女同事被困在一間小辦公室裡）。當然，她沒有當面告訴我。當然不會，這樣太沒教養又缺乏人性。當然不會了。她直接向人資部門反映。他們幫她做了心理輔導。但除了嫌惡的眼神和待我如嫌犯之外，沒有對我做任何事。他們無法證明什麼，於是我繼續工作。但是她要求調去公司另一區工作，她同事也換去位於另一層樓的單位，原本的位置來了個男的。這個蓄鬍的男人鄙視地看著我。他會在咖啡裡加豆漿，應該是多元性別還某個族群或見鬼了管他究竟該怎麼叫這些人。他顯然也是受到某些狂熱的女權主義者影響的激進派。可笑的是，我真心支持女權。我認同應當同工同酬（前提是她們和男人一樣努力工作）。我也相信應該允許她們生完小孩後復職（只要她們別總是請假去看她的小寶貝的聖誕短劇表演，把爛攤子留給所有同事）。她們當然可以穿著短裙在大半夜四處買醉而不該被強暴。所以，是啊，我是女權主義者。但我也是個現實主義者。這些主張已經太過於擺向同一邊。是時候扔把扳手停止傾斜，稍稍往我們這邊拉回一點。難怪如今男人都想成為女人。哪個十幾歲的男孩看到他未來的命運，會不希望自己可以成為一位擁有所有權利和保護的女性？誰來保護男人？沒有人。沒有人在乎我們。是時候了，男人們，是時候了……

「妳的損失」的評論只寫到這裡，留下懸念。是時候了？歐文思索著。是時候做什麼？

歐文去廚房幫自己泡了杯茶。他靠向櫥櫃等著水燒開，穿著襪子的腳下踩的瓷磚地板感覺很冰。廚房窗戶的頂端掛著厚厚的大蜘蛛網。泰絲之前請的清潔工在三年前去世了，後來沒再請人。歐文有盡力而為，但還沒進展到拿著雞毛撢子爬梯子。

他在等待時想著「妳的損失」的貼文，莫名地讓他激動。他可以感覺到自己與撰文者間的相似之處：一個與他年齡相仿的男人，住在倫敦南邊的高級地段，正在承受某個壞女人提出不實且不公平的性騷擾指控的後果。水燒開了，他泡了茶，打開櫃子拿出一包泰絲珍藏的義大利餅乾。她這個星期都不會回來，到時候就過期了。她可能會不太高興，但他不在乎。與泰絲珍貴的餅乾相比，他現在要擔心更重要的事情。

在他停工五天後的星期二清晨，有個男人出現在歐文家門外。

他很高，應該有六呎四寸。他聳立在歐文面前，讓歐文立即備感威脅。

「早安，先生。我是警探羅伯特．伯特。我們正在調查昨晚的事件。」

事件。又是這個詞。

「你是歐文……」他翻著自己的記事本。「皮克？」

「是的。」

「太好了，謝謝你。是這樣的，昨晚有個十幾歲的年輕女孩被人襲擊。就在這附近。」他轉身朝路口處示意。「在那片閒置的空地旁邊。我想請教你是否有聽到、或看到什麼？」

歐文臉紅起來。他立刻感到愧疚。不是因為他做了什麼，而是因為他可能做了什麼。他這輩子總是在覺得自己做錯事。

他深吸了一口氣想淡化緋紅的雙頰，但只讓情況變得更糟。吐氣後，他開口說，「沒有。沒有。我什麼都沒聽到。」

「你的客廳。」警探朝大門左側的前窗點了點頭。「可以看到整條街。也許你有不經意地注意到什麼？」

「昨晚我沒有待在客廳裡。我是說，這甚至不算是我的客廳。」

「啊，你和別人住在一起嗎？」

「是的。我和我阿姨住，泰絲．麥克唐納。這是她的客廳。我從來不踏進去。」

「她可能會看見什麼嗎？」

「不會。她在托斯卡尼。她在那裡也有房子。她通常待在那邊，現在也是。」

他有點言不及義。高大的男人總讓他緊張。警探也讓他緊張。

「好吧，」伯特警探說。「總之，大概是晚上八點半左右。也許那時你正在看電視？有讓你回想起什麼嗎？有什麼打斷了你的注意力？奇怪的聲音？或是看到路上有哪個人鬼鬼祟祟地讓你有所警覺？」

「沒有。我是說真的。我昨天一整天都待在我的房間裡。那是在這屋子的後方。我沒有看到或聽到任何事。」

「有鄰居提到……」伯特警探再次低頭瞄了一眼他的筆記本。「有在昨天下午四點半左右看到你在車道上。」

歐文將手按著前額。他甚至還沒能好好消化他在工作中遭受的性騷擾指控，現在又有個匿名的鄰居在監視他，還因為性攻擊事件而向警方舉報他的行蹤。

「什麼？」

「是你嗎？下午四點三十分？」

「我不知道，」他說。然後他想起今天是收垃圾的日子，是的，他昨天已經把垃圾拿出來了。「我昨天有出去丟垃圾，」他說。「但我想不起來是什麼時候。」他這麼說時，記起了當時經過的女孩們。兩個女學生。一個是那天晚上他下班回家路上，表現出一副他會衝上去攻擊她的那個女孩；另一個則是嬌小的黑髮女孩。她們看了他一眼，對彼此說了些什麼，然後就加快腳步進了對面那棟屋子的門。

他當時還覺得自己疑神疑鬼，以為她們在談論他。如今看來，他確實可以假設她們是在說他。他嘆了一口氣。

「有大概的時間？」

「應該是下午吧。我記得天色有點暗。」

「在那之後就沒有出門？」

「是的。沒有。」

伯特警探闔上記事本，塞進口袋。「謝謝，皮克先生。謝謝你撥空回答。」

「沒問題，」他回道。就在警探轉身準備離開時，他補了一句，「她還好嗎？那個女孩？」

伯特警探露出淺笑。「她沒事，」他說。「謝謝你的關心。」

「好，」歐文說。「那就好。」

14

有趣的是，歐文曾經是個好看的孩子。他媽媽在他四歲時帶他去試鏡，沒被選中的原因是因為他在鏡頭前很不自在。但是他的臉就像小天使：黑色眼眸，朱紅雙唇，還有酒窩。

兒時的美麗臉龐並沒有轉變成好看的青少年模樣，他成了超怪的蠢笨男孩。直至今日，他仍不敢回顧自己十一歲至十八歲間的照片。

如今他三十三歲，面貌又有了些變化；他看著鏡子，裡面是個相對好看的傢伙。他特別喜歡他的眼睛，近乎漆黑的深棕色。這是遺傳自有著一半摩洛哥血統的外祖母。

沒騙你，他沒有在健身。他不算是特別健壯，但是穿上衣服看不出來。你不會知道他的腹部柔軟，胸肌略為下垂。穿著精心挑選過的衣服，他看起來就像一般有在運動的人。

歐文並不認為自己是因為沒有「好體格」而被女性拒絕。他可以接受這個理由，但沒有女性看過他的裸體。從來沒有過。一個都沒有。出於某些無法解釋的原因，歐文似乎不符合世上任何一位女性的標準。但每一天他都會見到某些看起來比他糟的男人，身邊有著看起來很喜歡他們的女伴，或者帶著孩子，這在某個程度上證明有女人喜歡他們到願意為他們生小孩，又或者戴著結婚戒指，桌上擺著某個漂亮女人的照片和他們的小孩的照片，這實在讓他感到困惑，百思不解。

也不是因為歐文的眼光太高。他真的很不挑。實際上，任何成年女性約他吃飯，他八成都會答應。甚至可能有九成。

泰絲的浴室是用門上掛的一根散發出撒哈拉沙漠落日紅光的電熱棒當暖氣，對健康和安全來說應該都不及格。馬桶前方有一面全身鏡。歐文不明白是誰會想在馬桶對面放全身鏡。但是它就掛在那兒，這麼多年來也習慣了。他大部分時間都忽略它，有時候則用來自我檢視。他需要定期地觀察自己，好好看著自己，因為沒人在看他，如果他不提醒自己是確實存在的，他可能會就這麼消失不見吧。他看著他的陰莖，長得很好。他看過裸男站在觀察室裡任女性挑選的約會節目，幾乎每個男人的陰莖都醜得要命。他的很好看，他可以很客觀地這麼說。然而，沒有女人見過它。

他嘆了口氣，把陰莖塞回內褲裡，拉上褲子拉鍊。他回到自己的房間，點進「妳的損失」的部落格，歐文昨天點了那則評論裡的連結後發現的。

「妳的損失」的網站引領歐文通往未知的世界。

他自稱是非自願獨身者（incel）。被放在網頁頂端的這個名詞超連接至維基百科寫著：

……網路次文化的成員［註1］［註2］。他們將自己定義為儘管渴望有伴，卻無法找到約會對象或性伴侶，因此陷入所謂非自願性獨身的狀態。［註3］有此種自我意識的大多數是白人，而且幾乎都是男性異性戀者。［註4］［註5］［註6］［註7］［註8］［註9］。本名詞即用以描述「非自願獨身者」。［註10］

「妳的損失」和歐文一樣三十三歲，對於自己十七歲後就沒有過性行為這個事實坦承不諱。

另一方面，歐文還是處男。

十九歲時左右，曾經有個女孩伸手進他的褲檔。但一切發生得太快，什麼都還沒開始就結束了，那女孩迅速地抽回手，忙著找水槽。那是他這輩子最尷尬的時刻之一。多年來，他不斷在腦海中反覆回播那個景象，就像用鋒利的刀一遍又一遍地自殘。他想得越多，就越害怕再次身處相同境地，從那以後，對於自己缺乏性經驗，或沒有女人願意瞧他一眼或碰觸他，他一直怪罪自己。他認為這完全是他的錯。

但看了「妳的損失」的部落格，他開始感到疑惑。因為「妳的損失」不會責怪自己。「妳的損失」責怪其他所有人，而且是真的很生氣。

他對那些被他稱為「渣男」的人很生氣。渣男是能跟女性上床的人。根據「妳的損失」的說法，渣男不做愛時只為了抬高身價，讓自己顯得比那些沒得做愛的男人們更優越。而他們之所以能到處跟人上床，是因為他們的外表誘人又搶手。這意味著他們不斷對自己的身體加工，好比一般男人更具吸引力，他們會用助曬劑和美白牙齒，接受微整容，調整眉型和膚質。他們用不公平的手段不斷拉大與像「妳的損失」這類男人之間的差距。歐文懷疑，恐怕連男人都為之欣羨。這根本是作弊。

但「妳的損失」主要是對女人生氣。那些他通稱為史黛西或貝琪的女性。史黛西是那種高標準女性，如女神般的存在，可以擁有任何自己想要的男人。這些女人讓他作噁，因為她們很清楚自己在做什麼。她們知道自己的魅力和價值，故意作弄像「妳的損失」這樣的男人，讓他們感覺自己一文不值。貝琪沒那麼有魅力，但認為自己有權拒絕像「妳的損失」這種男人，畢竟他們完全不夠格。

「妳的損失」做了很多功課。他去了很多地方，坐在酒吧不起眼的角落的長椅上觀察，並彙報所見；他相信這些不公平的現象潛藏在他所居住的無名小鎮的每個角落。

歐文點進一則〈白雪的玩笑〉全文，開始閱讀：

我的小鎮今天是銀白色的。下雪了。這讓我一度感覺到充滿希望；一切都隱藏在雪白之下，世界彷彿穿著制服。每個人都得套上笨重、保暖、一點兒都不吸引人的厚大衣，眾人皆平等。

才怪，對吧？即便白雪皚皚，不用拂開雪片也看得出來那輛車是賓士雙門跑車，而另外那輛只是台福特房車；你絕對不會認錯鮮紅烤漆透出的光芒或保險桿的特殊曲線。即便我們穿得同樣蠢，還是可以清楚地看出誰是贏家、誰是輸家。可憐的平凡貝琪在雪地裡踩著破舊的UGG平價雪靴。她不知道它們不防水嗎？噓，別提。對，她不知道，因為她很蠢。然後，看哪，史黛西踩著Hunter雨靴迎面走來，你知道那一雙要價一百英鎊嗎？真是醜得要命的鞋。不過至少有防水。而且我想，肯定有人會是綠色橡膠鞋的粉絲吧……她臉上有著精緻妝容，當然了，可別以為冷得下雪就可以隨便塗塗。絕對不能降低標準。

這個小鎮，這個見鬼的鎮。全是些裝模作樣的傢伙。即便不是其中之一，也急切地想要變成其中之一。而如果你的故作姿態沒有讓你成為眾人渴望的對象，那麼就算你很不賴，也只會被當成輸家。

我去了間平淡無奇的餐酒館，它變成餐酒館才不過幾個星期，在那之前就只是一家酒吧。更確切地說，是一家小酒館。之前的名字是「獵人酒館」。外面有盞燈，還有曾經可以讓人把馬栓在那兒的棧道。儘管它現在變得很高檔，但那盞在雪地中發光的燈，仍然讓人隱約感覺回到狄更斯筆下的年代，有那麼一瞬間我感到平靜而快樂，彷彿我屬於那裡。在那個時代，每個男人都能找到一個女人。如果無法讓女人愛上她們，也還有其他方法可以擁有並留住她們。那個時代的女性需要我們，甚於我們對她們的需求。現在這個世界到底出了什麼問題？

我買了一品脫酒，坐在窗邊。我看著成群野鴨飛掠過結冰的池塘。我看著雪。

明天，雪將不復存在。

15

歐文套上正式的灰襯衫和深色牛仔褲，打量著衣櫥外鏡子裡的自己。他看起來還不錯。雖然髮型有點老氣，瀏海無精打采地垂在眼睛上方。而且他很蒼白。但是現在是二月，他在二月總是沒啥血色。他得在一個半小時內到大學開會。這將是他兩週來除了購物之外首次離家。他的胃因預期的緊張而翻攪。不只是因為想到要搭地鐵，和人對面而坐，以及穿過成群陌生人，還有擔心他們將對他說些什麼。他們對於女孩所提的指控進行了全面調查，希望他能「花個半小時左右」的時間，好讓他們跟他說明最新情況。

「不能用電話說嗎？」他問。

「不行，」荷莉說。「很抱歉，歐文。我們得當面談。」

他從床底下撈出兩週前被他踢進去的那雙髒得要命的鞋子。成堆灰塵跟著鞋子被拖了出來。他審視著睽違兩週的鞋面。不行，他決定，這雙鞋不行。他不能再穿這雙了。他改穿上有著鞋帶和橡膠底的黑色休閒鞋，那雙鞋的鞋底用膠粘過起碼兩次。

他在廚房裡吃了些早餐：一片吐司加一片起司。他把奶油放回冰箱時，泰絲出現了。她從義大利回來後一直脾氣古怪。

「你不會遲到嗎？」她說。「已經快十點了。」

「我是十一點以前要到。」他說。

他沒有跟她說自己被停職的消息。為什麼要說？她只會以此批評他，說些什麼和他媽媽有關之類的話，讓事情比現在更糟一成。

「對某些人來說是沒差。」她說，越過他到水槽邊，從瀝水盤上拿了個倒置的茶杯，檢查了一下杯子內部然後開始沖洗，接著打開了水壺。

泰絲是他媽媽的大姐。歐文的媽媽在他十八歲時去世。歐文的父親與他的新妻子和兒子住在倫敦南部。歐文在母親去世後和他們住了一個月。那是他一生中最寂寞的一個月。他想起泰絲在葬禮上曾撫著他的手臂說：「記住，如果你需要，我隨時會為你留一個房間。」

事實證明她不是真心這麼想。但過了十五年，她還是擺脫不了他，眼看還會繼續下去。當歐文搬進來時，她才四十歲。如今她五十五歲了，舉止卻像是六十五歲。你絕對不會看到她穿萊卡緊身褲或連帽上衣。她有著鐵灰色的稀疏頭髮，最常在漢普斯特德專賣鬆垮的亞麻罩衫和寬褲，或是寬邊軟帽的精品店裡購物。

「我昨晚遇到了埃內斯托先生，」她說。

歐文點點頭。埃內斯托是住在他們樓上，有著一定年紀的單身漢。

「他說幾週前有警察上門。有看到你在前門跟他說話。你們在說什麼？」

歐文覺得呼吸困難。「沒什麼，」他說。「附近有性攻擊事件。他們挨家挨戶地問話。」

「攻擊，」她瞇起眼睛。「什麼樣的攻擊？」

「不知道。」他把吐司邊扔進垃圾桶。三十三歲。他應該大到能夠吃下硬的吐司邊了。

「就是有人被襲擊之類的。」

「性侵？」她問。

「是吧，」他回答。「大概。」

一陣短暫但明顯的沉默。在一片寂靜中，他能聽見他阿姨輕輕倒抽了一口氣；有個想法閃過她的腦海，讓她的頭微向後仰。她再次瞇起眼睛，然後恢復正常。

「好吧，」她說。「希望他們已經抓到那個人。我不知道這地方是怎麼了。以前很安全的。」

在接待區緊張地等待了五分鐘之後，歐文被帶到了和上次相同的那間辦公室。同樣地，傑德．布萊恩、荷莉和克拉麗絲都在。還有另一位短小精幹的女人，他們向他介紹那位是潘妮洛普．奧菲莉。她是一名公證人。

「我們為什麼需要公證人？」他問。

「為了透明。」

透明。歐文緩緩地眨眼，嘴裡吸著兩頰內側。

「請坐，」傑德說，「坐下吧。」

「還好嗎？」荷莉問。「希望你有稍微放鬆一點。」

「並沒有，」他說。「沒有。」

荷莉的笑容凝結在唇邊，接著突然轉過身說，「好吧，謝謝你撥空過來，歐文。如你所知，我們一直在努力調查那兩名學生對於你去年十二月聖誕派對上的行為的說法。」

歐文在椅子上微微扭動，打開雙腿，又再次交叉。自從被指控以來，他對那天晚上發生的事情重複想了不下一百次，仍然找不出自己究竟是哪個舉動混淆了舉止輕佻和職權騷擾的界限。畢竟這是他們為什麼會在這裡的原因，讓所有這些人特別安排時間，一同坐在這間辦公室，甚至還請了外部的公證人，顯然一定有個什麼行為讓他們確信這已經構成了騷擾。

他第三次放下交叉的雙腿，並且意識到這會顯得他很緊張不安，儘管這是可以理解的反應，但也可能會讓人感覺他心裡有鬼。他此時覺醒自己應該要先和律師好好談一下這件事。從他上次坐在這裡以後，事態已然更加嚴重而非緩和。

「我們有與當晚在場的幾個人談過，」荷莉繼續說。「歐文，恐怕他們的說法都證實了最初的指控。」

他點點頭，垂下了雙眼。

「有幾個人看到你碰觸那些提出指控的女孩。還有好幾個人在你用額上的汗水灑向那些女孩時在場。他們都證明那是故意的，女孩們要求停止，但你還是這麼做了好幾次。」

「此外，我們還有幾份報告顯示有教學不當的情形：偏愛男孩，輕視女孩。無視她們，以更嚴苛的標準要求她們或不願意給予她們的課業表現良好評價。還有，會在課堂上使用一些不適當的語彙。」

他抬頭看了一眼。「比方？」

「這個嘛。」荷莉看著她的筆記。「比方叫人『像個男人』之類。形容某個程式碼很『性感』。把女學生稱為女孩。還有說學生是『瘋子』或『心理有毛病』。」

「但是——」

「取笑會食物過敏的學生。」

「不可理喻……」

「還有吃素的學生。」

歐文閉上眼睛，嘆了口氣。「看在上帝的份上，」他低聲咕噥著。

荷莉盯著他看，手指著筆記上的最後一行，然後說：「還有，褻瀆上帝。」

「褻瀆上帝？」他說。「這是認真的？我親愛的上帝啊。」

他意識到自己的失言，再次閉上眼睛。

「所以，」他說，「現在會怎麼樣？」

短暫的沉默。房間裡的三個人彼此交換了眼神。然後，荷莉從文件夾中抽出了一張紙，越過桌子遞給他。「我們希望你去參加這個研習課程，歐文。只要一個星期，包含了我們今天討論的所有問題。如果在課程結束時確定你有全心參與，並且充分理解在有孩子們的工作場所中，什麼是適當和不適當的行為，我們就可以開始討論重回教職的事。但是你必須承諾願意百分之百地配合。你先看一下文件。讓我知道你的想法。歐文，你是我們非常重要的教職員。」她咧嘴一笑。「我們不想失去你。」

歐文盯著那張紙好一會兒。那些字在他眼前漂浮著、旋轉著。他腦中跳出「洗腦」這個詞。他會跟一群戀童癖一起在一個房間裡關上一星期，重新格式化自己的腦袋，從此認為素食主義者才是好的，女性應該也要有陰莖。

不，他想。不，謝謝。他把那張紙推向桌子對面的荷莉，「謝謝妳，但我寧可被解僱。」

在離開伊靈學院後，歐文漫無目的地走了很長一段時間。他完全不敢有搭地鐵回家的念頭。他不知道該怎麼面對泰絲透過方框眼鏡瞄著他質問，*你怎麼這麼早就回來了？*還有自己接下來整天癱在那張扶手椅上盯著電視。

他可以打電話給學校，撤回辭呈，並且同意去上研習課程。這條路確實還是可行的。但是，假如最好的結果是他因此可以重新回去工作，然後每天都會在教室裡看到那兩個女孩，周圍則是令人反感的青少年，大家都當他是個過時的法西斯主義者，那麼，說真的，這有什麼好值得爭取？

歐文有積蓄。泰絲跟他收的房租和十五年前向剛失怙的少年收的費用一樣：每週二十五英鎊。他沒有社交生活，沒有要價昂貴的嗜好，這麼多年來，他當然也沒什麼機會花錢連番請女士們吃大餐或試圖取悅她們。他的銀行帳戶裡還有幾千英鎊。不夠訂下一間好公寓，但足以維持好幾個月的生活。他不想要回自己的工作。他不想為此而戰。

他打電話給他父親。

「爸，」他說，「是我。」

他聽出電話那頭有些微停頓，考慮到是兒子打來，他爸爸下意識地調整了下心情。

「哦，嗨，歐文，」他說，「你好嗎？」

「我好久沒見到你，」歐文開口。「應該有，嗯，好幾個月了。」

「我知道，」他父親抱歉地說。「我知道。可不是嘛，真是太糟糕了，時間過得好快。」

「聖誕節過得如何？」歐文尖銳地問，不想給他父親更多機會把他們缺少往來的原因推拖到他完全不感興趣的其他事情上。

「喔，就是，你知道的，忙翻了。我很抱歉——」

「不要緊，」他再次打斷他的話。他不想重複相同話題：生病的岳母，同母異父的弟弟有某種和毒品跟性別焦慮有關的Z世代可悲危機，**這一年發生太多事了；兒子啊，我們得**

好好面對問題。光想到他父親每次說要**一起好好面對問題**的對象都不包含他這位長子就夠糟了，隨著時間流逝，情況並沒有改善。

「那你……你跟……？」

「我一個人住，」歐文說。

「喔，」他父親說。「我以為你住在泰絲那裡，或有其他人……？」

「沒有。泰絲在托斯卡尼。我一個人生活，挺好的。」

「對，」他說。「好的。好吧，很抱歉。希望下次聖誕節會不那麼……」

「那麼忙？」

「是的，不那麼忙亂。那麼……工作還好嗎？」

「我今天辭職了。他們指責我有不當性騷擾。」

「呃。」他聽出他父親對此有些畏怯。

「嗯哼，顯然我在大學的舞會上摸了某個女孩的頭髮，顯然我在教學時使用了某些惱人的詞彙，還有，顯然在課堂上好好當個普通男人已經不再是可以被容許的事情。如今我們所有人都得像個機器人，在把話說出口前務必再三思量。因為很明顯地，現代女性沒辦法面對這些事，她們根本無法應對任何事。」

他在大吼。他知道他會吼出來。這是他打給他父親的原因。他父親知道是他讓歐文失望，他是個很鳥的爛老爸。於是他讓歐文時不時地對他大吼大叫。他可以接受這樣。他無力解決什麼，但是他可以承受。至少現在這樣就夠了。

「哦，歐文，這真是太可笑了，不是嗎？政治正確，嘖，」他咂著嘴。「根本是神經病，說真的。不過，你認為辭職是正確的選擇嗎？我的意思是，你要怎麼找另一份工作？」

這個棘手的問題讓歐文為難。然後，他想到「妳的損失」成天在髒亂的市集小鎮閒逛，寫著他的部落格，同時在做一份無聊的辦公室工作。他似乎過得挺愜意。一切都在他的掌握之下。

「我可以再找別的工作，」他說。「這整件事只是太……」

「我懂，」他父親接話，「荒謬。超級荒謬。」

這段對話陷入明顯的停頓。歐文覺得他應該要填補這個空檔，但是他做不到，他說不出話。於是這讓他父親有了主導對話的機會：「好了，歐文，和你聊天很開心。很抱歉聽到你最近過得不太好。我們應該趕緊找時間聚一聚。我們真的應該這麼做。我在想，你的生日是在……？」

「下個月。」

「是的。下個月。一起做點什麼吧。」

「好。我們一起。」

「還有，歐文？」

「嗯哼？」

「關於這些指控。你知道的，所謂不當的性騷擾行為。我的意思是，都是子虛烏有的事。對吧？」

歐文嘆了口氣，力量往下一沉，讓自己靠在牆上。「對，爸。都不是真的。」

「好。很好。再見，歐文。」

「再見，老爸。」

歐文站直了身子。他短暫轉嫁到他父親身上的怒氣再次回到自己身上，比之前更加深沉、黑暗而強烈。他覺得自己渾身血管電力充斥。他快步走向地鐵站，在轉進地鐵站入口前，瞥見馬路對面酒館散發著玫瑰金光芒的窗，還差二十分鐘就十二點了。

歐文不太喝酒。他喜歡在和同事們聚餐或出門聚會時配點小酒，但不會只為了喝酒而喝。但他再次想起冷清的房間，和泰絲憤世嫉俗的嘲諷，接著想到「妳的損失」買了一品脫酒，待在安靜的酒吧角落裡觀看著、學習著、思考著、存在著。他想像著他是個留著俐落短髮的寬肩高個子，可能還留了短鬚或鬍子。他想像著他穿著襯衫、破牛仔褲和軟底靴，從鬍子上抹去一層啤酒泡沫，然後小心地把那杯酒放回杯墊，擺到正中央的位置。抬起目光，觀看、學習、思考、存在。

他轉身離開地鐵站，回到人行穿越道旁，等著那枚綠色小人閃爍，然後走進了酒吧的溫暖光澤中。他點了一品脫酒。找了一張單人桌。坐下。

16

幾個小時後，歐文用力推開地鐵站對面那間「東方之星」餐館大門。他拿了一份特製炒麵和一罐汽水在收銀台結了帳，然後選了面窗的長板桌，看著從地鐵裡傾瀉而出的人群，訝異於有如此多互不相識的陌生人。

他試圖用炒麵吸收他在酒吧獨自豪飲的三品脫啤酒。自己一個人喝酒喝到醉真是可怕的經歷。他上廁所時尿在自己的鞋子上，整個人站都站不穩，一直對著鏡子裡的自己傻笑和自言自語，離開酒吧前還撞上了一張桌子，讓一個女人杯子裡的酒濺了出來。「我真的非常抱歉，」他說。「拜託請不要報警。」她面無表情地斜眼瞄了他一眼，他低聲地說了句**婊子**，走出了酒吧，立刻又後悔自己說了那句話。

吃完麵後，他走上回家路上的陡峭上坡路。醉意開始發散、逐漸消褪。他抬起頭，看到月亮高懸在兩棵高大的樹間，映襯著海藍色的天空。他拿出手機試圖捕捉這個畫面，但月亮拒絕為他顯影，只在螢幕上留下模糊的白色圓點。

他把手機放回口袋，正轉身時，一個纖瘦人影衝過他身邊，重重地擦過他的肩膀，差點撞倒了他。

那個人略轉過身，但沒有減緩速度。「抱歉，朋友。不好意思。」

然後那個人影回過頭衝下山坡，在原地跑了跑，又轉身沿著路中央衝上坡。

歐文站在那兒看著他。

那是個中年男人，穿著萊卡緊身褲和拉鍊夾克，耳朵上掛著奇形怪狀的黑色塑膠板，一條電線從夾克上的小口袋裡冒出來。

他是一個慢跑者。他好奇地看了歐文一眼，然後又往回跑。這條路是一條死胡同，和有著六個車道的芬奇利大道中間隔了一組石階。有好一段時間整條路上只有歐文和那名慢跑者。當慢跑者第六次抵達山坡頂部時，他停下來撐著腿休息，大口地喘著氣，那聲音聽起來像是隨時會掛掉一般。他抬頭看向歐文。「老兄，你沒事吧？」他問。

歐文覺得自己心底有個什麼黑暗的想法在驅動著他。他看著慢跑者說，「你結婚了嗎？」

慢跑者做了個鬼臉說，「啥？」

「結婚？」歐文說。「或者有女朋友？」

「關你什麼事？」

「沒什麼，」他回答。「只是好奇。」

他邁步轉向通往他家的街角，那個男人追上他。「我認識你嗎？」他問。

「我不知道。」

「我們是鄰居嗎？我好像見過你……」

「我就住在那裡。十二號。」他指著泰絲的公寓聳聳肩。

「喔，沒錯。這就對了。我們住在那邊。」男人指著對面的房子，那個十幾歲女孩和一臉憂心忡忡的愚蠢母親住的地方。

歐文點點頭。男人離開繼續跑步前朝他略略微笑。「回頭見了。」他說。

「嗯哼，」歐文說。「下次見。」

泰絲客廳裡的電視聲穿過緊閉的門隆隆作響，她正在看國會的現場直播，與英國脫歐有關的議題。雙方論點聽起來水火不容。

他躡手躡腳地走進廚房幫自己倒了一大杯水，然後關進自己的房間，解開襯衫的前三顆釦子，脫下那雙蹩腳的鞋，打開了「妳的損失」的部落格。有一則新貼文，但他沒有點開。相反地，他往下滑到標示著**與我聯繫**的地方，嗨，他開始輸入：我叫歐文。我很喜歡你的部落格，想多跟你聊聊。我丟了工作。完全不知道下一步該怎麼辦。

唷，歐文，對方回覆了，你怎麼了？

我是個老師。我被指控「把汗灑在學生身上」，還有「嘲笑素食主義者」。我拒絕參加「再教育課程」，提出了辭呈。

怎麼會這樣！把細節告訴我！

歐文扼要地描述了事件的經過。那場派對，龍舌蘭酒，女孩們，歷次的會談。還有每次提到「汗水」這個詞時，克拉麗絲和荷莉都會厭惡地撇嘴。

你現在的狀態是什麼，對方問他，單身？有在約會？沒有交過女朋友？哪一種？

單身。沒交過女朋友。他回答。

你有喜歡的人嗎？我的意思是，你有想戀愛嗎？

歐文思考著這個問題。他沒有答案。最後他回答：我不知道。我現在沒有喜歡哪個人。

但我有過喜歡的人。

約會？

有過。

晚餐和送花？喝酒？

吃了晚餐也送了花。有過一次。

結果如何？

搞砸了。她在半途離開，說她媽媽出了緊急情況。

哈哈哈。去他的。什麼胡說八道。那麼，工作要怎麼辦？

我不知道。可能找時間出去玩吧。我有些積蓄。

還有呢？其他時間要做什麼？

沒想過。也許嘗試創業，開間公司之類的。

你需要一個計畫，老兄。否則有天早上你會醒來，發現自己口袋空空，成了個過重的胖子，除了一堆再也穿不下的褲子外，什麼都沒有。

我不確定我是否準備好訂計畫了。

歐文說完，接著「妳的損失」有好一段時間沒有回覆訊息。他有些坐立難安，感覺喉嚨乾癢，擔心自己是否說了什麼讓對方失望的話。一個視窗跳了出來，出現了新的訊息。

歐文，你住哪裡？

北倫敦。

太好了。離我不遠。

怎麼說，你住在哪裡？

倫敦郊區。這樣吧，這是我的電郵 Bryn@hotmail.co.uk。寫信給我。我要給你一個建議。現在就寫電郵來，可以吧？

歐文打開自己的電子郵件信箱，在收件都欄貼上布林的電郵，開始寫信。

17

歐文和布林約好在尤斯頓車站附近的一家酒吧碰面喝一杯。

布林告訴歐文，他會穿綠色夾克，頭髮「爆多」，有戴眼鏡。歐文給布林的描述則是，他會穿黑色夾克和牛仔褲，然後怎麼也想不出其他足供識別的特徵。

他走進酒吧；那是間破舊的仿都鐸式建築，開在街角，外面人行道上擺著飽經風霜的幾張桌子，鑲著鉛框窗戶。空氣中漫著滿滿的啤酒味和灰塵。角落裡坐著很多落單的人。歐文掃視著房間，望見左邊有個人，也正帶著某種認出他的神情看著他。他並沒想到這個人可能是「妳的損失」，歐文的目光從他身上掠過。但這個人旋即起身，朝他走來。他走路時有個奇怪的前傾姿態，身材矮小。非常矮。捲髮沿著後縮的髮線從頭上向後炸開，很像小丑的假髮。頭頂光禿的部分閃亮而凹凸不平。綠色拉鍊夾克上有著污漬。

「歐文！對吧？酷！老兄，很高興見到你！」他抓著歐文的手上下搖晃。

「布林，」歐文說。「我也很高興見到你。我能請你喝點……？」他指指吧台。

「不用、不用，我自己來就好。」

歐文幫自己點了一杯紅酒，回到布林的那一桌。

「嗯，很好，很好，」布林說。「現在我們算是來到一本書的轉捩點了。」

「有點這個味道。」歐文表示同意。

事實上，這是他最後的期待了。布林前一天晚上回了一封電郵，問了關於他的技術資格、專長、興趣的問題，還有跟學校辭職的狀況。歐文實在搞不懂他的真正意圖。然後布林突然說，**這是宿命，是因果循環哪，你和我註定要認識彼此。約出來喝點東西？明天？約尤斯頓那附近？**

「今天都好嗎？」布林正在問。

歐文臉色泛白，他不太習慣有人關心他今天過得如何。「很好。還可以。」他停頓了一下，補充說道，「你呢？」

「喔，你瞭的。就那些鳥事。」

「你今天有上班嗎？」

「是啊。有。其實我剛從辦公室直接過來。不像你，你這幸運的混蛋，悠哉的紳士。今天都做了啥？」

他聳了聳肩。「睡得很晚。好好兒地泡了個澡。看了幾集電視影集。吃了碗義大利麵。」

「喔，你這個幸運的超級大混蛋。他媽的，我也會想像那樣殺時間。不管如何，」他舉起一杯顏色混濁的飲品，對著歐文的紅酒，然後說，「敬你一杯。」

他一點兒也不像歐文想像中的模樣。但他有某種魅力，卡通人物式的魅力。他很自信，有點狂妄，這讓歐文感到困惑，因為他一直認為自信是男人能夠吸引女人目光的原因，而正是他的缺乏自信阻礙了他的機會。

歐文的目光落在了布林夾克上的污漬，看不出來是沾到什麼，似乎已經存在那裡太久，以至於布林根本沒注意到它。他想像著自己脫下布林的夾克，扔進洗衣機好好洗個幾回。他想像著自己拿著一把閃亮的剪刀，剪掉那頭可笑的捲髮，扯掉那副不合時宜的眼鏡，並且告訴他不要再像那樣詭笑。他莫名地對於布林這樣隨便對待自己，然後把自己營造成像歐文這類人的代言人感到憤怒，他們這些人試圖做對一切，他們的夾克上不會有污漬，沒有小丑頭，卻仍然無法讓女人直視他們的眼睛。

布林根本不懂，歐文心想。他不明白明明像個正常人卻無故被世界忽視的感受，他似乎刻意想被女人鄙視。他再次想起布林在那篇關於職場性騷擾的文章下寫的評論內容，他想到布林辦公室裡的那些女性，他突然有一瞬間為她們感到難過。

但他對布林隱藏了這些疑慮，露出微笑回應，「乾杯。很高興認識你。」

「好了。」布林搓著手。「我猜你很想知道這到底是怎麼回事？」

他點點頭。

布林環視酒吧，壓低了聲音。「我想約你見面，面對面談。因為我想和你討論的事情有點……嗯，敏感。我不想留下什麼可以被追蹤的紀錄。你懂的。」

歐文再次點頭。

「好。你和我。我可以感覺我們有某種關聯，是吧？」

歐文第三次點點頭。

「我現在看著你，我看到了一個好看的傢伙，打扮也不差。但是你說你從來沒有，怎麼說呢，從來沒有和女人在一起過。」

歐文承認這一點地笑了笑。

「那麼，你覺得這是在告訴你什麼？」布林沒有等歐文回答。「它告訴你這世界有問題。這個世界，歐文，他媽的完全錯了。你認為這是為什麼？」

再一次，他沒有等待他的答案。

「這是一個陰謀。我不是什麼瘋狂的陰謀論者，我向你保證。但是這個，像你和我這種人卻必須面對的狗屎。這是個陰謀，百分之百，就是這樣。他們稱我們為『非自願獨身者』。」他用手指比著引號。「好像這不過只是運氣不好。你懂吧，好像任何人都對此無能為力。但這就是問題所在，歐文。他們正在對我們做的事情——是故意的。大眾媒體故意這麼做，他們全部被自由主義者和女權主義者牽著鼻子走。整個世界的腦正在集體萎縮。人們變得越來越愚蠢，越來越注重無聊的細節，該死的眉毛，竟然還有專門處理眉毛的行業，你知道嗎？產值有數百萬英鎊。與此同時，對於像你我這種男人的基因的需求市場正在不斷縮小。再往後推三代來看，最後會得到什麼？只剩下史黛西們和渣男們。這對世界不利，歐文。這對整個地球不利。我們會消失，像我們這樣的人。這個世界將充滿有著亮白牙齒和刺青的人，大家互搞，製造更多的史黛西和渣男。過去，每個男人都會有個伴侶，因為女人需要男人。如今女性認為她們統治了世界。她們可以挑挑揀揀，而男人們則得尋尋覓覓，還得記得幫眉毛打蠟，並且假裝不介意女友稱他們是沒用的蠢蛋。世界毀了，歐文，徹底地毀了。我有一個平台；我的部落格有超過一萬名訂閱者。而且每一天、每一分鐘都在增加。我可以利用那個平台，找出和我有同樣想法的人。我是說，顯然我們都對像這樣被世界耍的情境感到憤怒。現在的重點就是，要找出那些願意跳出框架、為此做些什麼的人。我們要開啟革命。」

歐文不解地看著布林。

「我在說的是戰爭，歐文。你要加入嗎？」

歐文仰躺在他的單人床上。望著距離頭頂大約八英尺高的天花板。幾縷被窗外氣流吹動的蜘蛛網舞動著。現在已是半夜。他很累，但是睡不著。

他腦中不斷重複播放今晚他和布林相處的每一刻。布林的話如一整桶傾倒的彈珠，在他腦袋裡盤旋來去，震耳欲聾。

即使到了現在，已經回家兩個小時，躺上床後也過了一個小時，歐文還是無法完全理解布林的話背後的意涵。布林很混亂，說話和思考的速度似乎搭不上，他就像個不斷冒出各種點子、目標、一下生氣一下興奮的噴泉，沒有任何具體的重點或想法。只除了不斷提及關鍵就是革命的這個說法。

最後，他遞給歐文一小罐藥，上面寫著，「如果你不能合法地得到它，那就他媽的這樣幹吧。在她們睡著的時候。」

歐文回看著布林。「我不懂。」他說。

「喔，你懂的，」布林說。「你心知肚明。」

他往後靠，雙臂交叉在胸前，得意洋洋地看了歐文一眼，然後又湊向前去。「想想看，」他說，「我們有很多人都在這樣做。數百人。懂吧？懂嗎？」

歐文覺得中午吃的東西從喉嚨深處緩緩上升。

布林靠得更近了，急切地看著他。「這與性無關，你明白的，不是嗎？這是攸關我們的生存。靠，如果是瀕臨絕種的動物，還會有慈善機構盡其所能地要保護牠們。送上他媽的還能生育的雌性供牠們交配好繁衍後代。我們為什麼不一樣？為什麼我們要得到比他媽的動物更糟糕的對待，嗯，歐文？」

他豎起手指，雙手指尖互觸，自上方看著歐文。

一兩分鐘後，他們離開了酒吧。「好好想想。」這是布林的告別語。歐文看著他跳上尤斯頓車站的台階，一次兩階，身手靈活，狂亂的捲髮隨之晃動，隱約可見鞋後方的破損。

歐文坐起來，登入其中一個在他開始關注布林的部落格後經常上的單身漢論壇。

一開始，這些聊天室讓他感覺安心。歐文這輩子沒有哪一天醒來能夠平靜地接受自己的孤單。每天他都會看著街上那些成雙成對的人，想對著他們大叫這一切多不公平。他很欣慰地發現，他並不是世界上唯一一個有這種感覺的人。

但現在歐文想到布林外套上的污漬，對照著他認為都是這世界欠他的狂傲，他再次看著這些論壇並思考著，隱藏在這些匿名代號和浮誇用戶名後面，有多少是跟布林一樣穿著骯髒夾克，頭髮蓬亂，有著荒謬的迷姦幻想的男人，他發現自己為這些男人感到難過；或許，他想著，他們根本不配擁有好女人。

接著他想也許他並不是真的有什麼問題。也許只是這些年來的想法錯了，是他自己想太多了。他突然意識到，這個問題的解答不是像布林那樣可悲地打算對抗全世界，而是與自己和解。

他伸手拿起擺在床邊地板上的手機，打開後開始滑著螢幕，尋找著Tinder交友程式的紅色小火焰標誌。

18

情人節晚上七點，歐文穿上海軍藍色的圓領毛衣，裡面搭了一件白襯衫。他搞不定露出的領子，感覺有點邋遢，但他沒時間了，就這樣吧。髮型也很怪，不過向來如此。他在毛衣和斜紋棉褲外面加上一件休閒西裝外套，主要是為了掩飾他寬大的臀部。

歐文和一位女士約了晚餐。他三個晚上前在Tinder上遇到的一位女士。他之前也嘗試過用這個方式認識人，但不曾奏效，只留下和那些甚至長得沒有特別好看的女性之間不甚愉快的交流經驗，事後回想起來，他對這些事情的處理方式真的很糟糕。

那時的他不一樣，比較脆弱、沒那麼憤世嫉俗。他對每一次約會都寄望甚深，期待值過高。如果說他與布林奇異的相識對他有什麼真正的幫助，那就是重置了他對於約會的看法。只要不會發展成約會強暴，看起來都是件好事。

這個女人叫蒂安娜。三十八歲，住在柯林代爾，在一家郵件廣告公司從事行銷工作。她有一個十歲的兒子，一臉帶著著真誠歉意的無辜神情。她沒有附上任何顯示肩膀以下身材的照片，這表示她可能很胖。沒關係。歐文並不介意。

離開房間時，他與泰絲的一位朋友擦肩而過，那個叫貝利的男人有時會留下過夜，但通常不會。貝利散發著強烈的刮鬍水味，看起來很貴的灰色羊毛外套上方口袋裡放著一塊手帕。

「晚安，歐文。」他粗聲粗氣地說。

「你好，貝利。」他回答。

泰絲走出客廳，好奇地打量歐文。「你穿得很正式，」她猜疑地問。「要去哪裡？」

歐文伸手拿了外套，把胳膊伸進袖子裡。「我要去見一個朋友。」

泰絲從走廊的掛鉤上拿下一條芥末色圍巾，圍在自己的脖子上。她的神情緩和下來。「哦，」她說。「一個朋友。有紅玫瑰和巧克力的那一種朋友嗎？」

「不是，」他態度堅定地說，不想對泰絲透露任何私生活的訊息，她可能哪天會拿來反擊他。「沒有這種事。就只是朋友。」

她嘆了口氣。然後她說，「歐文，你是……嗯，你對女人有興趣嗎？還是你喜歡男人？我的意思是，很抱歉如果聽起來有點冒犯，但是你──你現在幾歲了？三十五歲？」

「三十三歲。」

「好，三十三歲。你從十八歲就住在這裡。而這麼長一段時間以來……」她沒把話說完，如斷線般懸在空中。

歐文決定假裝沒聽出那句話的意思，他拿起一把雨傘，「妳們也要出門嗎？」

「對，貝利要帶我去畢安卡別墅。你和朋友玩得開心點。」

她從落地櫃的抽屜裡拿出一支口紅，轉出來後對著鏡子噘起嘴。他關上門時聽見她往嘴唇上抹著口紅的聲音。

在地鐵上，歐文試圖壓抑自己的緊張。他能感覺到腋下開始潮濕，前額也濕漉漉的，看起來可能很油亮。他走出考文特花園的地鐵站，大口地呼吸著寒冷潮濕的夜間空氣。他瞥了手機一眼，有一則來自蒂安娜的訊息。

訊息寫著：**提早到了！在靠後面那張桌子！**

歐文吞了吞口水。

她怎麼這麼早？是哪種人會為了在 Tinder 上約的人提早到？他加快了步伐，這下可好，他會變得更燥熱，抵達時會比他現在還要慌亂和蓬頭垢面。他試圖走尼爾街抄捷徑，不耐地側身走過那些擋住他去路的人群。

然後他終於到了：一家平易近人的義大利餐廳，有著紅白相間的色調，牆上掛著許多已逝的義大利電影明星在吃義大利麵的黑白照片。裡面客滿了。前台的女士說，「請問有訂位嗎？」他說，「有的，訂位名字是皮克，晚上八點。」

「啊，是的，您的朋友已經到了。」

歐文清了清嗓子，再次摸了摸頭髮，拉好外套，跟著帶位的女士蜿蜒地穿過桌間通道，直到抵達那張桌子。站在她面前。

歐文開口，「嗨。蒂安娜？」

她立即更正，「是迪安娜。不是蒂安娜。」

他說，「呃。對不起。」然後接著，「我是歐文。」

「我猜到了。」她說。她在微笑，但歐文無法判斷她是否在開玩笑。

「我可以坐下嗎？」他問。

她點頭，有些不自在地揉著自己的手肘處。

他想起來他應該要給她一個打招呼的禮貌親吻，或者和她握握手，或者其他什麼類似的舉動，但是她當面糾正了關於她名字的發音，這一舉擊垮了他，他覺得自己好像失控了，手足無措。距離他或迪安娜上次開口至少過了十秒鐘，他看到迪安娜奇怪地盯著他看。

「你還好嗎？」她說，「還是……？」

她的眼神飄向門口，他認為她是在建議他們應該中斷這次約會，因為開始還不到一分鐘就已經出錯了，他們應該這樣結束。他嘆了口氣，肩膀下沉。然後他做了一件對他來說不太正常的事情，反正也不可能再更糟了。

出自他自己也幾乎沒察覺到過的內心某個柔軟而願意開放的部分，他說，「真的很抱歉。我有一點……**緊張**。」

她露出鼓勵的微笑。

他繼續說，「事實上，我非常緊張。令人難以置信的緊張。」

她的臉現在完全軟化下來了，她說，「很好，我想我們兩個一樣。」

此刻，歐文在走進餐廳之後，頭一次好好兒地正視這個女人，他看到一張令人愉快的臉龐，皮膚可能沒有手機照片上看起來那麼光滑，眼眸沒有那麼藍，下巴線條沒有那麼立體。但那是她，可以認得出來是她，她正帶著笑意地望著他，好像希望他再說些什麼。他的腦袋瞬間一片空白，臉上毫無血色，她笑了，不是嘲弄或羞辱人的笑，而是帶著善意的笑，那個笑在說的是，「看看我們哪，竟然透過 Tinder 約會呢，是不是很瘋狂？」

服務生拿來了酒單。

歐文想到了銀行戶頭裡的存款，他從來沒有花過的錢，他對著正在研究著酒單的迪安娜說，「要不要喝香檳？」

他才問完，立刻發現自己應該中獎了，迪安娜是那種很樂意接受香檳的女性。她開口想說什麼，而他搶著開口並且發現自己在說，「我請客。」

她微笑，「好吧，那麼就香檳吧。」接著闔上了酒單。

他們花了一些時間討論該吃什麼，迪安娜抬頭看著歐文說，「你知道跟網路上那張照片比起來，現實中的你更好看。」

歐文笑了，幾乎笑出聲來，然後他說，「哇，謝謝妳。那張照片可能是我最好的照片了呢，所以……」

一陣短暫的沉默，歐文意識到他應該說些什麼。他清了清嗓子：「妳看起來也漂亮多了。」這並不完全正確。她沒有。但她也絕對沒有比較醜，她的照片還算接近真實。

「謝謝你。」她說。

「妳的髮色很漂亮。」

那**確實**是很討人喜歡的顏色，帶著脆脆的太妃糖色調，末端帶著金色。

「這花了我三個小時，」她一邊說，一邊摸著髮梢。「我本來的頭髮是像老鼠的那種灰褐色。」

「鼠毛色也不賴。」他說。她向後仰著頭笑了起來。

服務生端著香檳出現，為他們放上一個冰桶和兩個呈現霧面的冰鎮玻璃杯，讓人備感尊榮。服務生向歐文展示著那瓶香檳，歐文知道此時他應該點一下頭示意，「很好。」儘管他並不記得他上回喝香檳是什麼時候。

倒好香檳後，他們相互碰杯，迪安娜說：「乾杯。敬偶爾也會碰對人的 Tinder。」

歐文眨了眨眼。然後他笑了。「敬偶爾也會碰對人的 Tinder。」

他快速瞥了眼自己旁邊的人群。周圍都是成雙成對的客人。他很想知道當中有多少人是第一次約會，有多少人是透過 Tinder 認識的，又有多少人是第一次嘗試。她注意到他在看周遭，她說，「這間餐廳不錯。很好的選擇。」

「謝謝，」他說。「這只是間連鎖餐廳，但畢竟這是情人節的晚上，要吃飯就……」

「……沒得挑。」她替他完成了他想說的話，他們對看了一眼，再次微笑。

「那麼，」她說，「你今天過得好嗎？」

「哦，沒什麼特別的。我睡到很晚，到處瞎晃，享受目前短暫的自由時光。」

在他們的一次網上聊天中，他向迪安娜解釋了他目前的情況，避開那些對他不利的說詞，並刻意誇大某些觀點，以至於她還說了，**喔，說真的，這些日子以來你真的是有口難言，對吧？**

「我不怪你，」迪安娜對他說。「換成是我，我也會這麼做。不跟你開玩笑，我覺得我像是被綁在跑步機上。每天六點起床，和山姆搭公車去參加學校早自習——他通常是全班第一個到的，可憐的孩子——換另一輛公車到地鐵站，準八點半到辦公室，開始八小時的無聊工作，然後地鐵、公車、從課後輔導班接山姆一起搭公車回家，接著煮飯、看山姆的作業、整理家務、上床睡覺。日復一日。我真的很樂意稍微休息一下，有機會從跑步機上跳下來一段時間，看看我的人生還有沒有別的可能。我要說的是，我知道你的雇主毫不猶豫地要你離開很糟糕，但是，哇喔，說不定剛好有時間喘口氣，做自己想做的事。」

歐文說，「你兒子的爸爸呢？難道都不幫忙？」

「他已經死了，」她說，有些哽咽。

歐文吞著口水。不是他以為的無能的、不值得一顧的混蛋，而是因為死了。「真抱歉，」他說。「我真的、真的很抱歉。」

「嗯哼，該怎麼說呢。他去世的時間比我認識他的時間還要長。我們只在一起幾年，而他已經死了九年。這樣算起來其實很奇怪。很難知道到底該有什麼感受。你呢？結過婚嗎？或是有過認真的關係？」

他搖頭。「沒有，」他說。「都沒有。」

她理解地對他微笑，彷彿她看穿了他，並且看出他的孤獨和絕望，但並沒有因此將他推開。就好像她也曾遇過和他一樣的人。

他們的食物來了：歐文的義大利麵，以及迪安娜的海鮮燴飯。

「我今晚很愉快。」她說。

歐文的叉子剛到嘴邊，他停下動作。他放下了叉子，看著迪安娜，聲音裡帶著一絲驚訝，「是的。我也是。」

19

在回程的地鐵上，歐文感覺到一股愉悅感油然而生。他想像著那種感覺彷若粉色墨水在宣紙上逐漸綻放。他整個人不知為何變得不一樣了，這一切只因為一位來自柯林代爾，善良而有些微超重的女士，今晚像一般人那樣地與他對話。

他也有點醉了，這增加了他的幸福感。事實證明，迪安娜很愛喝酒，杯裡的酒消失得很快，他不得不跟著加快速度。還不到四十分鐘，那瓶香檳就見底了，之後他們又一起喝完了一瓶酒，而在上甜點之前，各自都點了一杯雞尾酒。歐文不記得他那杯的名字，只知道裡面加了龍舌蘭，嚐起來像煙燻味。

他已經夠醉、夠嗨，可以完全無視燈火通明的地鐵車廂裡其他人投向他的目光。他不嫉妒街上那些捧著一朵朵紅玫瑰的恩愛戀人。人們不小心撞到他或擋到他的路時，他也沒有感到生氣。他不在乎他們有沒有看到他，因為，今晚整整三個小時，有人好好地看著他。

歐文在腦海中一遍遍地重演這個夜晚：輕鬆的交談，迪安娜友善的眼神，她不停撫摸頭髮的方式，在他談論自己時鼓勵地點著頭，這一晚似乎遲遲不到盡頭，就像是她也在試圖推遲結束的時刻。

當他爬上往回家路上的斜坡時，空氣顯得冰冷刺骨。一對情侶手牽著手和他擦肩而過，女生手裡拿著一束艷紅鮮花。聞起來有酒味。歐文幾乎想對他們喊聲比方「情人節快樂，戀人們！」之類的話，再仔細想了想，他在最後一秒鐘縮了回去。

歐文忍住笑聲，向左轉。經過一個遛著一隻小白狗的男人。那男人說了句「晚安」，讓歐文差點兒跳了起來。

「喔，」儘管慢了一步，他試著側身轉頭，「晚安。」他走過這個人和他的狗身邊不下一百次，這是他第一次跟他打招呼。歐文忍不住微笑。

在下一個轉彎處，他看到了一個女人。她有一頭茶色的頭髮，穿著一件棕色的緊身外套。她正在看手機。當他走近時，他可以看到她很漂亮，非常、非常漂亮。足以當模特兒的那種漂亮。歐文的防衛心自動上升，就像他面對好看的女性時所做的那樣。他移開視線，靠向人行道的一邊，試圖讓路，但她忙著看手機，完全沒注意前方，直直地朝他的方向走來。他試圖移向另一邊好騰出空間，她同時也移動了，突然間，他們面對面地對站著，相距僅一英尺。她從手機上抬起頭，直視著他，他看到那眼神呈現的是恐懼，極度的恐懼。

「哦。」她說。

歐文再次移動，好讓她可以通過。再一次，她也剛好朝著同一個方向移動。他看到她的目光落到手機上，拇指邊緣是螢幕上的緊急呼叫按鍵。

他揮著手請她通過，並且有些憤慨地說，「如果妳可以試著五分鐘不要看手機，就不會那麼容易撞到人了。」他轉身走開，但隨後對方說：「去你的，變態。」

他停下來。「什麼？」

「我說，去你的，死變態。」

他很震驚。

他閉上眼睛，深吸了一口氣。他可以想像自己現在轉身，衝過去把她推到在地。他呼氣，數到三。繼續往前走。

「婊子。」他邊走邊大喊。

他聽到她在向他吼叫著什麼，她的鞋跟踩在鋪石路面上的急促聲響逐漸減弱，腎上腺素讓他的耳朵嗡嗡作響，胃裡的酒在翻攪，他的雙腿發軟。他停下腳步，扶著一面牆好穩住身體。他的頭一陣天旋地轉，轉得他幾乎快吐出來。

然後他感覺到手機在震動，他從口袋裡掏出手機，收到了一則來自迪安娜的訊息。

親愛的歐文，今晚我玩得很開心。感謝你的陪伴，這是很長一段時間以來，我第一次對自己感覺良好。希望你今晚睡得好，期待下週再見。這次換我請客！迪安娜。親。

他體內所有的怒氣和緊張在一瞬間消散。

他微笑著轉過那條街的最後一個轉角，來到家門外。燈都暗了，月光照在屋頂的天線上，發出藍色的光芒。他停下來從隔壁工地木門上的洞往裡面窺探著，看到黑暗中有兩個發亮的琥珀色圓點。有隻狐狸，正盯著他。

「嗨，狐狸，」他對著那片黑暗說。「妳好啊，美女！」

他往街對面看了一眼。其中一扇窗還亮著燈。他可以隱約看出屋內的動作。從某處傳來了逐漸高亢的聲音。然後他看到屋外站著一個人：身材修長，穿著黑色連帽上衣，突出的手肘像翅膀一樣地突出在身體兩側。那個人站了片刻，凝視著亮燈的窗，和他一樣。然後那個人影轉過身，從側面看得出來是個年輕女孩，雙手插在連帽上衣的口袋裡，神情嚴肅。

他正看著她時，她轉身，看向他。

我認識妳，他想著，我認識妳。

20　後來

凱特在那天晚上看到報導，是她前一天在超市拿的免費《泰晤士報》上的一小篇文章。她常常拿免費的報紙，但很少真的拿起來翻閱。今天會看是因為頭版有篇提到如何在五十多歲時仍能享受性行為的文章。

她快速地瀏覽著，目光停在了第八版中間的「卡姆登」這個詞上面。標題寫著：「卡姆登女學生仍然失蹤。警方開始詢問當地民眾」。

而在標題下方，是一張年輕女孩的照片，她有著精緻對稱的五官，帶點神秘感的微笑，大大的環形耳環，黑色捲髮緊緊地梳成一條辮子，還有淡綠色的眼睛。凱特一開始沒有認出來。但當凱特閱讀那篇報導，目光再次落向照片中的女孩，凱特知道那是她。

十七歲的卡姆登女學生薩菲爾．麥朵斯自二月十四日晚間離家去漢普斯特德訪友後失蹤迄今。薩菲爾和二十七歲的叔叔亞倫．麥朵斯住在艾費路三區，正在當地的哈佛洛克學院就讀一年級。校方說她是一名好學生，也是校園生活中相當活躍的一員。據她叔叔說，她在失蹤當晚大約十一點離開家，穿著深色慢跑褲、黑色連帽上衣和白色運動鞋。

凱特大口喘著氣，環顧四周，彷彿旁邊有人可以分享這篇報導。現在是孩子們的學期中假期，不用上學，但他們都不在家，羅恩還在上班。

她拿起手機，拍下報導，還沒來得及思考自己在做什麼，就用WhatsApp傳給了羅恩。

他們兩人當然都沒有對彼此提起過薩菲爾的名字，但是凱特不可能不知道這個被刊登在全國性報紙上的名字。

勾勾還是灰色的，顯示羅恩尚未讀取她傳的照片。羅恩在幫病人診療時，他的手機總是開啟飛航模式。那是前一年讓她變得瘋狂的（眾多）事情之一：他總是忘記在診療結束後關閉飛航模式，老是要到晚上才找得到他的人。她完全無法理解為什麼他可以帶著一部沒開啟通話的手機在身上，從來不會自己想到應該重新開啟。

她又把這篇報導讀了一次。

六天前。情人節之夜。那天晚上，她和羅恩走路到漢普斯特德市中心，在一間燈光朦朧、爐火搖曳的酒吧喝香檳，回家路上，進了一家泰國餐館共享一份紅咖哩牛肉，那天晚上他們相處得非常好，聊不完的話題，一起大笑，不像某些得在情人節之夜在公共場合盡力顯示親密的已婚夫婦，而是一對真的相處融洽的幸福佳偶。

就在那一時間，薩菲爾人在瑞士小屋和漢普斯特德間的某處，那個晚上非常寒冷，她穿的衣服可能不夠暖。說不定那天他們有和她擦身而過？甚至可能有看到什麼？有可能嗎？

她甩了甩頭，停止這個想法。當然不可能。情人節之夜，那段路擠了好幾千人，她可能經過的地方有好幾處。也許薩菲爾根本沒有去漢普斯特德，這麼說只是為了掩蓋真正行蹤，她可能一離開家就朝完全相反的方向去，而她叔叔並不知情。

她打開筆電，上網搜索「薩菲爾・麥朵斯」。

每家報紙都報導了這起失蹤事件，使用的是同一張照片。他們都沒有其他細節。

下午二點左右，她收到羅恩回覆的訊息。

羅恩只回了：哦，我的天啊。

她回答：是啊。

勾勾顯示灰色。

他已經離開對話視窗。

情人節那天寄給羅恩的卡片仍然擺在廚房抽屜裡，放在被撕開的信封裡面。凱特把它牢牢地塞在一堆茶巾之間，好不讓孩子們看到。他們在漢普斯特德度過美好的情人節之夜後，她下定決心不管這張卡片，第二天也沒看。然後過了週末，再到了學期中假期，聽起來很怪，但她確實完全不會去想那張卡片了。這張卡片不會影響家中和諧的氣氛，他們之間的溫柔互動，他們自那以來發生過的兩次性行為，兩次都是她主動的。這張卡片現在對對她來說如同塵土，沒有任何意義，她也沒興趣。

直到此刻。

思緒如高速火車從她腦中疾駛而過，她用雙手摀住耳朵。這種感覺讓她回到了去年，回到了生活中充斥著相同感受的時候，那時每一天每一分鐘她都在懷疑、偏執和不信任中度過。那段時間她很不快樂，她不想再回到那樣。她很喜歡現在的日子，就像現在這樣，會收到情人節卡片和驚喜擁抱的玫瑰色世界中。

她決定整理床鋪。凱特通常不是那種用家務瑣事來轉移注意力的人，但現在她把三間臥室都清理了一遍，試圖讓自己盡量遠離廚房的抽屜。

在喬治雅的房間裡，她拉起在女兒堅持下買的純白色床單；粉色和淡紫色童話的日子早已一去不復返。純白床單，白色燈具，白羊毛地毯。在喬治雅更小、大約十三、十四歲的時候，凱特幾乎不可能不去翻看女兒臥室裡的東西，她迫切地想透過這些線索了解喬治雅。現在她不需要了；喬治雅無時無刻都在向凱特吐露真實的自己，毫無遮掩。她什麼都不隱瞞。

凱特很有效率地整理好喬治雅的床鋪，把換下的床單捲成一團，放在走廊地板上。接著她去了喬許的房間。

喬許是個愛乾淨的男孩；向來如此。她從他床上換下海軍藍色的床單，鋪上乾淨的綠色床單。他的筆電放在床底下，插著電源正在充電。她有點想打開它，看看她神秘的兒子獨自在房間裡時在做什麼，但不知為何，她兒子的隱私似乎比她女兒的更神聖、更脆弱。她並沒有多想為什麼她會有這種感覺，她就是這麼想。

然後她去了她自己的臥室，她和她先生的房間，至少在過去的五天裡，他們在這裡像夫妻一樣的生活著。她拉起灰色的床單，捲成了一顆球，放到走廊，和其他床單堆在一起，她在床墊上鋪上一張淡藍色床單，把羽絨被塞進一條乾淨被套裡。

窗簾是拉上的；在一年中的這個時候，拉開房間的窗簾只是徒勞之舉，不管你清晨醒來或是傍晚回家，房裡永遠一片昏暗。

她把窗簾拉開，訝異於窗外景象帶給她的熟悉感。這裡是她住的街道，有個帶了隻白狗的男人。街角有個垃圾箱，每兩週當裡面的垃圾都滿到街上時，會有人來清理一次。街上停了一輛超市的宅配車，以及一輛亞馬遜的貨運卡車，對街那棟房子的車道上有張扶手椅，還有……。

她停下來。她想起來了。她上次就站在這裡。當時是晚上。好像看到了什麼……是什麼呢？那是什麼時候？

她輕輕甩著頭，試圖尋找模糊記憶的來源。

是那天晚上嗎？情人節？那天她走來拉上窗簾，準備好可能會和羅恩親熱的時候，好像有人站在外面？有個身影，無聲地移動著。她當時有種似乎被監視了的感覺？還是她自己想像的？

畢竟，那天晚上她並不清醒。那天晚上喝了香檳，接著是啤酒，接著在泰國餐廳喝了更多啤酒。不，她確實不太清醒，一點兒也不。

她突然轉過身，彷彿剛剛有人叫了她的名字。

但當然沒有；屋裡只有她一個人。

是廚房抽屜裡的卡片在呼喚她。那張卡片在提醒她，有一些她錯失的訊息，也許她從來就沒有瘋，她不是壞人，她沒有做錯。

還沒來得及克制自己或理清自己的情緒，她大步走回廚房，拉開抽屜，翻開茶巾，拿出了卡片。

當她從信封中取出卡片時，她的手在顫抖。

卡片正面有一隻粉色水彩畫的鳥，很素雅。裡面用非常孩子氣的筆跡寫著：

親愛的羅恩，

謝謝你成為我的治療師。
請當我的情人。
愛你的
莫莉
親
她闔上卡片，癱軟地靠在廚房流理台的邊緣。
一張小孩子寫的卡片。
莫莉。
還會拼錯字的小莫莉。
小莫莉想要一個五十歲的禿頭男人做她的情人。
小莫莉知道他家裡的地址。
她把卡片塞回信封裡，再塞回茶巾堆裡，心跳微微加快。

幾個小時後，喬治雅回來了，帶著蒂莉一起。
「哦，」凱特說，停下手邊的工作，抬起頭。「哈囉，蒂莉。好久沒見到妳。」
這是打從一月那個晚上，蒂莉聲稱遭到襲擊後第一次來她們家。
「妳好嗎？」凱特問。
「很好，」蒂莉說，尷尬地看著自己的腳。「我很好。」
喬治雅正在抽屜和櫥櫃裡翻找食物。顯然，她很餓，沒吃早餐，午餐只吃了「大概就幾塊雞塊而已」。她找到了一些甜鹹爆米花，幫自己和蒂莉各倒了一大杯果汁，然後她們就消失了。

「謝謝妳幫我換床單！」凱特聽到她女兒在走廊盡頭回頭對她喊著。

「不客氣！」她回答。

凱特再次坐下，試圖專注於工作，但發現她腦中有太多其他東西要釐清：那張小孩子寫的卡片（信封上的字跡是誰的？郵票是誰買來黏上的？誰把它放在信箱裡？）；蒂莉謊稱那天晚上被襲擊，這實在很怪，她為什麼要說謊？（一定有什麼原因，對吧？）；薩菲爾・麥朵斯失蹤了（就發生在她家和這裡之間的某個地方）；情人節那天窗外的人影（或是她喝醉了，自己想像出來的？）；馬路對面的怪人（每次她見到他，他的古怪眼神都讓她不寒而慄）；還有這一帶越來越多起在大白天發生的性侵害案件。

她實在理不出頭緒；想不透這些事情彼此之間是否有什麼關聯。

幾個小時後，蒂莉離開了。

喬治雅出現在廚房裡。

「蒂莉還好嗎？」凱特問。

「沒事啊。」

「妳有問……她有解釋過嗎？有關那天晚上的事？」

「算是有吧。也沒有真的說些什麼。」

「妳的意思是？」

「意思是，我認為確實發生了一些事情。但不是她原本說的那樣。」

「所以，到底發生了什麼事？」

「不知道。她不願意跟我說。」

「妳覺得呢？」

「沒想法。」

「但是——」

「我真的、真的不知道，好嗎？妳得自己問她。」

「我——」

「聽著，蒂莉就只是有點怪，行吧。她很古怪。不管發生了什麼，可能真的只是很無聊的事。」她停頓片刻，好奇地看著凱特。「如果她說了什麼，我會跟妳說。好嗎？」

「好吧，」凱特說。「謝謝。」

21 薩菲爾

每個人都需要一個嗜好，不是嗎？

好吧，去年大部分時間，我的嗜好是看著羅恩。

我沒有別的事可做。我沒有好朋友，沒有男朋友。我通常在準備睡覺的時候才開始寫作業，從來沒有打算在十一點以前做這件事，沒那個心情。我是個夜貓子。所以，放學後，我大部分在波特曼中心附近閒晃，看看羅恩在做什麼。他跟那個年輕女人之間的事很快就結束了。我常會看到她，因為她抽菸，經常待在外面。我猜她是秘書。雖然她胸前吊著名牌，但看起來太年輕了，不可能是醫生。總之我後來再也沒見過她和羅恩共享一根菸；也沒看到他們大搖大擺地去喝酒或做些什麼。我想也許她在第一晚的約會後就離開了他，也許她意識到她對他來說太年輕了，又或者他覺得這樣的行為確實不太合適。

這就是奇怪的地方，作為一個病人，我和羅恩待在一起的那幾年幾個月裡，他都沒有對我伸手，從來沒有。嗯，他沒有很老成，不是像個父執輩那樣，比較像朋友。就像學校裡有些老師，讓妳覺得妳可以做自己，但妳仍然尊重他們。

但是在那個有著日光燈和扶手椅的診間外，我看到了他的另一面。他似乎無法在沒有任何身體接觸的情況下與另一個女人交談：擁抱、捏捏手臂、幫忙開門但沒有留下足夠空間只好讓女人貼著他的身體通過、共用雨傘、勾著手。他的目光總是停留在女人身上。如果找不到女人可看，他會顯得很迷茫。

白天開始變長，有時放學後天還很亮，我意識到我不能在光天化日之下躲在樹後，我得更機動應變才能繼續我的行動。於是我改在對街等待，假裝看著我的手機，一路跟在他後面。令人驚訝的是，他很少直接回家。他經常和人們約在學院大街轉角一間破舊的酒吧喝酒，或在地鐵站對面喝咖啡。

我把頭髮編成辮子，看起來是淡粉色的。倒不是為了喬裝打扮，畢竟他已經有一段時間沒有看到我了。我長大了，看起來很不一樣。去年夏天的一個晚上，我跟著他進了酒吧。那天是我們學校的便服日，我穿著全部是深色系的露臍上衣、垮褲和迷彩夾克，頭髮塞在棒球帽裡。我點了一杯檸檬汁，走進露天啤酒區。大螢幕上正在播放足球賽事。那裡幾乎都是男人，除了我之外，只有另外兩個女人。我挑了其中一個帆布帳篷裡的金屬椅坐下，差不多背對著他。

他和一個女人和兩個男人在一起。露天區很吵，男人們在為足球比賽加油，兩個巨大的擴音器發出人群的喧嘩聲。我聽不清楚他們在說什麼。

和他們在一起的女人不到三十歲。柔軟的紅髮紮成了一條長辮子搭在肩上。她沒有化妝，笑容很燦爛。一開始是四個人在交談，後來其他兩個人開始認真看足球，微微背對著羅恩和那個女人，剩他們兩個對話。

我在腿上把玩著手機，時不時轉過頭觀察羅恩和那個女人。他們聊得全神貫注。就算我對著他們做鬼臉，恐怕也沒人會注意到我。我幫他們兩個拍了一張照片。再次轉過身去。

比賽結束了，戶外區的音量也隨之下降。我聽見羅恩的友人之一提議再去酒吧喝酒。略微的停頓後，羅恩對那女人說，「要再喝一杯嗎？或者我們可以去別的地方？」

「我沒意見，」那個女人說。「你有想做什麼嗎？」

「沒想法，」羅恩說。「我在想，也許就在路上逛逛，吃點東西？」

「好啊，」女人說。「好喔。為什麼不呢？」

我迅速喝掉那杯檸檬汁。等著他們從我身邊經過，然後尾隨其後。他們向左轉，漫無目的地遊蕩了片刻，認真研究餐廳櫥窗裡的菜單。他們選擇了一間櫥窗裡掛著油亮鴨子的中國餐館。

我坐在馬路對面的公車站。他們坐在靠窗的桌子旁。他對她全身上下其手。用手捧著她的臉，撫摸她的辮子。他深深地凝視著她。那眼神看起來真他媽的令人毛骨悚然。但她似乎很喜歡這樣。她像個小嬰兒一樣一口接過他餵的食物。她也一直看著他。她隔著桌子握著他的手，把頭往後仰地笑著。

他們在那裡待了一個小時。然後帳單來了，他堅持買單。我心想，還真好啊，家裡有那麼多人在等你，而你在這裡幫年紀小到可以當你女兒的女人付晚餐錢。我想著，你這個混蛋。之後，他陪她走到地鐵站。他們捏了捏彼此的手，快速地擁抱了一下，沒有親吻，我猜是因為離家太近了，離工作的地點也太近了。

當他轉身過馬路時，我看到了他的臉，一臉狡黠的微笑。我想著他那皮包骨的金髮妻子在他們豪華的漢普斯特德公寓裡，可能正把今晚煮好的飯菜冰進冰箱，因為她丈夫今晚有事沒辦法回家吃飯。我想知道他對她說了什麼。**只是和同事們聚一聚**。

我看著他趁著紅燈快亮起時，搶時間地衝過芬奇利路的車流。他在馬路另一邊拿出手機，毫無疑問地正在給他瘦巴巴的妻子發訊息：我在回家路上了！

天暗了下來；天空是類似粉粉的丁香色，路上的汽車亮起了車頭燈。我很餓，我知道亞倫今晚準備了大餐。有一部分的我想回家，放下沉重的書包，在電視前好好吃頓晚餐。另一部分的我卻想知道羅恩・福斯在跟另一個女人晚餐約會後走進家門的模樣。

我等著紅燈變綠燈；然後衝過馬路，在他拐過彎走向通往陡峭山坡的石階時趕上了他。他已經戴上了耳機。我可以聽到他正跟著小聲地哼著歌。他走得很快，當我們到達他住的那條街時，我已經上氣不接下氣了。我不知道他的體能這麼好。

他站在屋外，找出鑰匙，打開門，然後在身後關上門。他進門的樣子很趾高氣昂，彷彿他是莊園的主人。

我站在一處閒置的工地外；它的正面有一大片木頭柵門，高高的磚牆上懸著開花的樹藤。我從木門上的洞往裡看，看到一大片布滿鮮花和瓦礫的空地；看起來不太真實，就像一個秘密公園或仙境。我可以看到那裡曾經有過大房子的地基痕跡，佔地至少一英畝或更多。空地上方，天空已轉變成深紫金色。門上貼了張告示，顯然他們打算在這裡建一批公寓，那張告示的日期是三年前。我希望那批公寓永遠建不起來，就讓這裡保持現在這樣，一處隱密之地，花草樹木層層掩蓋，越長越濃密。

我看到空地一側有動靜，稍縱即逝而閃亮。是隻狐狸。

牠停了一會兒，盯著我看。直直地看著我。

我的肚子咕咕叫了。我把書包背好，打道回府。

22

情人節過後幾天的早上，歐文的門鈴響了。他等著泰絲應門，但她似乎不在。門鈴響了第二次，他走到對講機前應答。

一個女聲回應。「你好。這問是歐文．皮克嗎？」

「是的。」

「早安，我是警探安潔拉．柯里。我們正在針對一起失蹤人口案進行逐戶訪查，能請你抽空回答幾個問題嗎？」

「欸……」他從前門的鏡子裡快速地看了看自己。他已經三天沒刮鬍子，頭髮也亟待清洗，看起來糟透了。「好的，抱歉，當然可以。進來吧。」

安潔拉．柯里是位魁梧的年輕女性，身材短小厚實，有著不成比例的小腳。她的頭髮看起來是天生金髮，沿著髮際編著麻花辮然後往後塞成了髮髻。她有一張漂亮的臉，雙眼都上了黑色眼線。

在她身後是一個同樣年輕的男人，她介紹他是名叫羅德里格的警察。

「我們可以進去嗎？」

「呃……」歐文看著身後通往泰絲公寓那扇打開的門。該怎麼解釋自己家裡沒地方坐，他的阿姨不讓他進客廳？「我們就在這裡談可以嗎？」他說。

他知道這聽起來好像他在試圖隱藏什麼。

「這是我阿姨的公寓，」他解釋著。「她對隨便讓人們進去有點意見。」

柯里警探抬起下巴透過門縫望著公寓裡的空間。「沒問題。」她說。

他們在通往樓上兩間公寓的樓梯旁的小長板椅上坐下。椅子搖來晃去地很不穩固，那張椅子並不是為了讓人坐在上面而設計的，純粹供人置放包裹之類。柯里警探不得不將頭微微前傾地坐著，好避開頭頂正上方的郵箱。

「那麼，」她開始說，「我們正在調查一名當地女孩的失蹤案件。我在想您是否願意幫我們看一下照片？」

血液湧上歐文的頭部。他不知道為什麼。他點點頭，試圖用手遮住臉上發燙的部位。

柯里警探從信封裡拿出一張紙遞給他。

上面有一張漂亮女孩的照片，從外表看是混血兒，但很難準確猜出她的血統。她戴著大圈耳環，髮型類似柯里警探的風格，緊貼著頭皮編的辮子，固定在一側。她穿著看起來像校服的服裝，微笑著。

他把那張紙還給警探，等待下一個問題。

「你有見過這個女孩嗎？」

「沒有，」他說，他的手從他的臉移到脖子後方，他能感覺到那裡越來越燙。「我沒印象。」

「皮克先生，二月十四日那天晚上，你在哪裡？」他聳聳肩表示想不起來；柯里警探接著說，「那天是情人節的晚上。這或許能有助於回想。」

他深吸了一口氣，用手摀住嘴。是的。他知道情人節那天他在做什麼。

「你在家嗎？還是在附近？你可能看到了什麼嗎？」

「不，」他說。「沒有。我那天晚上出門了。去吃飯。和一位朋友。」

「啊。好的。什麼時候回到家呢？還記得嗎？」

「大概是十一點半左右。可能靠近午夜。」

「那天晚上你是怎麼回家的？」

「搭地鐵。從考文特花園搭到芬奇利路。」

「你從地鐵站走回來的時候，有沒有看到什麼奇怪的事？讓你覺得不太對勁的？」

他伸手拂過嘴角，搖搖頭。他回想起街上那件蠢事，那個漂亮女人罵他變態，而他吼她婊子。如今回想起來，就像是某個奇異扭曲的夢境的碎片，彷彿並沒有真的發生過。那個晚上的一切現在都感覺像夢一樣，或像一張褪色的舊照片。

「沒有。」他緩緩搖頭。「沒有。沒什麼。」

他聽起來像在撒謊，某個程度上他確實是。

「你說你和你阿姨住在一起？那位是……」她看著文件夾上的一張名單。「泰絲．麥克唐納？」

他點頭。

「麥克唐納女士現在在哪裡？」

「我不知道。可能去了市中心。買東西吧。」

「太好了，那麼，等我們對整個情況有更進一步的掌握，我們一定會再回來拜訪。同時間，麻煩在你阿姨回家後把我的名片給她，如果她想起那天晚上的任何事情，請她打電話給我。」她往上看著樓梯。「還有其他人在嗎?你知道嗎?」

他搖頭。「不清楚。如果妳有需要,可以試試按他們的門鈴?」

她微笑,蓋上她的原子筆,把它塞回口袋,「不了。我想不要緊。也許我可以在這裡多留幾張這些?」她拿著那幾張印著照片的紙張比著長板椅上方的郵箱。「還有我的名片?」

「可以啊,」他邊說邊站起來。「當然可以。」

「那麼,」她說,拉了拉肩上的皮製提袋,「謝謝你,皮克先生,真的很感謝你願意抽出時間。如果你或其他任何人有想起任何事情,請務必隨時通知我。」

「妳知道,」他突然冒出一句話,有一段埋藏的記憶從雲層裡迸了出來,他瞬間瞪大了眼睛。「那天晚上我確實看到了什麼。我看到了一個人。在那裡。」他越過前門指向對面的房子。「就站在那棟房子外面,在一片漆黑裡,就只是看著那裡面。一開始我以為是個男人。等那人轉過身以後,是個女孩。」

「一個女孩?」

「嗯,至少我是這麼認為的。不過很難說,因為那人的頭被帽子遮住了。」

他的目光落向手中那張紙;他正閱讀著那名失蹤女孩當天的衣著描述時,柯里警探也正開口,「哪種帽子?」

「我不確定,像是連帽上衣的那種帽子?」

「這個女孩多高?」

「那可能根本不是女孩啊。只是有可能是……我當時沒有很清醒。我有喝酒。很多酒。我沒辦法確定。」

「這個人，多高？大概就好。」

「我真的不記得了。」

「大概是什麼時間？」

「就在我走到我家前門的時候。午夜。接近吧。可能更晚一點。」

「那個人不是——」她用指尖輕敲著那疊紙上的照片，「——不是這個女孩？」

「我真的、真的不敢肯定……天色很暗，而且就像我說的，我喝了點酒。我真的不知道……」他的語速變得很快。他知道自己聽起來很驚慌。此時他真希望自己沒有提起那個穿連帽上衣的陌生女孩，不然警方早就已經離開，他可以平安地縮回自己的房間。

「嗯，實際上，這是非常有用的資訊，感謝你。我很高興你能為我們想起這件事。如果你不介意，我們之後會再跟你聯繫。等我們有機會和住在對街的人談過以後。」

住在對街的人。

每次路過都鄙視地看著他的人們。

一臉不悅的瘦巴巴的金髮女人。

她的肥臀女兒。

還有穿著萊卡緊身褲，深夜裡在山坡上賣力地來回奔跑，彷彿在尋找救贖的可笑父親。

23

凱特肩上揹著包包，正準備出門前往她在聖約翰伍德租的診療間治療病人，一開門，見到一位身穿黑衣，個子嬌小的金髮女性，身旁跟著一位穿著警察制服的男人。她停下來看了他們一會兒，立刻猜出他們是要來問薩菲爾的事。

「嗨，」她說。「對不起。我正要出門。」

「沒關係。我們可以再來。」

「哦，」她說，「不。沒關係。我可以抽出幾分鐘時間。」

「可以嗎？」

她帶他們走進客廳，幸好她才剛整理過，靠墊整齊地排成一排。

「這間公寓很不錯，」那女人說。

「喔，」凱特說。「這裡不是我的。我的意思是，這是租的。只是暫住。」

「嗯，很討喜的空間。我喜歡挑高的天花板。我是柯里警探。」她的手很小巧，「這位是羅德里格警員。」

「需要飲料或什麼嗎？」

「不，不用。謝謝妳。」

他們都坐下來，柯里警探拿出記事本和一疊紙。

「我們正在調查本地一名女學生的失蹤事件。」她抽出一張紙遞給凱特，後者茫然地盯著那張熟悉的薩菲爾．麥朵斯的照片。

「啊，」她說。「是的。我有在報紙上看到這件事。」

「很好，那麼妳大概知道這個案子的情形？」

凱特點點頭。她等著警探提起羅恩，提起他和薩菲爾．麥朵斯的關聯，卻詫異地聽到警探說，「妳還記得情人節晚上妳在哪裡嗎？」

「喔，」她說。「是的，我記得。我在漢普斯特德市中心，和我先生喝酒用餐。」

「什麼時候到家？」

「大約十一點三十分。」

「妳有看到什麼事嗎？或是什麼人？在妳回來的時候？」

凱特停了下來。她正想說她透過窗簾瞥見的身影，忽然改變了心意。「我不記得了。」她說。

「大約午夜的時候？有嗎？」

「沒有。」她搖頭。「沒有，午夜的時候我已經上床睡覺了。」

「妳先生呢？」

「我先生？」

「他也上床了嗎？午夜的時候？」

她不記得了。她沒有印象。「是的，」凱特堅定地回答。「我很確定他也是。」她看著手機上的時間。「真的很抱歉，」她說。「我現在得走了。我二十分鐘後在聖約翰伍德和一個病人有約。」

「哦，病人。妳是醫生嗎？」

「不。我是一名物理治療師。」

「喔，我很抱歉，」柯里警探起身說。「我們就不耽誤妳的時間了。」

他們有些尷尬地一起往大門走。柯里警探和羅德里格警員站在門口檢視了一下門鈴。「其他人在嗎？」柯里警探問。

「對不起，我也不知道。」凱特帶著歉意地對他們笑了笑，然後她說，「那麼再見了，」她轉身走向街上，胸口心臟劇烈地跳動。

羅恩確實有過外遇。那時他們剛結婚不久，還很年輕，並且逐漸習慣了他們是朋友當中最早步入婚姻的一對。

凱特早有察覺。羅恩並不善於隱藏，保險套減少的速度和他們性行為的頻率不相符——還沒生小孩之前的他們還常做愛。凱特負責去家庭計畫診所領保險套，所以她比大多數女性清楚盒子裡應該還剩幾個套子。

羅恩當時還是學生，這也是造成問題的部分原因。凱特早他三年畢業，在一家運動復健中心全職工作。兩個人有一年到兩年間有著不同的生活步調；凱特賺錢供家用，每天相處的對象是比她年長的人，常常晚上十點就感覺累了。羅恩不負責家用，他每天都和其他學生混在一起，晚上十點通常還待在酒吧。

他和其中一個學生上床。她的名字是瑪麗，和凱特年齡相仿，有著一頭長髮。一等凱特與他對質提出了她的懷疑，羅恩立刻結束了這段關係——儘管他始終拒絕承認這是婚外情，他說這只是「純粹的性行為」。一個小時後，瑪麗來到他們的公寓外，最後是凱特在外面的人行道抱著激動地嚎啕大哭的她，安撫著她。

等凱特回到屋裡，她在自己的羊毛衫上發現了瑪麗的一根頭髮。她拾起那根頭髮，盯著看了一會兒，然後扔在地板上。羅恩低著頭坐著，高聳著代表著悔恨的雙肩，發出彷如啜泣的聲音。

「她離開了嗎？」他說。

她點點頭，幫自己倒了一杯酒。

「我們之間結束了嗎？」

「結束？」她開玩笑地反問。「我們已經結婚了。你說結束的意思是？」

「我的意思是，我們的婚姻就這樣結束了嗎？」

她記得她盯著地板上那根瑪麗的長頭髮，它已經離開瑪麗的身體，足足有一點五英呎長，在地毯上呈現S形。S代表性（sex），S代表恥辱（shame），S代表蕩婦（slut）。她記得那時她想像著他們在進行「純粹的性行為」時，羅恩在床上握拳抓著她的頭髮的模樣，她得忍住不笑出來。這整件事真是太可悲了。

「沒有妳我活不下去。妳知道的，不是嗎?沒有**我們**，我活不下去。」

然後他開始哭泣，悔恨的雙肩恰如其份地像活塞般上下起伏著。她回想起當時這景象是多麼可怕與令人震驚。有那麼一刻，她甚至懷疑自己是否愛他，如果她真的曾經愛過他。

「沒有妳，我會死，」當她遞面紙給他時，他說。「我真的會死。」

一年後，羅恩畢業了，很快進入了波特曼中心，成為一個認真、成熟、倍受尊重、表現卓越的男人。到了後來，他們甚至可以拿瑪麗來開玩笑，開玩笑地談起她那天晚上紅著眼睛出現，最後在人行道上倒在凱特的懷裡。他們能夠用這件事開玩笑，代表他們已經可以把這件事劃下句點，清楚地顯示這只是個意外，僅此一次，對他們或他們的婚姻沒有任何影響，也不影響他們即將成為父母，以及他們接下來所要經營的人生。

沒有人知道這件事。凱特甚至沒有告訴她最親密的朋友。

這是他們兩人之間的事，只存在他們之間。

所以，一年前的她並不是為瘋狂地硬要往最壞的可能去想。就像她對羅恩說的，「這跟之前不同，」她說，「我以前沒有這樣過。」

他嗤之以鼻，彷彿之前如何根本無關緊要。她接受他的嗤之以鼻，因為她為自己的行為感到羞恥。

回想起來，她發現，經過了二十五年，如今他從她這裡奪回了道德制高點，足以抹去那段記憶，那個在基爾伯恩的破爛公寓裡悔恨地哭泣，可憐兮兮而絕望地聲稱一旦她離開他就會自殺的男人。也許他已經知道在那一刻，凱特質疑過自己對羅恩的愛。也許他已經等這個時刻很久了，讓他也可以質疑自己對凱特的愛，重塑平衡。

他們的婚姻很牢固，度過了很多挑戰，他們仍然可以儘量正面地看待彼此。

但是，當凱特那天早上走去見預約的病人，微弱的陽光照著她臉上泛起的紅暈時，她想起了柯里警探的那個問題，想起了窗外的人影，她想著情人節的午夜，羅恩到底人在哪裡，在做什麼。

24

「今天早上警察有來，」那天晚上凱特告訴羅恩。「他們來詢問薩菲爾・麥朵斯的事。」

羅恩的電話一整天都關機，這是她第一次有機會和他討論當天的事情。

「哦，」他說。「他們說了什麼？」

「他們說警方正在挨家挨戶地詢問。但我沒有看到他們去別人家門口，只來了我們家。我猜他們可能很快就會找上你。」

「喔，」他說。「是啊。他們今天早上有來找我。」

他說這句話的語氣很漫不經心，彷彿警察找他談失蹤女孩的事情只是例行公事。凱特覺得要是她沒提起，他可能根本不會主動說。

「他們有說什麼嗎？」

他聳聳肩，翻著廚房桌上的郵件，解開他的羊毛圍巾。「我猜，他們想要多知道一些內情。想了解她是什麼樣的人，她離家出走的可能原因。」

「出走？」

「是的。我只能告訴他們我已經很久沒見過她。我不確定她最近的狀態如何。」

「我以為她是失蹤。是離家出走嗎？」

他面無表情地看著她。「嗯，意思一樣吧，不是嗎？要到最後揭開真相才會知道到底發生了什麼。」

「但離家出走肯定會帶著行李吧？」

他聳了聳肩。「也許她有？」

「她有帶一個包包，但裡面什麼都沒有。看，」凱特堅定地指著那篇報導。「上面是這樣寫的。你確定他們是那樣跟你說的嗎？」

她有點太關注這個案子了，但她覺得整件事背後好像有某種關聯，詭異地把她牽連了進去。

「他們什麼都沒有說。他們透露的資訊很少，只想知道我在幫她看診的時候，她的狀況如何。」

「所以呢？她的狀況怎樣？」

他再次看著她。「妳知道我不能跟妳說。」

「但她已經不再是你的病人了，你當然可以——」

「不，」他打斷了她。「妳知道我不能。我不敢相信妳居然問我這個問題。」

又出現了，去年的那個男人，因為她的懷疑而差點離開的那個脆弱而正直的男人。那個讓她變成壞人、疑心瘋狂、傷害了身邊的人的男人。但這一次不一樣，這次不是因為她感覺不對勁並拼命尋找證據來支持自己的感覺；這一次是有人不見了，有個年輕的女孩失蹤了。

「但是什麼讓她變成這樣？我的意思是，你不必確切地告訴我原因，但你覺得她是不是情緒不太穩定？」

她在逼他，但她不在乎。

他把手按在廚房桌面，抬起眼睛看著她說，「我讓她結束療程，因為她已經沒事了。她已經停止了某些有害的行為模式。我只知道這些，我不知道在她消失之前，她的生活中發生了什麼事。」

「你沒有再見過她嗎？」

他發出一聲聽得見的嘆息，這是為了她好，這樣她就可以知道自己已經把他逼到了極限。「不。我沒有再見過她。」

「那麼，你的推測是什麼？你覺得發生了什麼事？」

「我真的毫無概念。她現在十七歲。經歷過不安定的成長過程，隱藏著心裡的創傷。誰知道呢？」

他聽起來好像薩菲爾失蹤這件事對他來說挺煩人，說話的語氣甚至不太有誠意。

她看著他說，「你聽起來好像不太關心。」

他翻了個白眼。「我當然關心。」

「聽起來不像。」

「我在工作上的治療職責是一回事，但薩菲爾已經不再是我的病人了。我當然關心她發生了什麼事，我當然關心她現在失蹤了。我只是不知道我能做些什麼。」

凱特停頓了一下。她從桌子上拿起兩個用過的馬克杯，慢慢地走向水槽放進去。她把手擺在流理台邊上，凝視著窗外。「他們問我們那天晚上在做什麼，」她說。「你知道的，情人節那天晚上。」

他沒回答。

「我說我們在床上。」

「嗯哼，我們是啊，不是嗎？」

「嗯，我確實是。你的話……我不知道。我在房裡躺了很久，等著你進房間。等你進來時，我問你在做什麼，你說沒做什麼，然後我們做愛。」

「所以呢？」

「那麼，你那時在做什麼？」

就是這個。一個咄咄逼人的問題，讓他們瞬間回到去年的那個狀態，那時他們度過宛如地獄的好幾個星期。

「凱特，」他說，用那時候那種她已經十分習慣的語氣，那種試著保持耐心、一種**我非得忍受這毫無意義的過程嗎？**的語調，「妳到底想說什麼？」

她鬆開緊抓著流理台的手，再次轉身，掛上微笑。她不想回到去年那樣。

「沒事，」她輕輕地說。「什麼事都沒有。」

25 薩菲爾

我看著羅恩・福斯與紅髮女孩的婚外情在夏季那幾個月裡逐步開展。她的名字是艾麗西亞。我是趁他在診所停車場打電話給她時聽到的。他們經常去街角那間破舊的酒吧。他們會把自己塞進啤酒區最狹窄的那個角落，彼此說著彷彿要為對方而死的情話。儘管年齡差距很大，但他們看起來相處得很好。在某些方面比他和他的妻子更好。他妻子一副被生活折磨的模樣，羅恩則總是神采奕奕；他從不會顯露疲態，看起來總像是剛洗了個澡或享受了一個假期，隨時準備起身出發。他總是光彩熠熠。我不知道他多大了，我想大約五十歲。艾麗西亞年輕得多，但不知為何，他們看起來很配。

我上網搜尋了一下，在波特曼中心找到一位名叫艾麗西亞・瑪瑟斯的初級心理治療師。網站上有她的自傳。她擁有倫敦大學的心理學學位和碩士學位，還拿了個博士。很聰明的女孩。他們某次約會結束之後的那一天晚上，我跟著艾麗西亞回家（他們通常在八、九點鐘之前就會結束約會）。她住在威爾斯登附近一個小街區的公寓裡，外觀很普通。她上樓後，我看到四樓的燈亮了，所以那是她住的樓層。這是有用的資訊。我拍了一些照片，打道回府。

當然，爺爺和亞倫有點擔心我總是很晚回家。我則是含糊回應，比方：我已經十七歲，快成年了，給我一點空間。我可以看出亞倫很關心我。有一次他甚至跟我說，「妳看起來很焦慮，小薩。也許我應該聯繫福斯博士？」（亞倫**很愛**羅恩，幾乎是虔誠地膜拜他。如果亞倫有戴帽子，他可能會向羅恩做出脫帽致敬或類似的舉動。）

我說，「別傻了。找他做什麼？」

「我不知道，」他說，「妳的考試壓力是不是很大？也許妳的生活中還有其他事情。我的意思是，交了……男朋友之類的？」

我笑了。我從來沒有男朋友，我完全無法想像自己交男朋友。當哈里森．強生在我十歲時對我做出那些事後，我的那部分已經枯萎死亡。我可以欣賞一個男孩，看著他好看的眼睛、英俊的臉、甚至是不錯的體格，但這些從來無法進一步轉化為感情。我從來不想要他們或吸引他們的注意力。我說，「不，我沒有男朋友。我只是散步得遠了些。你知道的，可以整理一下思緒。」

有時，如果白天有空，我會去看一下羅恩的妻子。我為她感到難過。她穿著休閒牛仔褲和印花上衣，在屋裡忙來忙去，不加思索地每天忙著買食物回家做飯、整理羽絨被、填寫表格、清理冰箱、擦地板，所有我想像中產階級主婦會做的事。這一切有什麼意義？等到哪一天，她的丈夫會走進門說，「我遇到了一個人。她比妳年輕，比妳漂亮，我想要隨心所欲地和她上床。」

接下來呢？這樣一位忠實地扮演著家庭主婦，孩子們即將長大離家的女人會發生什麼事？凱特會有什麼下場？老實說，我真的很心疼她。我是真心這麼想。知道某些別人不知道的事實是很可怕的；這會讓妳覺得對他們所遭遇的困境負有某種責任。

然後，在那個夏季尾聲，其實就是我拿到 GCSE 中等學歷測驗成績的第二天（順道一提，我拿到了六個A和三個A^{+}），發生了一件奇怪的事。

那天是星期五晚上，已經很晚了。我原本待在我朋友潔思敏家，吃著外帶食物，聽著音樂。她整裝打扮準備出門去酒吧或某個地方。我不想去。那不是我會去或喜歡去的場所。但我喜歡看我的朋友們打扮，我喜歡聽音樂，我喜歡印度咖哩雞飯和麵餅，我喜歡潔思敏，所以我在她家待了好一陣子。

離開潔思敏家的時候已經九點多了。天已經黑了，但還很暖和，我決定繞去羅恩家的那條街再走回家。我沒打算停下來，只是想路過，看一下，然後就繼續回程。在認路這一點上，這算是我本能的一部分，我就像狗或鴿子：能夠自動導航找到路。

因為我是從潔思敏家出發的，所以會是從另一個會經過建築工地的方向到那條街。還沒走到工地，我就聞到了一股令人作嘔的濃濃大麻味。我從樹叢間的縫隙中探進頭去，左右環視著那塊空地。一開始什麼也看不見，後來我看到了手機的光和一根粗捲菸冒著紅光的菸頭。我看到了一張臉，一張男孩的臉。他獨自一人，看起來很年輕。隨著他吸氣，紅色菸頭變得更大、更亮。他關上手機滅了光線。我看到他轉向身後看去，低聲地發出聲音，然後他把手伸進口袋，掏出了某個東西，再次轉身，發出了同樣的聲音。

接下來，牠出現了：一隻狐狸。狐狸停頓了一會兒，盯著男孩。我以為牠會跑開，就像我在街上遇到的每隻狐狸一樣。但這隻沒有。牠開始向前匍匐前進，非常緩慢地，一次一吋地，牠低著頭，肩膀向後聳起，每隔幾秒就回頭看看自己身後。但最後牠走到男孩身邊，與他並排坐著。我聽到男孩對狐狸說：「晚安，狐狸先生。」他遞給狐狸某種食物。狐狸把食物叼到離男孩幾呎的地方，鬆口放到地上，開始慢慢地、一口一口地吃掉。男孩用拇指和食指夾著另一塊食物。狐狸回來了，輕輕地接過。

然後，瘋狂的事發生了，男孩摸了摸狐狸的頭，而狐狸沒有閃避。

我驚訝到嘴都合不攏。我從來沒見過這樣的事情。我拍了一張照片：男孩和狐狸，彼此相依。我是趁狐狸轉過頭看男孩時拍的，狐狸幾乎就像是一隻忠實的狗看著牠的主人。

男孩吸完了他的大麻菸，用腳踩熄。狐狸聽到遠處傳來聲音，便從他身邊跑開。我看到男孩站起來，拿起背包，用手拍著褲管和屁股。我迅速轉過身，以免他看到我。我拿出手機，假裝只是站在那裡看訊息，他從牆角的樹叢向外探看了一會兒，翻過矮牆，跳到人行道上。他在街角轉了彎，我看到他慢慢走向了羅恩住的地方，此時我才知道他是誰：他是羅恩的兒子。總拖著腳步的慢吞吞男孩。

我想：每個家庭都有個問題人物，有著陰暗面。毫無疑問地，我就是我家裡的那個麻煩。看來我發現了羅恩家的問題人物。這個小男孩是從誰那裡取得大麻的？為什麼他一個人躲在建築工地裡抽？他是怎麼和這隻狐狸建立起關係的？他是怪醫杜立德嗎？

回家後我放大了那張照片。我很喜歡這張照片。男孩有著和他父親一樣的好看臉蛋，只是沒那麼成熟。這張漆黑、無彩的照片中，他的髮型俐落、五官粗獷早熟，帶著一臉認真的表情，簡直像是維多利亞時代的人物。然後我放大了那隻狐狸，牠的眼睛盯著男孩，街上的燈光剛好照著一根閃閃發亮的白色鬍鬚。如此美麗。如此平靜。這是一張可以在比賽中獲獎的照片。

我把照片存到我的最愛。

然後我放下手機，闔上筆電，此時的潔思敏應該正在前往市中心的路上，穿著她的低胸上衣，小提包裡放著一瓶伏特加。羅恩則是又在每週五下班後，和那個美麗外貌彷如前拉斐爾派畫作人物的博士女孩廝混，而他的兒子飄飄然地待在房間裡，口袋裡裝滿了給狐狸的零食。我坐在床上，翻開了一本書。

26

第二天早上，凱特發現外面的街道被封鎖了。兩輛警車斜停在對街，警示燈的藍光緩緩旋轉，在凱特臥室的牆上投射出陰影。一輛沒有標記的廂型車停在路中間，兩名身穿制服的警察站在封鎖線旁，示意人們繞道。對街那棟屋子的窗簾被拉動著，人們裹著晨衣在前門窺視。

喬治雅走到凱特身後，「到底是怎麼回事？」

「不曉得耶。我猜肯定和那個女孩薩菲爾・麥朵斯有關。」

「喔，我的天哪。」喬治雅用手摀住臉頰。「妳覺得他們找到她了嗎？屍體？」

「喔，上帝啊，喬治雅。別亂猜。那是……」凱特的話還沒說完，內心已經浮現了一個想法。馬路對面工地的大木門敞開著，有一堆便衣工作人員在進進出出。

「我要去問問，」喬治雅說完，立刻轉身離開房間。

「喬治雅，不要去，」凱特說。「別煩他們，他們正試圖繼續……」她聽見前門開關的聲音，然後看到了喬治雅，身上仍穿著睡衣，外面直接套了件連帽T恤，邊試著穿好腳上胡亂套上的運動鞋，邊跳向那兩位穿制服的警察。凱特拉開窗簾看著她女兒站在他們面前，雙手插在連帽T恤前面的口袋裡，點點頭，又搖搖頭，指著建築工地，又指著她們的房子。過了片刻，她轉身回家。凱特在前門迎接她。

「他們說什麼？」

喬治雅踢開鬆脫的運動鞋，走向廚房，背對著凱特說話。「他們說在那個建築工地裡找到了一些東西，請了法醫過來。我問是不是屍體。他們說不，不是屍體。我問是否與薩菲爾・麥朵斯有關。他們說不能隨意透露訊息給我們。他們今天一整天都會待在那裡，可能明天也會。」

凱特點點頭，感覺胃不太舒服。她看了看時間：剛過早上九點，羅恩今天一早七點就出門上班。她很想知道他離開時警察是否已經抵達，他有什麼感覺。她用即時通訊軟體Whatsapp發了一則訊息給他：**警方在我們那條街上設了封鎖線，正在馬路對面的建築工地蒐證中。你知道是怎麼回事嗎？**

未讀。她放下手機，往水壺裡裝水。「想喝杯茶嗎？」她問喬治雅。

喬治雅已經吞下大半塊的吉百利迷你卷。她說，「不了，謝謝，我要回去睡覺。」然後脫下她的連帽T恤，把它披在椅背上。她隨手把包裝紙丟向垃圾桶的方向，沒扔中，落在了地板上。凱特原本想叫她回來撿，卻沒有開口的力氣，於是嘆了口氣，自己撿了起來。

她突然想起了一件小事。

她走到放茶巾的抽屜，再次拿出給羅恩的那張神秘情人節卡片。

這麼做時，她發現：莫莉的卡片和信封不太搭。卡片太高，但偏窄。這張卡片不是配著這個信封的。她再次拿出卡片，打開來，閱讀。小莫莉。真是個奇怪的小女孩，寄情人節卡片給大人。

她翻看著手中的卡片，想找找有沒有遺漏了什麼可能有其他意涵的細節。什麼都沒有。羅恩的工作就是在照顧有特殊狀況的孩子們，她為何要訝異有人對他做出特別的舉動？

她嘆著氣，把卡片放回抽屜裡。

一轉身，她嚇了一跳。喬許站在廚房門邊，他裹著浴袍，頭髮很亂。「外面為什麼外面有那麼多警察？」他說。

「不知道呢，」她回答。「可能和那個失蹤的女孩有關。他們在建築工地發現了些東西，正在那裡蒐證。」

「是喔？」他說，晃過走廊，走進凱特的房間，從窗戶往外看。她跟在他後面。他前天剪的可怕髮型讓他的脖子後方顯得有些發紅，男孩們這陣子似乎都流行《浴血黑幫》裡的前長後短髮型，但這讓他們的頭看起來很大。

她跟著他站在窗邊。看著穿著便衣的男人和女人拿著塑膠盒走出工地入口。警察將封鎖線拉開，讓另一輛警車開進來。有兩個人下車。凱特立刻認出其中一個是那天坐在她沙發上，非常具體地詢問她在情人節晚上十二點去了哪裡的警探。在薩菲爾住的艾費路和她告訴家人她要去的目的地之間，隔了五十條街，起碼上千間房子和數萬人。警方卻選擇按了她家的門鈴，坐上她的沙發，追問她的行蹤，在她家對面的建築工地進行調查。更別提她丈夫與警方試圖尋找的女孩之間的關係。

頭頂傳來直升機螺旋槳隆隆作響的聲音，她和喬許同時抬起了頭。

「是媒體，」喬許說。「他們怎麼會知道？」

「只要一通電話吧，」凱特說。「反正警方也沒有要隱瞞這裡發生的事情。」

馬路對面有些動靜，對面房子的前門打開了。有個男人站在那裡，那個奇怪的男人。她微微低下頭，好讓自己不被看見。

他身後似乎是和他住在一起的那個女人，幾週前某個早上她看到在包裡找著鑰匙的如雕像般的銀髮女人。而在銀髮女子後面，則是一位身材高大的紳士，灰白頭髮梳著油頭。

他們慢慢走出門。老人抬頭望著天空，找著他剛聽見聲音的直升機。那個女人走向封鎖線旁的警察，凱特看到她在問他們問題。老人和年輕人並排站著，相距幾英尺。凱特突然想到，也許這個奇怪的男人與這一切有關，也許警察特地問她情人節那天晚上做了什麼其實與她無關，一切是因為他。

她壓抑內心的不適，盯著他看。他一隻手的手指放在唇上，另一隻手環在腰際，不停地轉身看向建築工地。過了約莫一分鐘，他留下那對老夫婦站在前面車道上，回到房子裡。

她看到女警探正在和剛剛提著塑膠盒走出工地的兩個人說話。在詢問他們一些事情。其中一個人點頭，一個人搖頭。他們都轉頭看向建築工地。然後女警探轉過身，直視凱特的房子，看著凱特本人。彷彿他們一直在談論她，談論她的家人。

「來吧，」她對屏息觀看了好幾分鐘的喬許說。「讓他們去忙吧。」

她碰觸他的肩膀，他幾乎沒讓人察覺地退卻著。「不，」他說。「我想留在這裡看。」

她嘆了口氣。「好吧，」她輕聲說。「你想來一杯茶嗎？」

「好的，我要，」他說。「謝謝。愛妳。」

「我也愛你。」她回答。一想到他，她的心就揪起來。她溫柔而有著無盡的愛的男孩，和他泛紅、被剃得光禿的後頸。

27

直升機的螺旋槳劈裂著屋頂上空的空氣。歐文打開他房間的窗戶，盡可能地向外望去。每年的這個時候，在樹木重新長滿葉子之前，他可以看到他們房子旁邊那大片空地的一部分。

那裡曾經有一座名叫溫特漢姆莊園的豪宅。有幾十年的時間，都處在破窗滿布、常春藤在傾頹的陽台恣意蔓生、煙囪倒塌、牆壁龜裂和雜草叢生的破敗狀態。歐文剛搬進泰絲的公寓時，距離強制拆除還剩兩個月。他著迷地看著整座建築被一磚一瓦地逐漸拆卸消逝，屋內所剩華服被打包送進貨車準備哄抬價格出售，運走的瓦礫磚石被回收利用，其他一切則都被分解成能用小貨車載走的廢棄物。大約過了三個月，拆遷大隊離開了，突然間，飛揚的塵土停止了，隆隆的噪音也停止了，光線透過樹木進入歐文的房間，出現了鳥鳴和狐狸，每年夏天，草地上開滿了花。偶爾在溫暖的夜晚，歐文可以聽到那裡有青少年聚集，還有大麻味飄進他的房間。

有一天，外面貼出了告示，有人申請了規劃許可，準備在這塊空地上蓋五棟豪華連棟別墅。這個開發計畫當然遭到整個社區的聯合抗議。最後，購買這塊土地的建築商妥協了，修正為建造一批公寓，並且最大限度地保留了綠化空間。這個計畫在四年前獲得許可，從此沒有其他動靜。

房間外那片開闊、翠綠的景色讓歐文感覺自己彷彿獨處在荒野中。從他的房間望出去，只有樹木；看不到城市生活的跡象。

但是現在，他從窗戶往外看，那片寂靜的綠洲上擠滿了人，彼此叫喚的人聲和無線電劈啪作響。他看到了空地上有人影來回穿梭，頭頂上直升機的轟隆聲時有時無。他猜想這與那個失蹤的女孩有關，警方昨天問他的那個女孩。他覺得他們會出現在這裡都是他的錯，是他愚蠢地提起情人節那天晚上有個穿連帽上衣的女孩站在對面那棟房子外。而他甚至不太確定自己究竟看到了什麼。那一晚的記憶很模糊，像一部快轉的電影，偶爾會隨機地在某個畫面停格，然後又高速前進。他根本不太記得那天晚上是怎麼爬上床睡覺的，醒來時他還穿著襯衫，腳上只剩下一隻襪子。

他走向外面走廊。泰絲和貝利也在那裡，站在前門旁，看著外面動靜。

「他們好像找到了什麼，」她說。「跟他們問你的那個女孩有關，傳單上的那個。」

「他們發現了什麼？」

「警方不肯跟我說。但這條街會全天封閉。他們要求搜索我們房子後面那片區域。」

「哪裡？」

「這裡啊。這房子後面。我說沒問題。」

歐文眨了眨眼。

「你不介意，對吧？」她瞇起眼睛問道。

「不會，」他說。「我為什麼會介意？」

「不知道。可能會覺得侵犯隱私或啥的。」

「嗯，這又不是我的花園，對吧？這是大家的後花園。」

「對齁，」泰絲說，「也是。確實如此。」

於是現在有警察在他們的後花園裡，翻著灌木叢，和幾乎沒有人使用過的成堆生鏽的舊園藝設備。他盯著他們看了一會兒，想聽聽他們在說什麼。他偶爾會聽到一些詞彙，但沒辦法拼湊出到底在討論什麼想法。

有一小群警方的人在靠近他房間窗戶的那塊屋後區域搜查。歐文心中閃過一絲不安，他回到房間，關上了門。

他聽到窗戶旁有人聲，有個男人正在呼叫大家。「這裡，快看。把手電筒拿來。」

他屏住呼吸，站在窗戶的一側，背靠在牆上，仔細聽著。

「找隊長來。」那男人說。

他聽到有人跑過草地，踩過碎石路，呼喚著柯里警探。

過了片刻，他聽到了一個女人的聲音。「找到什麼？」

歐文小心翼翼地沿著窗框縫隙窺視。他往下看到三個人的頭頂，一束光線照著草叢，光圈中閃爍著玫瑰金的光芒。他看到戴著手套的手輕輕地撥開葉片。從草地上撿起了手機殼，丟進一個遞出的塑膠袋內。

緊張的氛圍一觸即發。有什麼事要發生了，可怕的事件，駭人聽聞的事實。

直升機螺旋槳的葉片在空中打轉，聲音就像成群龐然巨物踩著重重的腳步正衝過黑壓壓的飛揚塵土。

歐文轉身離開窗邊，癱倒在牆上。

28
薩菲爾

羅恩的兒子名叫喬許。喬許・福斯。你可以說，這名字除了優雅，恐怕找不到其他更好的說法。他就讀於我住的公寓對面的那間學校。在秋季學期間，我經常見到他。我過去從來不曾在人群中注意到他，那群瘦長的白人都有著典型的穿著，North Face 外套配黑色運動鞋。他有一個朋友；有趣的是，這個朋友有頭紅髮和一張尖尖的臉，幾乎跟狐狸相差無幾，也可能喬許就喜歡任何跟狐狸有關的事物。

那年秋天，我尾隨他回家了幾次。他走得很慢，簡直是龜步。如果他想看手機，他會直接停在人行道中間，不理會身後或旁邊的人。有時他會毫無緣由地過馬路，然後又折返。他會停下來瀏覽商店櫥窗，儘管那間店賣的甚至不是他有興趣的商品。我有時在想，那感覺像是他只是在拖延時間。他其實不想回家。

他經常從灌木叢間溜進空地抽大麻。有天晚上，他和紅頭髮的男孩一起進去。我聽見他們的笑聲不斷，我很高興他有一個可以和他一起笑的朋友。

然後九月下旬的某一天，在我升上六年級後的前幾週，我去道場上每週四的跆拳道課，他在那裡，緊張地臉色發青，他來上體驗課。離我上課時間還有幾分鐘，於是我坐下來看他完成他的課程。那是一個初級班，主要都是孩子們，他起碼比其他人高了一英尺。我實在搞不懂他在那裡做什麼，這個步履蹣跚、抽大麻、和狐狸聊天的男孩，看起來不像會來上這種課的人。

他和一個小女孩搭檔進行了最後的練習。他看起來很尷尬，而她看起來很無奈。

課程結束，他們照著教導相互表達：

「感謝指教。」

「謝謝教練。」

他拖著腳步走進更衣室，過幾分鐘後，穿著校服和North Face外套，揹著書包出現。他發現我盯著他看，我向他點了點頭。他臉紅起來，轉身離開。

這個男孩出現在這裡，在我上課的道場，這似乎意味著什麼。我思考著也許是他看到我跟蹤他，試圖以其人之道還治其人之身；你懂吧，就是警告我他知道我做了什麼。但他似乎從來沒有注意到我在那裡，也沒有顯示出他知道我的存在的模樣。

他第三次出現在道場時，我剛好遲到，在更衣區遇到了他。簾子是拉開的，有兩個小男孩正盤腿坐在地上，繫著制服鞋上的鞋帶。我脫下外套和連帽T恤，掛在鉤子上。然後轉向喬許，我說，「你是怎麼找到的？」

他看著我的表情活像我是他這輩子第一個開口跟他說話的人。「什麼？」

「我說，你怎麼找到這裡的？你是新生，對吧？」

他點點頭說，「對。」

「你的目標是什麼？」

「蛤？」

「你的目標是什麼？我從六歲起就開始練習，為的是讓街上沒有人可以嚇唬我、欺負我。我只是想知道你是為了什麼來學跆拳道？」

「一樣吧，我猜。」

「自衛？」我問。

「是的，」他說。「算是啦。我被搶劫了。」

「天哪，」我說，「什麼時候？」

「大概是幾週前了。」

「去你的。太糟糕了。」我低頭注意到地板上的小男孩們，「抱歉喔。」然後對喬許說，「他們有打傷你嗎？」

他聳了聳肩。「沒有。不算吧。我也不是多能打，所以，就那樣。」

我明白。我確實、非常明白。「知道是誰嗎？」

「不知道。就是個戴著帽子的白人。」

「真可怕。」我說。

「是啊。」他說。然後拿起他的袋子，沒有說再見就走了。

他再也沒有出現。

差不多在我第一次在道場見到喬許那段時間的某一天晚上，我回到家時發現爺爺癱在扶手椅上，皮膚看起來灰撲撲的。我說，「爺爺，你還好嗎？」

他說，「還好吧。我不確定。」他覺得胃不舒服，於是我讓他吃了些胃藥。他不斷揉著胸口，一臉痛苦的表情。

亞倫比我晚一個小時到家，叫了救護車。

接下來的情景就是我坐在皇家自由醫院裡一張吱吱作響的塑膠椅上，握著我爺爺的手，告訴他一切都會好起來的。

但事實並非如此。

一切都錯了。

爺爺在病房待了三天，做了各種檢查。他被診斷出心絞痛，在經過更多測試和斷層掃描後，確定他有冠狀動脈的問題。他帶著一長串新生活指引出院回家，包括應該吃的東西、需要服用的藥物。我可以看出他無意做任何嘗試。他失去了妻子和女兒，身上的疼痛多年折磨著他，他沒有社交生活，也沒辦法工作，現在我長大了，快成年了，他看不出除了他在未來二十年依舊會成為我們所有人得處理的問題外，還有什麼值得改善現狀的意義。

於是他推開亞倫為他準備和特意烹調的所有健康食品，把藥丟在椅子旁的桌子上，拒絕和我出去散步，然後，在我們都還沒有機會嘗試挽回他的生命之前，爺爺心臟病發作而死亡。他去世時只有五十九歲。這個歲數遠比你真的開始想到死亡這個問題的六十歲還要年輕得多。

就這樣，這就是我現在的家人。沒有媽媽，沒有爸爸，沒有祖父母，只有兩個叔叔和兩個小表妹。遠遠不夠形成一個家。

爺爺的葬禮後，我有一個星期下不了床。我覺得整個人空蕩蕩的，像是呼一口氣就可以把我吹走或一根指頭就能壓碎我。

而在學校裡，我頭一次在課業上落後。

亞倫去和我的老師談話，學校送了一位據說是負責心理輔導還教會關懷之類的女士過來看我；我以前從來沒見過她。像塊塌陷糕點的臉讓她看起來像個脾氣暴躁的人——一點兒都不像電影演的那樣，珊卓．布拉克或誰會出現拯救你的人生——她坐在我們家那張小餐桌的另一邊，亞倫泡了茶，我們倆的手指都勾著藍色馬克杯的把手，她對著我說話，說了很多、很多話，她是好意，她人很好，但是等她一離開，我立刻直接窩回床上。

是煙火節讓我走出低潮。我和亞倫一起靠著沙發，拉開窗簾，看著天空中的繽紛煙火。爺爺已經不在的感覺很奇怪，但這也提醒了我生活還在繼續，聽起來很老掉牙，但生活確實仍在繼續；夜空中的火花依舊，觀賞的人們仍然驚喜地睜大了眼睛，孩子們開心地點著仙女棒，狐狸潛行在城市黑暗中尋找雞骨啃食。

我穿上厚外套，跟亞倫說我要去樓下商店買檸檬汁。事實上，我買了一包雞塊，前往漢普斯特德，穿過綠樹成蔭的大道，人們偷偷在自家花園放著煙火，老樹上隱約可見硝煙擦過留下的污痕。在通往羅恩加那條路的轉角處，我偷偷穿過了上次喬許鑽進空地的那個縫隙。天氣不冷，我脫下厚外套當成毯子。

我打開那包雞塊，把它放在我身旁潮濕的碎石上，希望氣味能飄散出去。我打開手機，發了則訊息給亞倫。**我去找潔思敏。晚點兒見。**

他回訊，**還好嗎？**

我開始輸入我的回答，身後的沙沙聲讓我停下了動作。是牠；那隻狐狸。我把手機放在腿上，屏住呼吸。我聽見牠的小腳掌一步一步地踏過碎石，離我越來越近。我把手伸進包裝袋裡，隨便挑出一塊肉，用食指和拇指夾著拿在身邊。我沒有回頭。我能聽到狐狸的呼吸聲，短促而充滿活力。我感覺到牠停了下來，離我只差幾英寸。牠溫暖的呼吸覆上我手上的皮膚。我放下雞塊，聽到牠把它咬起來。但牠沒有動。我把袋子往前推了幾英寸，看看牠是否會跟著往前走。牠出現了，站在我身邊，滿懷期待地低頭看著袋子，就像一隻寵物狗。

「還要一個嗎？」我說。

牠沒有看我，只是目不轉睛地盯著袋子，發亮的小眼睛動也不動。「好吧，」我說，拿出另一塊。「請用。」

空中炸開了一朵碩大的煙火，狐狸有一瞬間似乎想要跑開。但牠後來決定堅定立場，我用眼角餘光瞥見了牠的鼻頭，牠在那裡，從我的指間咬走了雞塊。我深深地吸了口氣，我可以聽到自己的呼吸聲。

我意識到我回到了當年在蕾西的動物派對上，當那個傢伙給了我一隻名叫哈利的貓頭鷹時的自己。所有內心的黑暗在當下幻化成金。我可以感受到我與土地、天空、樹木、空氣間的連結，那股衝擊如此強烈，幾乎讓我暈眩。我覺得自己激動地快要爆開來。我用手背摀著嘴，忍住咯咯的笑聲。我抬頭望著被煙火染紅的夜空，雙眼不斷搜尋著直到我找到一顆星星，暗沉而不起眼，但那是一顆星星，我雙手合十地對著它說，「我愛你，爺爺。我愛妳，奶奶。我愛妳，媽媽。」

我拿起手機回覆了亞倫的訊息。

我很好！附帶一個笑臉符號。

狐狸仍然站在我身邊。

我遞給牠更多雞塊，開心地放聲大笑。

我想著，哈，看哪，羅恩・福斯，我根本不需要你。我只需要大自然。我只需要貓頭鷹、狐狸、星星和煙火。

我被治癒了。

至少我是這麼想的。

29

警方對於凱特住的那條街設的封鎖線持續到了第二天。直升機回來了。但是沒有什麼新聞。顯然他們還沒有找到任何線索，顯然也沒發現屍體。如果真的有，凱特心想，肯定已經早就找到了吧？

羅恩站著在吃一碗麥片。他發出令人厭惡的進食聲，囫圇吞棗地好像他快遲到了一樣。

「趕時間嗎？」凱特問。

「是啊，有一點。我想早點上班。」

「你昨天也很早去。」

「是的。太忙了。另外兩個臨床醫師正在休假——妳知道的，年中長假。我得自己追蹤患者的後續狀況。」

「你可以在這裡工作，」她比著廚房的桌子。

「這是妳要用的地方，」他說。

「我不會在早上七點用到它。我要去洗個澡，你何不在這裡待一會兒，處理一下那些需要追蹤的事情？」

他挖出碗裡的最後一匙麥片，吞了下去。「我得去辦公室，」他說，把碗拿到水槽。「我需要用上那邊的資料。妳為什麼這麼想要我留在家？」

她聳聳肩。「因為這些吧，我想。」她往上比著直升機的方向。「還有那個。」她指向房子前方。「讓人心神不寧。我的意思是，如果那個女孩真的在這附近、甚至就在對街發生了什麼事，這個地方或許不太安全。你不覺得我們應該考慮要喬治雅全天待在家裡？」

在水槽上彎著腰的羅恩停下手上的動作。他嘆了口氣，然後轉身。「或許可以問問警方？看看他們怎麼說。」

她點點頭。「好，」她說，「也許可以問問。」

他走向她，把手放在她的手臂上。「不管發生什麼，沒事的。我確定我們很安全。」他拿起他的提包、外套和圍巾。「晚點兒見。我今晚會試著早點回家。也許我們可以一起做點什麼。」

她勉強擠出一個微笑。「好的，」她說，在他從視線消失之前，她開口，「羅恩？莫莉是誰？」

他停下來。轉身面向她。「莫莉？」

「對。我一直想跟你說。她寄了一張卡片來，情人節卡片。喬治雅不小心打開了，我知道她亂開你的信會讓你生氣，所以我把卡片先收在抽屜裡。後來我就忘了這件事。」她走過去從抽屜裡拿出那張卡片。「在這兒，」她說。「對不起。」

羅恩走向她，從她手中接過卡片。她看著他打開卡片讀著。他笑了。「哦，」他說，「那個**莫莉**！是的。我認識莫莉。她是個病人。或者該說，曾經是。我已經沒有在看她了。」

「她有你的地址？」她給他看了信封。

他顯得有些困惑。「看起來，她確實有呢。」

「怎麼拿到的？」

他從她手裡接過信封，盯著它看了一會兒。「我真的不知道，」他說。「可能是在我的辦公室裡看到的，一封信或其他什麼文件？」

凱特從他手裡接過卡片，把它放回抽屜裡。「好吧，」她說，「你應該要小心一點。」

他給了她一個奇怪的眼神。「是的，」他說。「妳說得對。」

他在她的臉頰上輕輕吻了一下，然後就出門了。

她抓著椅背，感覺自己的心臟怦怦狂跳，因對質而迸發的腎上腺素讓人想吐。她聽見前門砰的關上，但幾乎才過一秒又聽到了門被再次打開的聲音。走廊那頭傳來羅恩的聲音，接著是個女性的聲音。

他們公寓的門開了，羅恩走了回來，警探安潔拉・柯里跟在後面。

「沒問題，」他在對她說話。「完全沒問題。」他看著凱特。「這位是柯里警探。她只是想問我們幾個問題。」

凱特摸了摸自己的鎖骨處。「我也要嗎？」

「是的，麻煩妳。有時間嗎？」警探說。

「當然。好的。需要喝些什麼？一杯茶？還是咖啡？」

柯里警探輕拍了拍她手中的塑膠水瓶，「謝謝，這樣就好。」

羅恩領著她走進客廳。她坐在扶手椅上。凱特和羅恩並排坐在沙發上。

「那麼，」柯里警探開始說，「很抱歉這麼早來打擾你們，不過有件事確實引起了我們的注意，我得說實話，我實在不知道我們之前怎麼會錯過這個資訊，你們兩位就這起失蹤案分別接受了詢問——福斯夫人是可能的證人，福斯博士則曾經在工作上和薩菲爾有過密切接觸——而我們竟然剛剛才注意到你們都住在這裡。顯然這會讓整起事件增添更多需要考量的不同因素，開啟另一個檢視角度。我希望你們不介意我再問你們幾個問題？」她微笑著，抬頭往上方看了看後說，「真該死的直升機。我很抱歉，這實在是一場噩夢。不過我們快要完成蒐證了。他們很快就會消失。我保證。」

她從側背包裡拿出原子筆和筆記本。

「福斯先生，幾天前我們談到薩菲爾曾經由你診療了很長一段時間，你確定是在大約一年前停止了與她的會面嗎？」

「是的。」

「在那之後你就沒有再見過她了？」

「沒有。應該說，一如我昨天告訴妳的，我在辦公室附近看過她幾次，但沒有停下來和她說話。」

「所以在你停止她的療程後，你和她的關係就結束了？」

「是的。沒錯。」

「好極了，」柯里警探說。「謝謝你幫我釐清這一點。那麼，二月十四日晚上，情人節之夜，您們兩位在市中心一起吃晚飯？」

他們都點頭。

「你們在晚上十一點三十分左右回到家？」

他們再次點頭。凱特說，「差不多。」

「你們倆都在午夜就寢？」

凱特和羅恩交換了一下眼神。凱特說，「是的，午夜前後。」

羅恩點點頭，然後轉向警探說，「嗯，我可能比那個時間再晚一點。我隱約記得我好像有為了什麼走出門。」

凱特盯著他看。

「我得說，我的記憶不是很準確，畢竟這是一個多星期前的事，我當時沒有很清醒，但我確實記得有走出去過——我想我是出去倒垃圾。我聽到了些動靜。我看著馬路，住在對面房子的那個人站在那裡。」

「站在那裡？」

「是的。」

「他有看到你嗎？」

「沒有。我在前院的垃圾箱旁邊。他看不到我。我可以通過樹籬的縫隙看到他。」

「這位男士，他在做什麼？」

「就只是站著，盯著什麼看。他看起來喝醉了。我之前也在他喝醉的時候碰過他。我出去慢跑時，他站在轉角處盯著我。看了很久。我問他是不是有什麼問題，他只是問我是否結婚了。我個人是覺得他……怪怪的。再加上還有那次事件。」他轉向凱特，用一種彼此意會的眼神看了她一眼。「記得吧，就在今年初，喬治雅在夜裡走回家，他在後面跟得很近，把她嚇壞了。」

凱特的表情有些僵硬。她不太喜歡羅恩的暗示。「是的，」她說，「確實如此。而且他有點古怪，但這並不意味著……」

「沒錯，」柯里警探插話。「沒錯，妳說得對，福斯太太。很顯然這並不意味了什麼。但這些資訊都值得記下來。」她轉向羅恩。「這件事發生在午夜？」

「是的，大概在午夜。」

「然後你就回屋裡睡覺了？」

「是的。沒錯。」

「當你半夜在外面倒垃圾的時候，除了對街那個人，有看到其他東西？其他人？」

「沒有。只有他。住在對街的那個人。」

「是否有這個可能，」她繼續說，「他可能不是在盯著你看，而是在看著別人？」

羅恩皺起眉頭。「我不知道妳的意思是——」

柯里警探闔上記事本。「你是否能跟我說一下那天晚上當你看到你的鄰居盯著你看時，你所站的確切位置？」

「當然，」羅恩說。

他們都站了起來。

凱特披上走廊上掛著的一件喬許的連帽上衣，跟在羅恩身後。柯里警探則走在凱特後面，他們前往前院一處木板隔間，那裡是放公共垃圾箱的地方。

「我就站在這裡，」羅恩說。「我把袋子放進垃圾箱裡。才剛蓋上蓋子，就看到他從這裡經過。」他指著一堵矮磚牆前樹籬上的一個缺口。

柯里警探站在羅恩的位置，從縫隙中窺視。她往後站，看著通往前方小徑的轉角和底端的金屬門。然後她再次從樹籬的縫隙中往外探看。她在筆記本上寫下一些東西，闔上本子。

「太好了，」她說，「非常感謝你們。我想這是目前需要詢問的全部了。最後一個問題，福斯博士，我知道你說自從二〇一八年三月的最後一次療程後，你再也沒有見過薩菲爾，那麼你能想出是什麼原因，或者有任何理由可能讓她在失蹤那天晚上出現在你家附近？」

「所以，她是——」凱特正要開口。

「我們還不確定。我們正在研究好幾種可能。但是沒錯，這是其中一種。所以，福斯博士，有任何理由……？」

凱特看著羅恩。羅恩堅定地搖搖頭。「不，」他說。「沒有。我完全想不出有任何她會出現在這裡的理由。完全沒有。」

「你沒有看到她？」

「我絕對沒有看到她。」

對話停頓了很長時間，柯里警探似乎希望羅恩會再說些什麼。他沒說話，於是她再次微笑，那種一半像百貨公司的化妝品顧問，一半像性格扭曲的小學老師的笑容，令人揣揣不安。「再次感謝你們，非常感謝你們兩位。正如我所說，我們快完成這附近的蒐證了。我估計封鎖線應該會在一兩個小時內撤除。你們可以再次擁有你們的街道了！」

她把手伸進一件看起來很高級，有著大鈕扣的綠色羊毛大衣的口袋裡，再次笑了笑，然後離開。

凱特和羅恩對看了一眼。他從口袋裡拿出手機看了看時間。「靠，」他說，「我真的得走了。」他在凱特的臉頰上落下一個敷衍的吻，迅速地跨著大步離去，沿著花園小徑走向了人行道。

30 薩菲爾

去年十二月很冷。你記得嗎?非常冷。我很有印象可能是因為我在戶外度過很多時間。

這很怪,我知道。我有家,一個溫暖的家——幾乎太暖了,你知道這些國宅提供暖氣的方式吧,沒有獨立調節,全部中央空調。我有亞倫照顧我,美味的食物、舒適的臥室……但出於某種原因,我就是不想待在那裡。也許是因為我爺爺不在了。就這麼簡單。不過我的感覺更複雜,就像是我變成了別的東西,不完全像是人類。

大概是我看了太多哈利波特,總之,我在八樓沒有歸屬感;我覺得腳踩不到地,彷彿沒有重力。我需要實實在在地踩在地面上。我的皮膚需要新鮮空氣。我需要樹木、土壤、雨水、月暈、日光、太陽、風、鳥兒和狐狸。我變得很野。

當然了,這有些誇大其詞。我仍然每天去上學。我還是會洗澡,在意髮型,畫著眼線,換穿乾淨內衣;不是把自己搞得很邋遢的那種野。我只是變得愛往外跑。只要有機會,我就想待在戶外。

我經常待在羅恩家對面那塊建築工地。那裡很酷。透過樹籬的縫隙,我可以觀察到所有來往人群,沒有被發現的風險。狐狸常來看我。我幫牠帶了各式加工肉品當禮物,他總是很感激。然後是那個臥室窗戶對著這塊空地的人。我不知道他的名字,決定叫他克萊夫。沒什麼特別原因，他看起來就像叫克萊夫的模樣。

他有點奇怪。連我這種個性古怪的人都這麼覺得。如果我站在停在空地上的工程車上方，可以透過窗簾縫隙直接看到他的房間。那像是老婆婆住的房間。凹凸不平的小床上鋪著廉價床單，擺了一個平價商旅會放的那種笨重的古董木製衣櫃，櫃門外有面鏡子，房門後掛著他那件粗條紋髒睡袍，還有個破畫框裡面鑲著繪了起伏山谷的畫。房間看起來很冷。他每天晚上都坐在扶手椅上，戴著耳機，盯著放在他前面紙箱上的筆電看——我不知道他在看什麼，我的角度看不到螢幕。但我猜應該不是色情片，因為我沒看過他做出男人看色情片時會做的事情。

有時候那個女人會找他，和他住在一起的那個白髮女人。我看到他總是在幫她開門前兀自嘆息和翻白眼。她雙手叉在腰間，一臉酸溜溜地對他說些什麼，他會回應，然後她的臉色就更不好地離開。

我對他感到抱歉。我無法想像他處在什麼樣的困境裡。他的年紀應該已經可以結婚、生一兩個小孩了。他肯定是做了什麼才像現在那樣生活。我很想知道他是否因為如此孤獨而氣惱。我對克萊夫很感興趣。

我們在聖誕節前一週左右狹路相逢。他正走上羅恩住的那條街和芬奇利路間的那道長坡。時間已經很晚了，大約晚上十一點。他看起來凌亂不堪。披頭散髮，肩上的工作包把外套扯向一邊，襯衫上有個很大的污漬，一路走得步履蹣跚。他看了我一眼，我看得出他喝醉了。他微笑著，當我們擦肩而過時，他說了句，「聖誕快樂！」我說，「也祝你聖誕快樂，克萊夫。」

他停下腳步，「克萊夫？」

我笑著說，「沒事。開玩笑的。聖誕快樂。」

「歐文，」他說。「我叫歐文。」

「歐文，」我說。「我是珍。」

「聖誕快樂，珍。」

我們握了握手。他的手又濕又粘。

「對不起，」他說，「有點出汗。學校有迪斯可派對，跳舞跳個不停。喔，我是老師，不是學生。應該很明顯啦。」

他笑了。我跟著笑。

「晚安，珍。」

「晚安，歐文。」

然後我們分道揚鑣。我想著，歐文，他的名字是歐文。

羅恩在聖誕節前夕帶艾麗西亞出去晚餐。在我住的公寓下一家還不錯的小法國餐館。我從診所一路跟著他們，看著他們進門。用手機拍了幾張狗仔隊風格的照片：一張，再一張。

艾麗西亞看起來很漂亮。她確實很漂亮。比羅恩的妻子漂亮多了。而且她和羅恩的戀情持續越久，就變得越美，彷彿他幫她灌了某種靈丹妙藥。她放下如波浪般的紅色長髮，穿著黑色外套和緊身褲、紅色短靴、粉色圍巾，搭著艷紅唇色。她不停地笑著。他的神情比較謹慎，照例幫她扶住大門，跟著走進去時迅速地回頭瞥了一眼。

我看到他們被帶到餐廳後方的一張桌子。從我站的地方看不見他們，我把手機放回口袋，打道回府。

亞倫在家。他買了一棵聖誕樹，這讓我很高興。爺爺走了之後的一個好處是，亞倫現在可以睡在臥室裡，不用睡在客廳，我們可以擁有一棵正常尺寸的聖誕樹，而不是過往那種擺在桌上，小巧、節省空間但有些可笑的迷你樹。那棵樹很好聞。我站著把臉埋進樹裡，深吸了一口氣。

亞倫從走廊的櫃子裡拿了一盒裝飾品給我。「拿去，」他說。「這是女孩子的工作。」他眨了眨眼，我推了他一把。亞倫不算是女權主義者，但他也不是個大男人。他挺喜歡這個世界女性優先的想法。他喜歡女人。

我邊裝飾聖誕樹，邊不時從窗戶往下看，盯著下面那家豪華小餐館所在的廣場，我忍不住開始想自己現在到底在做什麼，像這樣跟蹤羅恩，拍下每一件他做的事。我想知道這一切到底會怎麼發展。我不知道這樣是不是很瘋狂，可能吧。但我不覺得我腦袋有問題，我覺得我挺正常的。

亞倫擺上晚餐。他說，「我很高興妳在這裡。至少今天有在。」

他笑著說這句話，他沒有指責我的意思。他是認真的。

「妳知道，」他說，一邊舀了一勺黃米飯到他的盤子裡，一邊看著我身後閃爍的聖誕樹，「這是我爸爸離開後過的第一個聖誕節，感覺有點怪。如果妳想談一談……」

我微笑著搖搖頭說，「我很好。真的。」

「我真的很擔心妳，薩菲。大家都很擔心。」

我給了他一個詢問的眼神。

「大家。我、李、塔娜。女孩們。」

「這個家真的沒幾個人了，對吧？」我說。

「哦。別太嚴苛。」他笑了。「我們重質，不重量，是吧？」

我也笑了。「是的。」我說。

「總之讓我們一起參與，薩菲，好嗎？不管是什麼讓妳煩惱，或者是誰讓妳煩惱。我們隨時都在這裡陪妳。懂嗎？」

我抬頭看著他。「但是你呢？」我說。「誰會陪著你？」

他看起來有點害羞。「什麼意思？」

我說，「你快三十歲了。兼兩份差。從二十四歲開始就沒女朋友。誰幫你想過？」

亞倫放下刀叉，生氣地看著我。我要補充一下，說是生氣，但看起來一點也不兇。他有一張天使的臉龐。

「薩菲，」他說，「聽著，不需要擔心我。老天哪，妳不用為我擔心。只要專注在自己身上。好好上學，用心學習。接著專心準備上大學，拿一個好學位。然後，也許到時候，我再讓妳來為我煩心。但在那之前，我們現在這樣很好，好嗎？」

我點點頭，心裡一陣激動。等我大學畢業，亞倫就三十一歲了。還有什麼然後可言？我想到了克萊夫，或者歐文，不管他叫什麼名字，還有他令人悲傷的窄小房間和可悲的條紋睡袍，他看起來也差不多是三十一歲，我不希望亞倫變成那樣。

「我可能不會上大學。」我說。

「妳當然會。」他說。

「為什麼?只因為我很聰明嗎?又沒有法律規定。等畢業後我可以做任何我想做的事。我可以去找工作,自己找地方住,你就可以獨享這間公寓。」

他笑了。「我不想要這間公寓啊!為什麼我要這間公寓?」

「這樣你就可以成家了。」

他又笑了起來,笑聲大而宏亮。「我不需要成家,或找其他家人!妳就是我的家人!」

我跟著笑了,但內心感到驚慌。亞倫真的是個好人。他在學校時,跟我一樣用功,成績很好,但他現在在彩券行工作,當園丁,回到家還得為我操煩,完全浪費他生命中的黃金歲月,我在想,也許我不在會更好。

晚餐後,我跟亞倫說我要去找潔思敏,他對我說**盡情**玩,我回答好唷,然後帶著一種隱藏了祕密般的奇特心情出門。我坐在戶外廣場上的一輛固定式健身車上,雙手插在口袋裡,懶散地踩著踏板,罩著帽子好抵擋夜晚寒冷的空氣。我聽著手機裡的音樂,看著人來人往。沒有人看我。沒有人注意到我。當你拉上連帽上衣的帽子時,你是隱形的。

過了一會兒,羅恩和艾麗西亞離開了餐廳,我等著看他們會做什麼,你知道他們做了什麼嗎?那些噁心的惡魔?他們進了一家旅館,戲劇學校旁的那間貝斯韋斯特飯店。

我震驚到合不攏嘴。我也不知道為什麼我會驚訝。所有一切跡象都導向這一刻,但親眼見到依然令人震驚。羅恩打算和一個不是他妻子的女人上床。他妻子只離這裡大約半英里遠。而他打算讓這女人躺在床上,跟她交合。

我微微發抖,拉下了帽子,秀出染成粉紅色的頭髮,出發去找潔思敏。

31

歐文和迪安娜前一天晚上花了兩個小時互發訊息。她一直試圖說服他考慮回到大學工作。她提出了一些很好的觀點，很有說服力的觀點。大部分是在說那個舉報他的女孩幾個月後就會畢業，很快會換一批新生進來，沒有人記得發生了什麼，他可以有一個全新的開始。還有，他其實很喜歡他的工作。此外，失業的時間越長，越難向下一個可能的雇主解釋他都在做些什麼。

她的擔憂讓他意識到，到目前為止，從沒有一個人曾為他的人生、他的選擇試著提供適切的、善解人意的、明智的和真正關心他的建議。自從他母親去世之後，從來沒有過。

他們在十一點說了晚安；歐文可以繼續講上幾個小時，但迪安娜當然必須早起工作。歐文把手機放在胸前進入夢鄉，臉上掛著微笑。

他起床後走到臥室窗邊。警察回來了，繼續在後院裡到處搜索。他們昨晚離開前封鎖了整個後院，並對所有居民公告，要求他們不要越過封鎖線。有個警察被留下來整夜駐守在建築工地外。

歐文凝視著警方昨天檢查過的那塊草地，他們在那裡發現了手機殼。當他盯著那個地點時，腦海裡有個影像一閃而逝。

某個動作，還有痛苦的尖叫聲。

他甩掉腦袋裡的想法，走向浴室淋浴和洗頭。在浴室的鏡子裡，他看著自己的頭髮，實在太長了。他不確定自己何時會願意去理髮店剪頭髮，於是他從浴室的櫃子裡拿出剪刀，用手指把頭髮往前拉到前額，然後順著眉毛的高度修剪。他從左側開始，黑色髮梢掉進水槽，看起來像被棄置的鬍渣。他正改從右側往中間剪，門外突然傳來響亮而持續的砰砰敲門聲。他嚇得跳起來，剪刀劃破了他的皮膚。冒出一滴血，他粗暴地抹了抹，喊道，「幹嘛啦！」

「歐文，」泰絲說。「警察來了。他們要你出來。」

他嘆了一口氣。「給我幾分鐘。」

「先生──」他聽到一個男性的聲音，「──我們需要你現在就出來。麻煩你。」

「我剛洗完澡。你們得等一下。」

「先生，請你出來。」

「去他媽的，」歐文小聲嘟囔道。他用毛巾用力地擦乾身體，套上那件舊睡袍。他打開門，泰絲一看到他就微微往後縮。

「可以至少讓我穿好衣服嗎？」他對站在她身邊那位穿著制服的警察說。

警察轉向站在他身後的一個女人，是那名女警探。她點點頭。「但我恐怕得讓羅德里格警員進去陪你。」

「什麼？」

「很抱歉，這是標準程序。」

「現在是有什麼問題？這麼緊急？」

「皮克先生，目前的緊急情況是我們就薩菲爾．麥朵絲失蹤案帶你回警局偵訊。我們有搜查你房間的搜查令。」她舉起一張紙。歐文對它眨著眼。「這意味著我們需要確保你不會碰你房裡的任何東西。我真的很抱歉。」她對他微笑。一個令人不安的微笑，看起來很溫和，實際上很冷酷。

他想開口說些什麼，隨後意識到他根本不知道能說什麼。而他也在某種程度上了解，不論現在到底是怎麼回事，他都可能因為說錯話或做錯事而讓情況變得更糟。於是他斷然地點點頭，走向自己的房間，男警官緊隨其後。換衣服時，他的眼睛在房間裡打轉；他試圖思考這裡有什麼，他們可能會發現什麼將他與兩天前他還從未聽說過的女孩失蹤案連結在一起。一個可能完全只是他自以為有看到的女孩。

「請快一點，皮克先生，如果你不介意的話。」

他穿上昨天的衣服。他本來放在待洗衣物堆，打算今天換穿別件衣服，但他現在腦袋一團亂，沒辦法再搭配出另一套。他穿上用膠水粘過的那雙舊鞋，用手指梳過濕漉漉的頭髮。額頭上有個什麼他的指尖滑落；是剪刀劃出的傷口上乾掉的血痂。鮮血冒了出來，他想從床頭櫃上的盒子裡抽一張紙巾，警官說話了，「先生，請不要碰任何東西。」

「但我在流血。」

「等我們上了警車會幫你處理。現在，先生，請不要碰任何東西。」

歐文嘖了幾聲。他再次環顧房間，從門後掛鉤上抓起了夾克，跟著警察回到走廊。泰絲站在門口。她在綠色睡衣外套了件絲綢和服。她的頭髮垂著，看起來疲憊而悲傷。歐文經過她身邊時，她摸了摸他的手臂說，「歐文，你做了什麼？你做了什麼啊？」

「我什麼都沒做，看在上帝份上。妳知道我什麼都沒做。」

泰絲轉身走開。

「我對天發誓，泰絲，」他在她身後喊道。「妳知道我沒有！」

她走進自己的房間，在身後悄悄關上門。

他感覺到一隻手搭在他的肩膀上。「皮克先生，拜託，我們必須離開了。」

他聳了聳肩，憤怒開始取代震驚和畏懼。「來了，」他說。「我現在就走，可以了吧？」

一走出家門，他發現外面街上不太一樣，有什麼不對勁，一種亂哄哄的感覺，然後出現了：一群人，一大群人；十幾個拿著相機和麥克風的男人和女人朝他們衝上來。警官和警探本能地用手臂護著他，帶著他擠向人群。

「皮克先生、皮克先生！」

他們知道他的名字。他們怎麼會知道他的名字？他們怎麼知道會發生這件事？他們是怎麼知道的？

他抬起頭，直視著鏡頭。他睜大了眼睛，被一道灼熱的白光刺得眼花撩亂。有個力道再次迫使他低下頭去。他進了車裡。車門關上了，人臉和鏡頭貼上了車窗。汽車快速移動；人們依舊緊貼著車邊，他們離得好近，歐文不明白他們的腳怎麼不會被輪胎輾到。接著，他離開了他住的那條街，進了主要幹道，路上沒有更多拿著相機的人，只有普通人在做自己的事。歐文靠向椅背，吐著氣。

「誰告訴他們的？」他對著前座兩個人的後腦勺問著。

「媒體？」女的說。

「對。誰跟他們說你們要來找我？」

「我恐怕沒有答案。他們知道警方一直在搜索那個區域。人們都有小道消息。我很抱歉你得經歷這些。」

「但……這樣會上報，」他說。「大家會認為是我做的。」

「做了什麼，皮克先生？」

他從後照鏡裡盯著她的臉。她正看著他。又是那令人不寒而慄的笑容。

「這件事！」他說。「不管你們逮捕我的原因是什麼。」

「你沒有被捕，皮克先生。至少目前沒有。」

「那是為什麼？」他盯著窗外，有個遛狗公司的年輕女孩正試圖把一隻巨大的獵犬塞進一輛貨車後座。「為什麼我在這裡？」

他看著後照鏡裡的自己。他的頭髮變乾了。其中一側比另一側短，在頭頂上翹得亂七八糟。那道傷口乾掉的血跡像顆巨大的淚珠，滴在他的眉心。他看起來糟透了。完全是一副嚇人的模樣。全國媒體剛剛拍下他這樣的照片，他被塞進警車後座，準備接受有關一名失蹤少女的訊問。他根本不喜歡十幾歲的小女孩，而且他根本沒有被捕。他的手機留在家裡。如果迪安娜發訊息給他怎麼辦？如果她以為他不理她怎麼辦？

一個更恐怖的想法驚醒了他。如果他明天上了報紙怎麼辦？他的一頭亂髮、染血的眉毛和隔夜的髒衣服看起來就像個可怕的變態，粗大的標題會寫著比方「這是殺害薩菲爾的兇手？」他忍不住大聲呻吟。

「皮克先生，你還好嗎？」

「不好！」他回答。「天哪。不好，我當然不好。我會出現在報紙上，我又沒有被逮捕！這樣是合法的嗎？」

「是的，這是合法的，皮克先生。確實是這樣沒錯。」

「但是每個人都會看到我的臉，你們會放我走，但是沒有人會在意我根本沒有做那件事，他們只會記住我的臉。我會永遠找不到工作，我會——」他想像著迪安娜今晚在地鐵上攤開晚報。「喔，天啊！」

「皮克先生，我們一步一步來，好嗎？希望我們能讓你在一兩個小時內離開。我們會通知媒體。如果沒有任何內容，他們就沒有興趣繼續追這則故事。所以，先讓我們好好談一談，好嗎？」她再次微笑。

歐文向後靠，雙臂疊在腹部微微地搖晃著。這個世界像是一件緊身衣，擠壓著他的肋骨，讓他吸不到空氣。他看著窗外的人：大家正如常地過著自己的生活。走路到商店。去上班。他連想都沒想過，突然間，當個正常人成了世界上最陌生的概念。

「我需要律師嗎？」他問。

「由你決定。你有律師嗎？」

泰絲的朋友貝利是一名律師，但他不是歐文的律師。「沒有，」他說。

「好吧，如果有必要，我們可以分配一位義務律師給你。」

「不，」他說。「不用。我相信我不需要。」

「讓我們看看情況如何，好嗎？」

歐文點點頭。

突然，就像一棟房子從天而降，覆蓋的陰影越來越大，下降的速度越來越快，他想起了什麼。

在他的內衣抽屜裡。在和布林碰完面的那個晚上，他帶著羞恥感地把布林塞給他的東西匆忙塞了進去，打算下次出門時扔進街角的公用垃圾箱裡，結果完全忘了這件事。

約會迷姦藥。

突如而來的大量腎上腺素猛擊著歐文的胃。他的頭在旋轉。他的心跳驟停，又瞬間狂跳到讓他想吐。「喔，天哪，」他低聲說。

「沒事吧？」柯里警探從後照鏡裡看著他說。

「我覺得我快……」他用手摀住嘴。他覺得非常不舒服。「我得……」

柯里警探要另一名警官停車。他們停在路旁的草地邊，柯里警探下車幫他開了門，歐文立刻傾身開始吐，發出很大聲的痛苦呻吟。他全身抖著起了雞皮疙瘩，頭部不由自主地晃動著。他喘了口氣，繼續吐。柯里警探出現在他面前，手裡拿著一張紙巾。她低頭看著他。歐文不知道她臉上的表情是憐憫，還是嫌惡。他拿起紙巾，輕拍著他的嘴。

「還好嗎？」她問他。

他點點頭。

「準備好繼續了嗎？」

他再次點頭。

她微笑著等他把腿放回車裡，然後關上車門，回到副駕駛座。

「吃壞肚子？」過了一會兒，她看著後照鏡裡的他問。

他點頭，拳頭抵在嘴邊。「是的，」他說。「肯定是這樣。」

她笑了，但她看起來並不相信他。

32

「媽媽，」喬治雅沒有敲門就衝進了浴室。「他們剛剛逮捕了他！」

「誰？」

「那個女警探。她剛和另一個警察進了對街的房子。帶著那個恐怖的傢伙一起出來。把他送上車載走了！有記者和好多人在拍照！快來看！」

凱特在牛仔褲後面抹乾雙手。柯里警探來訪談她們和羅恩出門上班已經是兩個小時前的事。她原本以為這起事件大概快結束了，但顯然還沒有。她跟喬治雅走到前門。周邊有很多人，幾個小型攝製組正在收拾東西。凱特走到外面一個穿著黃色外套、戴著毛帽的年輕女人面前說，「發生什麼事？他們把那個人帶到哪裡去了？」

「妳是指歐文．皮克？」凱特猜想她是一名記者，她正把一些電線塞進一個黑袋子裡，拉上拉鍊。

「我不知道他的名字——住在那棟房子裡的那個人？還算年輕，黑頭髮？」

「對。他叫歐文．皮克。他們已經帶他去接受偵訊。」

「跟薩菲爾．麥朵斯有關？」

「是的。他們在他臥室窗戶外面發現了她的物品，牆上和草地上有血跡。」

「哦，天哪。」凱特把手伸到嘴邊。她聽到喬治雅在她身邊喘了一大口氣。

「天哪，她死了嗎？」喬治雅問。

女人聳了聳肩。「還沒有發現屍體，但越來越有可能。」

「老天，太令人難過了，」喬治雅說。然後她接著說，「那個人很奇怪。我並不驚訝他會做出這種事。」

記者停下來看著喬治雅。「他們還不確定是他犯案。所以最好不要隨便傳播這個訊息。」她停頓了一下，看向歐文．皮克住的地方，然後又回到喬治雅身上，「雖然，妳知道……」

凱特順著她的視線看向那棟房子。她想起幾週前的某個晚上，喬治雅覺得歐文．皮克在跟蹤她。幾天後的那一晚，蒂莉出現在她家門口，說她在對街被人襲擊。她想起這一區發生的一系列猥褻事件。還有羅恩說在情人節晚上看到歐文．皮克盯著他們的房子。

她感覺如釋重負，儘管她現在才意識到原來一直有塊大石壓在她心上：憂慮著、懷疑著，擔心她的世界可能隨時會崩塌。

她和喬治雅在烤蛋糕。學期中的假期快結束了。喬治雅整個星期都在複習功課，或是和朋友出去玩，凱特幾乎沒見到她的面。今天是那種晦暗、陰鬱的日子之一，所有事情一片混沌、人心浮動。單純地專注於稱重、測量、計時和攪拌正是這一天所需要的。

喬治雅點選她在Spotify上的播放清單，放的曲子混雜了凱特過往在夜店跳舞時的音樂，以及在她聽起來沒啥意義、無病呻吟的現代音樂。她們正在嘗試在網路上找到的巧克力摩卡蛋糕的食譜。凱特用咖啡機做出一杯濃縮咖啡，放在一旁冷卻。喬治雅攪拌著糖和奶油。正在預熱的烤箱發出嗡嗡聲。

凱特時不時地想起歐文．皮克的臉。那總是略顯不悅的神情，彷彿老在想什麼令他不愉快的事情。他的頭髮是那種感覺有點被剪壞了的，出自快剪店的髮型。破鞋與還算合身的衣服形成鮮明對比，彷彿並不都是他自己的衣物。很典型，她想著。他看起來非常符合那種人的典型描述：單身男人，住在有個古怪女房東的破舊房子，連窗簾都陳舊不堪。

如今他房間的窗戶外出現血跡。

她抬頭看著喬治雅。喬治雅的雙頰因烤箱的熱氣，還有正用力混合奶油和糖而略呈粉紅色。一綹頭髮垂到了她臉上，她撇著嘴角想吹開它。

凱特向她傾身，幫她把頭髮撥到耳後。喬治雅親了下凱特的手說，「謝謝妳，媽咪。」

她們交換了一下眼神。凱特知道她們正在想一樣的事。

薩菲爾．麥朵斯可能已經死了，兇手可能是她們的鄰居，而他很可能也會對喬治雅下毒手。

但警方已經將他拘留了，她們很安全：她們正在烤蛋糕。

33 薩菲爾

去年的聖誕節很棒。

李一家人來過節，亞倫端上超棒的食物，有英國傳統聖誕餐點，還有我奶奶以前會幫我準備的聖誕午餐：烤通心粉、紅薯派。我們喝著插了小雨傘裝飾的萊姆酒，用李帶來的機台唱卡拉ＯＫ，那棵聖誕樹看起來很有氣氛，我們還在電視螢幕上生起假壁爐的火，儘管爺爺不在，這確實是一個真正的聖誕節。

我吃得很飽，帶著醉意而且很想睡，甚至根本沒有想去外面的想法。那天晚上，我挺著吃撐的肚子窩在八樓的沙發椅上，感覺很踏實。我就這麼坐著，揉著我的肚子，看著小表妹們玩著新玩具。過去幾個月我把時間都花在到處尾隨羅恩和他的家人以及他的愛人，像這樣一整天好好認真地跟人們互動交流，感覺很神奇。如果我能一直堅持那天的感覺，我是屬於那個世界的感覺，那種我應該要待在那裡而不是其他任何地方的感覺，也許一切都會有所不同。

但至少有過那麼一天，我感到安適自在，我在那裡。這樣很好。

節禮日（Boxing Day）後的第二天，我又開始變得心浮氣躁。公寓裡的暖氣暖得不像話，整棟大樓讓人有種可怕的禁閉感，彷彿我們是被關在小盒子裡的沙鼠。太陽出來了，我直接穿著睡衣褲套上了雪靴，紮起頭髮，穿上大外套。我的打扮很隨便，但我不在乎，我只是需要出去。

我去找潔思敏。她也是一身隨意穿著。我們互相取笑彼此看來多邋遢、多擁腫。她和我一起散步，我們去了芬奇利路上的星巴克，坐在沙發上聊天。我邊留意著面對街上的大玻璃窗，怕萬一有認識的人經過。然後她說她得回家了，有親戚來拜訪，她應該待在家裡。我送她回家，天色已逐漸暗沉，冬天時總是這樣，妳好像也才剛睡醒幾個小時，天空突然又一片深藍，光禿樹木成了黑色暗影，大地轉瞬進入夜晚。

我轉頭看著那一大片建築，看著我住的大樓頂端的那幾層。每一扇窗都閃耀著五彩繽紛的聖誕燈飾。看起來很溫暖。很美。

我冷得發抖，但我沒有回家，反而轉頭走向通往市中心的上坡路。

每年的這個時候，漢普斯特德的景色看起來就像一顆巨大的雪球擺設，街上的樹全都覆蓋著白雪。我很喜歡利用那條路來鍛練身體，從我住的地方一路上坡，這是很棒的有氧運動。在接連兩天待在家裡狂嗑金莎巧克力之後，感受冷冽空氣進出肺部，血液在血管中快速竄流，感覺很棒。我實在應該試試用跑的，不過跑步並非我擅長的項目之一。

市中心很熱鬧：年終特賣已經開始了，購物人潮蜂擁而至。我望著著商店櫥窗裡那些我買不起也不需要的東西。要價上百英鎊的孕婦專用瑜珈緊身褲專賣店、設計師品牌瓷磚店、油漆專門店、單賣 Le Creuset 品牌二十種不同顏色鍋具的商店。我不是太懂漢普斯特德這個地方，但我喜歡它。

我已經快要穿過市中心另一端，再往上是坡頂，那裡空氣更清新，接近荒野公園崎嶇不平的入口處，往外是無邊無際的荒原景色以及更遠處倫敦市滿是玻璃帷幕摩天大樓、未來感十足的景觀，我準備回頭，一轉身，剛好和一個男人面對面，那個男人是羅恩。

我沒有拉上帽子，所以他立刻認出了我，一時有點尷尬。他戴著軟便帽，穿著棉布外套，拎著一個Reiss的大提袋，上面印著「特賣」的紅色字樣。他沒有刮鬍子，看起來有點怪。

他說，「嗨，薩菲爾。哇噢，妳好嗎？」

「很好。我很好，」我說。「你好嗎？」

他低頭看了看自己拎的大袋子。「我很好。只是來換一個尺寸不合適的禮物。」

「你老婆給的嗎？」我還沒來得及阻止自己就開了口。

「是的，」他說，我注意到他的笑容很僵硬。「是的。很可惜，太大件了。」

我順著他點點頭，微笑。

「妳呢？」他說。「都沒問題吧？」

「是吧。這個嘛，我爺爺去世了。」我聳了聳肩。「幾個月前。這是壞消息。」

「哦，薩菲爾，很遺憾聽到這個消息。」

「嗯哼，」我說。「人生就是這樣，不是嗎？人們會死。」

他點了點頭。「是的，確實，人們總會離開。但這還是很讓人難過。我很抱歉妳失去了親人，我知道妳們有多親近。心情調適得還好嗎？」

「嗯，你知道的，其實在某些方面，日子確實變得容易了些？亞倫不用再成天忙著煮東煮西、看護和照料之類。但在其他方面，這感覺真的很糟，我的家人現在變得很少。太少了。」

我儘量輕描淡寫，玩笑似地回應，但可能還是比我預期得要真情流露，因為羅恩把手放在我的手臂上，非常關切地看著我說，「妳覺得妳需要和某個人談一談嗎？」

我心想，哈，是唷，對，之前我帶著破碎的自己去找你，你把我修復得很好，是吧？但我一笑帶過。「不，真的不需要。我很好。只是需要一點時間適應。」一陣短暫的停頓，我接著說，「你家人都好嗎？」

他撇了撇嘴，點點頭。「很好，」他說，「我們都很好。」

然後——不用跟我說我不應該這麼做，因為這樣毫無意義，我已經這麼做了——我狠狠地看著他的眼睛說，「那麼，艾麗西亞好嗎？」

打我吧。想怎樣隨你。他活該。他可以像這樣戴著頂便帽，手裡拎著一個裝了他老婆買給他的外套的袋子站在這裡，只因為她愚蠢地以為他是她忠誠的丈夫，而不是某個性慾旺盛的野獸。

「什麼？」他說，我能看出他眼中的驚慌，如同蝌蚪亂竄。

「艾麗西亞好嗎？」我又問了一遍，就在此時，我的思考終於趕上了我說的話，我的腎上腺素飆升，心臟狂跳。「你的同事啊。」

他恍然大悟地點了點頭，然後又搖著頭說，「呃？但是妳怎麼知道艾麗西亞？妳有回診嗎？」

我只是搖頭，對他笑了笑。

我可以看到他掙扎地想說或做些什麼，我決定現在是時候離開，留下剛剛丟出的手榴彈。我說，「總之，很高興見到你，羅恩。祝你假期愉快。」

我往前走，他轉過身對我說，「但是，薩菲爾——那是什麼意思？」

「沒辦法停下來聊。我得用衝的了。」

我以每小時一百英里的速度走完最後一段上坡。樹梢掛滿了閃亮的白色聖誕絨球。餐廳裡擠滿了有錢人。我走過畫廊、房地產公司、掛著粉紅色吊燈的美甲沙龍。當我抵達頂端時，天已經全黑了。我雙手叉腰站著，俯視來時上坡路，用連自己都聽得到的聲音大口大口地喘著氣。

34

歐文在一間淡藍牆面的房間裡，一側是一大塊平面鏡，另一側則是狹長的不透明毛玻璃窗，鑲著三條垂直的白色金屬條。

他面前是柯里警探和另一名叫傑克・亨利的警探。他穿著一套很高級的藍色西裝，內搭一件緊身白襯衫。他和柯里警探一樣有著一頭金髮，和她年齡相仿；兩個人站在一起，莫名地讓人感覺是剛在 *Zizzi's* 店裡點完比薩，正想著該說些什麼的夫妻。

「好了，歐文。」柯里警探對他微笑，指尖在她的文件上來回滑動。「我真的很感謝你願意這麼倉促地前來並且如此合作。謝謝。」

歐文說，「沒什麼。」

「我們會盡可能快點結束。我相信你有需要去忙的事情。不過還是要先讓你知道，我們確實有留置你二十四小時接受偵訊的授權命令。因此，如果你有需要和任何人聯繫，請告訴我們，我們可以幫你聯絡。了解嗎？」她又笑了。

歐文點點頭。

「那麼，讓我們回到二月十四日的晚上。我知道我們已經談過這部分，不過為了留存紀錄，這次我們會錄音。那天晚上你出門了？」

「是的。」

「你去了哪裡？」

「一間義大利餐廳。在沙夫茲伯里大道上。」

「你和誰在一起？」

「我和一位名叫迪安娜．考文的女人在一起。是個約會。」

「那麼，你有喝酒嗎？」

「喝了幾杯。」

「大概有多少分量？」

「我們一起喝了一瓶香檳和一瓶紅酒。還有一人一杯雞尾酒。我不是很會喝酒的人，所以這對我來說很多。」

「天哪，」柯里警探說。「我得說這樣的量對任何人來說都很多！」她朝亨利警探看了一眼，他搖著頭微笑。

「所以，」她繼續說。「你到家時不太清醒？」

「對。我真的喝醉了。」

「那是什麼時候？」

「大約十一點三十分。也許更晚。」

「你能再和我們談一談，你回家後做了什麼？還有，你是怎麼回家的？」

「我搭地鐵到芬奇利路。然後穿過溫特漢姆花園步行到我家。」

「然後呢？」

「我看到對面房子外面那個穿著連帽上衣的人。接著我就進了房間。上床睡覺。」

「如果你不介意，我們再回到那天晚上你從地鐵站走回家那部分好嗎？」

一個模糊的記憶讓歐文臉色泛白，有個女人恐懼地注視著他，手指按在手機螢幕的緊急情況標示上。

「你走路回家的時候有沒有看到任何人？」

他搖頭。

「有還是沒有，麻煩你出聲回答，皮克先生。」

「沒有，」他說。「不，我沒有看到任何人。」

「這位女士呢？」

柯里警探遞給他一張照片。那是一位年輕漂亮的女性，看起來像是公司用的大頭照。她有一頭長長的金髮，穿著一件紅色襯衫。

他搖搖頭，緊張地揉著下巴。「不，」他說。「我不認識她。」

「嗯，這位女士住在離你家隔著兩扇門的地方。她說出事的那個晚上，她在午夜左右遭受了你對她的人身威脅。你試圖擋住她的路，還叫她婊子。她說她對你感到非常、非常害怕，差點兒報警。」

歐文深深地吸了口氣。「這不是事實。」

「好的，所以你確實記得這位女士。」

「嗯，我現在想起來了。我只是沒有從那張照片認出她。但我記得她在那裡。她一直盯著手機，完全沒看到我在前面。是她擋了我的路，是她對我口出穢言。老天在上，我只是試著為自己辯護，並且回應她的謾罵。」他不耐煩地交叉雙臂。

「好吧，所以你繼續走回家。你和這位女士只是口角衝突。然後大約午夜左右，你在鄰居家外面看到了那個年輕女孩。你還記得什麼？可以為我們描述一下嗎？」

他嘆了一口氣。「我說了，我甚至不知道那是不是個人。深夜了。當時太黑。我醉得很厲害。它可能是任何東西。」

「試試看，歐文，拜託你。謝謝。」

「我看見……」他停下來，盡最大努力讓自己回到那晚屋外他呼吸到的冷空氣。「一個人影。帶著帽子。很苗條。不高，也不矮。我一開始以為是個男的。他站在人行道前端，工地的木頭大門旁，直盯著前方，手插在口袋裡，所以手肘像這樣從兩側突出來。」他用兩邊手肘比著尖尖的翅膀模樣。「然後，大約過了一分鐘——嗯，不到半分鐘——那個人影輕輕轉向我，我才發現可能是一個女孩。她有……」他尋找著正確的詞彙。「蓬鬆的頭髮。」

「蓬？你的意思是像爆炸頭那種髮型？」

「不知道，」他說。「我真的不知道那是哪種髮型。」

「好吧。所以你看到了一個人。然後發生了什麼？」

歐文輕輕搖了搖頭，在腦海中搜尋著女孩的目光對上他的那一瞬間。完全沒有印象。他很肯定地搖頭。「什麼都沒發生。我看到了她，然後就直接進了屋裡。」

「接著？」

「我爬上床，睡著了。」

「有人看到你回來了嗎？」

「沒有，我沒注意。」

「我們已經問過你那棟樓的鄰居，他們沒有人記得那天晚上那個時間有聽到關門聲。」

他眨眼。「我不覺得……」他開口。「他們大概都睡著了。為什麼會聽到開關門的聲音？」

「我不知道，皮克先生。但那是一扇沉重的大門。關門的時候確實會發出很大的聲響。」

他再次眨眼，搖搖頭。「不見得，」他說。

「嗯，」柯里警探說，「我想這是見仁見智的問題。」她看了下另一名警探。「好吧，我認為亨利警探也有幾個問題想問。你還好嗎？要再幫你倒些水嗎？還是熱飲？或是吃的？」

他搖頭。「不，謝謝。」

亨利警探打開他的筆記。他清了清嗓子說，「那麼，你對街的鄰居，呃，福斯一家？」

歐文搖頭。

「凱特和羅恩．福斯。」

「不，我不知道他們的名字。」

「好，他們住在對街那棟房子裡，你說十四號晚上看到了一個人影在盯著看的那一棟。」

他點點頭。「對。」他知道他們現在在談論誰了。那一家人。緊身褲老爸和窮緊張的妻子，自以為是的女兒和瘦小的男孩。「有孩子的那家？」

「是的，沒錯，有孩子的那一家人。你會怎麼描述你和他們的關係？」

「我和他們沒有關係。」

「福斯博士說，他出去跑步時，你曾經和他搭話；他說你喝醉了，問他奇怪的問題。」

歐文重新調整了坐姿。「這和這件事有關連嗎？」

「嗯哼，沒有直接關係，皮克先生。但我們正在透過各種迂迴的線索，試著勾勒出整個圖像。」

當歐文意識到發生了什麼時，他猛地倒抽了口氣。他正被這兩個看法平庸、缺乏想像力的金髮雙人組引向一條隱晦曲折、自證其罪的路上。

「這樣吧，」他說。「看來你們並不打算問我任何與我是否真的有做了什麼的實際證據有關的事情，只打算追究我三週前對我的鄰居可能沒有說過的話，那麼，也許我應該請律師陪同。麻煩你們。」

金髮雙人組互看了一眼後，將目光轉回他身上。「當然，歐文。沒問題。你有希望我們打給哪一位嗎？」

「貝利。貝利頓．布萊爾先生。我想他的事務所在西區那一帶。蘇活區那裡。」

「好極了，我們現在就找人打給他。與此同時，也許我們該休息一下。」

他們收好文件。亨利警探拉了拉外套和領子。柯里警探往後摸了摸她那繁複的髮型，固定好一綹鬆脫的頭髮。歐文想知道他們是真人，還是精巧的機器人。

「有人會幫你拿點吃的，歐文。請等一下。」

然後就剩下歐文一個人了。他伸直雙腿，交疊著腳踝，從毛衣袖口上刮下一塊硬掉的食物。他突然想到，平面鏡的另一邊可能有一排警察和警探在看著他，於是決定盡可能不要動。

過了一會兒，一名身穿制服的年輕警察端著幾個三明治和紙杯裝的茶走了進來。

「鮪魚，」他說。「還是雞肉捲？」

「我不餓。」歐文回答。

「兩種口味都留給你吧。」他說。他把茶遞給歐文，然後離開了房間。

「還要多久？」歐文對著門縫朝他喊著。

那個男生再次出現。「不知道，」他輕快地說。「抱歉。」

這個房間裡沒有什麼東西可看。沒有什麼可以分散他的注意力。他看著自己的指甲，撥弄著頭髮，試圖拉直那把不對稱的蠢瀏海。他摸了摸額頭上的痂。他不斷交叉和鬆開雙腿。時間漫長而空洞地流逝，像是被拉長而顯得扭曲的奇異場景。

他把一個三明治拉過來。鮪魚配蛋黃醬和黃瓜。他討厭鮪魚，他討厭黃瓜，而且還是他從來沒嘗試過的黑麥麵包。他根本懶得看另一種口味；他知道他一定不會喜歡。

他小心翼翼地喝著滾燙的茶。一想到警察正在他的臥室裡搜索，還有他放內衣抽屜裡擺的藥丸，他再次心跳加速。他努力想著當他們無可避免地找到那些藥丸時自己該如何解釋。他要怎麼解釋布林是誰？又要如何澄清他與一個想要煽動大規模迷姦女姓的瘋狂非自願獨身者間的關係？

歐文用指尖輕敲桌面，試圖控制自己的呼吸。他能感覺到恐慌如一團紅色火球迎面而來，威脅要將他吞噬。他再次想到隱身在平面鏡後的警察。他不能驚慌，不可以。貝利很快就會來。貝利會告訴他該怎麼做。

他又喝了一口茶，喝得太快，茶在嘴裡發燙，他皺起眉頭，低聲罵了句他媽的。

門終於再次打開，兩名警探回來了。女警探說，「我們已經聯繫了布萊爾先生。他正在來的路上。我們可以在等待的同時繼續我們的談話——也許可以讓你更快回家？或者你想要等他來。由你決定。」

他又想起了內衣抽屜裡的藥丸。

他說，「我想我可以等。」

35

那天晚上，羅恩很早就下班回到家。

當他走進廚房時，凱特從筆電螢幕上抬頭看了他一眼。「哦！」她說。「你這麼早就回來了。」

他經過她身邊，直接走到冰箱前，連外套都還沒脫就幫自己倒了杯酒。他舉高了瓶子說，「要一杯嗎？」

現在才傍晚六點，但她點點頭。

「你今天過得好嗎？」她問。

「很可怕，」他說，拉開拉鍊脫下外套。「非常可怕。」

她知道不用期待他往下解釋。這通常意味著今天遇到有自殺傾向的病人，或者某種涉及暴力傷害事件的恐怖個案。有時也意味著與同事或上司間意見不合。不管今天是哪種情況，凱特都不會問。她只是舉起酒杯對著他說，「總算到週五晚上了。」

他冷冷地舉手回敬，然後拿出手機搜尋著頁面，把螢幕轉向她。「妳看過這則新聞嗎？」

她拿起手機，戴上老花眼鏡，看著螢幕。

「我的天啊。」

是對街那個人。他的嘴張開著，可以看到他補的蛀牙和灰白舌頭。他的額頭上沾了血，頭髮黏答答的，一副兇殘的模樣。這是一張駭人的照片。上面的標題寫著：「殺死薩菲爾的兇手？住處發現『血跡和手機殼』，一名男子被帶走接受偵訊」。

「妳有看到過程？」他問她。

「我沒有。喬治雅有。」

「妳知道警探有發現血跡嗎？」

「知道。有一個記者跟我們說的。誰告訴你的？」她問。

「同事。嗯，很多同事。這就是今天所有人在談論的內容。實在是……見鬼了。真的太可怕了。」

她再次查看羅恩手機上的頁面。想著現在有一百萬人手中拿著一百萬部手機，全部都看著這個男人的臉。這個住在她對面的男人。

她讀著下面的文章：

今天稍早，三十三歲的大學講師歐文．皮克被北倫敦警方帶去偵訊有關十七歲的薩菲爾．麥朵斯失蹤案。皮克和他阿姨泰絲．麥克唐納住在漢普斯特德，由於近期受到幾名學生指控性騷擾，原本在伊靈高等教育學院擔任資訊科學講師的工作被停職。一位名叫麥西．瑞斯高的學生表示，皮克在她所在學院的女學生群中因「令人毛骨悚然」聞名。她說他在一次大學派對上摸她的頭髮，多次把汗水灑到她臉上。學院沒有對皮克先生在校裡的工作發表評論。

住在綠樹成蔭的漢普斯特德大道上的鄰居們將皮克先生描述為「古怪」、「獨來獨往」，一名二十五歲的女性南希．韋德回憶，薩菲爾．麥朵斯失蹤那晚的午夜之前，她有在街上遇到他。她指出，皮克先生「故意擋在我前面。當我請他讓開時，他很不高興並且辱罵我。我打從心底感到恐懼。」

現年七十三歲的埃內斯托．畢安科住在皮克先生和麥克唐納女士同一棟公寓的樓上，他說，這不是皮克先生近期內第一次被警方訊問。根據畢安科先生的說法，皮克先生之前曾因該地區發生的一系列嚴重性侵害事件而被警方登門訪視，其中兩起事件發生在他住處附近。目前仍未能確定攻擊者或嫌疑犯。據了解，警方也將就這些事件對他進一步偵訊。

未經證實的報告顯示，警方在皮克房間窗外的下方區域發現了疑似屬於失蹤少女的物品，包括一個手機殼。也有說法指出有在皮克房間附近的磚牆和下方草地發現血跡。法醫人員仍在現場，案件已在進行調查中。目前尚未發現任何屍體，對薩菲爾．麥朵斯的搜索仍在持續。

凱特把手機還給羅恩。她想起幾週前請警察去敲歐文．皮克的門時，自己有多麼內疚。但她是對的，現在她心裡想，她遵循了自己的直覺，而她的直覺完全正確。

「你有看到那一段？」她問他。「在工作中被指控性騷擾。這個線索很清楚了，不是嗎？一定是他。」

羅恩從她手中接過手機。「看起來是這樣。是的。」

凱特喝了一口酒，若有所思地看著羅恩。「但還是很奇怪，不是嗎？原來薩菲爾人在這裡？在我們這條街上？我的意思是，為什麼？有那麼多地方可去，卻偏偏是這裡？為什麼是他，又為什麼是她？這有點……」她顫抖著。「令人不安。」

羅恩聳了聳肩。「我猜她住得離這裡不遠。這條路是可以通往市中心的路之一。也沒什麼好奇怪的。」

「但她到底要去哪裡?沒有人出來說有跟她約好碰面嗎?」
「我不知道,」羅恩兩手一攤。「我對她或她的私生活一無所知。」
她嘆了口氣。「現在想起來,」她說,「上個月他跟蹤喬治雅……」
「是啊,感謝上帝,她還知道該打電話給妳。」
「是的。真的。我完全無法想像……」
「沒錯,」羅恩說,輕輕搖著頭。「對。我也無法。」

那天晚上凱特從她臥室窗戶往外看,想知道警方是否有送歐文.皮克回來。但街上很安靜。烏雲密布的黑幕落下綿綿細雨。透過暈黃的路燈,她可以看到柔滑的細絲。街上的警用封鎖膠帶已經撤掉了,但還留在建築工地的大門上。明天就是週末了。警方會在週末對犯罪現場進行搜查嗎?她不知道。她聽到身後有聲音,她轉頭期待看到羅恩,不是,是喬許。
「妳在做什麼?」他說。
「只是看看對面的狀況。」
他把手放在她的肩膀,她伸手覆蓋在他的手上方。
「我為他感到難過,」他說。
她扭頭看著他。
「誰?」
「他,」他說。「對街的那個男人。我覺得很難過。現在每個人都認為是他,不管到底是不是他。」

「你為什麼認為不是他？」

「我沒有這麼說，」他說。「只是覺得，在被證明有罪之前，每個人都是清白的。但是妳知道的，人們喜歡有人可以責備，不是嗎？他們喜歡知道誰是壞人。該往哪個人身上丟雞蛋，或扔石頭。我為他感到難過。」

凱特轉身看著她的男孩。她把手放在他的臉上，捧著他的臉頰，感受著大男孩三天沒刮的鬍渣，如柔軟初生的嫩苗。「你真是個討人喜歡的男孩，」她說。「可愛極了。」

他微笑著用臉摩娑著她的手掌，然後將她拉向前，給了她一個擁抱。她感覺到他的骨架和身體肌肉紋路。身上聞起來有她使用的衣物柔軟精的味道。還有一些別的，有一點菸味。她想知道他是否有抽菸。如果他有，她又是否會介意。她十四歲時學會抽菸。跑到人煙稀少的田邊、鐵軌旁，或躲在牆壁和樹籬後，抽著從她媽媽那裡偷的涼菸。當她媽媽發現並開始把菸藏起來後，她改抽自己捲的菸。她會因為他做了她自己也曾做過的事而生他的氣嗎？

她覺得在現在這個兇殺案疑雲密布的血腥氣氛裡，她並不介意兒子可能會吸菸。這件事或許可以之後再說。她放開他，微笑著。

「我相信正義會得到伸張，」她安慰他說。「我相信壞人會受到懲罰。」

36

已近午夜。歐文仍然坐在那間淡藍牆面的房間裡，身旁是一扇狹長窗戶和一面雙向鏡。柯里警探和亨利警探和仍然坐在他對面。桌子上有兩個空紙杯、三張 **Kit Kat** 巧克力棒包裝紙、四包空糖包和三根木製攪拌棒。歐文用手劃過一小塊水漬的邊緣，形成一根突出的觸手。他又這樣做了七次，直到它變成一隻章魚。

顯然他們正在等待花了一整天翻遍他房間的那個人的報告。貝利坐在歐文旁邊，摳著皮膚。他戴著鑲了綠色寶石的袖扣，身上是一件紫綠相間的格子襯衫。身處同樣的房間，他與平凡無奇的警探、剝落的牆壁和歐文本人格格不入，歐文開始感到非常疲憊和厭煩。

歐文還沒能告訴貝利他抽屜裡有迷姦藥。四小時前，當貝利走進來時，歐文看了他一眼，意識到他來這裡的唯一原因是為了得到報酬。沒有顯露任何表示熟稔或安撫的微笑，甚至像是從來沒見過歐文的模樣。在商言商的態度到了一種殘忍的地步。

門開了，另外兩個警察走進來。他們看著歐文的表情很奇怪，歐文覺得他的胃整個縮了起來。他知道那眼神意味著什麼。

他們把柯里警探帶出房間過了幾分鐘；然後她一個人回來。她在他面前的桌子上攤開一些新的文件，清了清嗓子，對著亨利警探耳語了幾句，接著直盯著歐文說，「好的，皮克先生。我想……」她再次搬動著文件，顯然正在謹慎地擬定下一步行動，希望能確保一投中的。「我想，也許，我們需要在這裡稍稍回溯一下。我們得討論一下你過去幾週的活動——

事實上，應該是要從你被伊靈學院停職那天起。皮克先生，你會說那次經歷徹底改變了你嗎？讓你有了不同的人生觀？」

貝利向前傾，邊用一根手指滑過精緻的真絲領帶邊說，「不用回答，歐文。這是一個荒謬的問題。」

歐文閉上了嘴。

柯里警探吸了口氣，重新發動攻擊。「皮克先生，我們查看了你筆電裡的瀏覽紀錄。發現了好幾則都是連結到那些所謂非自願獨身者的論壇。布萊爾先生，你知道什麼是非自願獨身者論壇嗎？」

「我確實知道，」貝利說，讓歐文有些意外。貝利看起來像是直接從一九六〇年代走出來的人物。歐文無法想像他擁有一台電腦，更不用說知道什麼是非自願獨身者論壇了。

「你最近經常光顧這些論壇，皮克先生，是這樣嗎？」

他聳了聳肩說，「不。並沒有。」

「好吧，我可以準確地告訴你，你在這些論壇上花了多少時間，皮克先生，因為我們這裡有數據。從一月十七日星期四，也就是你被伊靈學院停職的那一天起，你每天在這些論壇上花費大約四個小時。」

「歐文，你還是什麼都不用說。這全是胡說八道。」

「歐文，你在這些論壇上說了一些非常可怕的事情。你參與了關於如何強姦女性、什麼樣的女性應該被強姦以及為什麼被強姦的討論。當你提及女性時，你用的是帶著極度貶義的語彙，我甚至無法讓自己重述這些語句。你坐在這裡，一臉無辜，睜著悲傷的大眼睛，腦袋裡想的卻是那些事，對於女性表達的那些惡毒至極的意見。」

她提高了聲音，眼睛閃著怒火。這是自從歐文見到安潔拉・柯里以來，她頭一次表現出了一些真實個性。她把文件轉向他這一邊，好讓他看到他在與可能能理解他的人交談時熱切地打出的字句。

話語在他眼前浮現。

……渣男……用嘴……

……拳頭……

……妓女……硬了……臉……

……蕩婦……

……婊子……流血……洞……

他閉上眼睛。

他不是真心的。

他剛剛加入。他是新來的。太得意忘形了。

「你能確認這些是你寫的嗎？」

他看著貝利。

貝利只眨了眨眼。似乎對此很反感。

歐文點點頭。

「請口頭確認，皮克先生。」

「是的。我寫下了這些話。但我不是真心的。」

「你不是真心的？」

「不。不完全是。我的意思是，對，我**確實**對很多事情很生氣。我很生氣我在工作中為了根本沒有做過的事情而被指控……」

「沒有做過？」

「不是像那些女孩說的那樣。」

「你是說她們誤解了你的意圖？」

「是的。不是。對。我對十幾歲的女孩根本沒有興趣。不是那樣的。她們在我看來就像小孩。不管她們認為我做了什麼，那全部都不是有意的，完全沒有那個意思。」

柯里警探點著頭。「所以你很生氣，於是去網路上的這些地方——」她用指尖戳著其中一張紙，「——你說了這些關於女性的令人作嘔和粗暴的話，是因為你生氣？」

歐文點點頭。「是的。對。但我沒有那個意思。」

「就像你不是故意在那些女孩身旁揮汗如雨，或者問她們喜歡女生還是男生？」

「什麼？我沒說……」

「她們說你有，皮克先生。南希．韋德說，當她獨自在黑暗中行走時，你讓她害怕自己會被你傷害。你鄰居女兒的朋友上個月在他們家附近被攻擊時，你的鄰居認為你是可能的嫌疑犯，還要求警方上門詢問。你在聊天室和論壇上花了幾十個小時討論強姦女性的最佳方式。我們在牆上和臥室窗戶外面草地上發現了薩菲爾．麥朵斯的血跡，窗戶下方也發現了薩菲爾．麥朵斯的手機殼。此刻，皮克先生，我們被告知在你房間的一個抽屜裡存放了大量違禁藥物 Rohypnol——而我相信我們都知道它很有名，因為它是所謂的約會強姦藥物之一。」

「現在是二月二十三日星期六，時間是凌晨十二點零三分。歐文．麥可．皮克，我要以綁架薩菲爾．麥朵斯的罪名逮捕你。你有權保持沉默，但你所說的每一句話都可以在法庭上作為指控你的不利證據。你明白嗎？」

歐文看著貝利，好像他應該可以說或做些什麼讓這一切消失。

但貝利只是閉上眼睛，點了點頭。

37 薩菲爾

除夕前幾天，我看到亞倫站在我們住的公寓門口，一副手舞足蹈的興奮模樣。我剛走出電梯。我對著他說，「你怎麼了？」

「我要給妳一個驚喜。」

我狐疑地對他笑了笑。「哦？」

「把外套脫掉，」他說。我把手從袖子裡抽出來，他接過去，幫我把外套掛起來。「來吧。但要安靜點，好嗎？脫鞋。」

我踢開我的運動鞋，疑惑地看著他。

然後我跟著他進了客廳。他領著我走向聖誕樹，他說，「哦，看哪！樹下還有一個禮物！聖誕老人一定又回來了一趟，因為妳是個乖孩子！」

我對他皺了皺眉，在包裹旁邊跪了下來。它更像是一個盒子而不是一個包裹，一個亮紅色的盒子，蓋子上有著金色蝴蝶結。

「妳不覺得妳應該打開嗎？」

我慢慢地掀開蓋子，往盒子裡看了看。然後倒抽了一大口氣，驚訝地把手直接伸到了嘴邊。我看著亞倫，我說，「不是真的吧！」

「實際上，就是呢。」他苦笑。

盒子裡面是一隻奶油色的小貓。就像你會在 Instagram 上看到的那種小貓：藍色大眼，毛茸茸的。像一頭即將吼叫的獅子一樣張開了嘴，發出微弱而惹人憐愛的喵喵聲。我笑了，把手伸進盒子裡，把牠撈出來。牠幾乎沒有任何重量，全身都是絨毛，感覺不到任何重力，只有某個小東西的呼吸起伏。「是我們的嗎？」我問亞倫。

他搖頭。「不，」他說。「牠是妳的。牠是妳的貓。」

我發出了奇怪的聲音，尖叫夾雜著呻吟。從小到大我不斷、不斷地請求讓我養一隻寵物，而我不斷地被告知不行，事情已經太多了、我們沒有足夠的空間、爺爺會過敏、太貴了等等等等。幾年前我終於放棄了，如今，這是我的寵物。牠在這裡，在我手中。我吻了吻他的頭說：「真的嗎？」

亞倫說，「是的。百分之百。」

「我的天啊。哦，我的上帝。我不敢相信。我真的不敢相信。」

我把小貓放在地板上，讓牠自己探索。牠用後腿站立，用爪子抓著一個低垂的小吊飾。亞倫和我對視了一眼，笑了。

他說，「妳打算叫牠什麼名字？」

「天哪，我不知道。你覺得呢？」

「我不知道。我想想，他的眼睛是藍的——法蘭克．辛納屈？」

「誰？」

「法蘭克．辛納屈。早期的流行歌手，被暱稱為『喂，藍眼的』，因為他有雙藍眼睛。

妳怎麼會不知道？」

「我為什麼會知道？我很年輕。我不像你那麼老。」

「但法蘭克應該會是很酷的名字，妳不覺得嗎？」

我抱起小貓，看著牠藍色的大眼睛。牠又發出了那微小的喵嗚聲。我想，不，牠看起來不像法蘭克。牠看起來像個天使。我說，「安吉洛。我要叫他安吉洛。」

我知道亞倫為什麼幫我買了那隻小貓。我不傻，而且這太明顯了。他給我一隻貓，希望我會因此想待在家裡。他不太放心我每天往外跑，而他也不笨。這確實是很聰明的想法。當我可以擁抱我夢寐以求的小貓安吉洛時，我怎麼還會想在黑暗、濕冷的天氣獨自在外閒晃？

這並沒有真正發揮作用。有點像是只要沒看見，就不會想念。當我和安吉洛窩在家時，我的注意力都在牠身上。我盯著牠看；彷彿牠是有史以來最好看的電視節目。牠所做的一切都讓我著迷。甚至不介意早晨時牠會伸出小腳爪，劃過我的臉叫我起床。牠聞起來像一朵雲，像一潭清水，像清新山頂。我常常會抱起牠，只為了能聞聞牠的味道。我愛牠。我真的、真的很愛牠。

但是還不夠，牠還不足以阻止我想要出門、罩上帽子、讓自己消失的慾望。

我第一次在戶外過夜是除夕夜。

我跟亞倫說我要去參加潔思敏的派對並在她家過夜。亞倫在基爾伯恩一家酒吧找了個跨夜的工作，可以拿雙倍時薪和大量小費；他每年都這樣做，通常一晚上就能帶著幾百英鎊回家。我說我會在元旦早點回家照顧安吉洛，亞倫說如果我願意的話，我們可以去外面吃晚餐。

我收拾好過夜包，從衣櫥裡拿出睡袋（那是我六年級參加PGL戶外探險之旅時買的，後來再也沒有使用過。它是亮粉色的，上面印著紅心）。我打包了一些食物、給狐狸吃的零食、一個絨毛熱水袋、手機充電器、一包衛生紙和一些乾洗手。即使沒有很冷，我穿了很多件衣服。我抱起安吉洛親親牠，把牠的小爪子從我的衣服拔開來，聞了聞牠的味道，然後把牠放在廚房鋪著的幾張報紙上，小碗裡放了一些餅乾。

離開之前，我聽到的最後一個動靜是牠的小牙咬碎食物的聲音。

◆ ◆ ◆

我確實有出現在潔思敏的派對上。她正在辦一場她堅持用法文稱呼為「晚會（soirée）」的活動。念「R」的時候要捲舌，還要念得很長。我實在不知道她從哪裡知道這個詞。當我脫下外套時，她一臉震驚，我穿了連帽上衣、羊毛衫和邋遢的慢跑運動褲。

「妳可以再用心一點嗎？」她問。

我說，「我有別的計畫。我得穿暖一點。」

「請告訴我衣服裡面其實穿的是可愛的細肩帶之類？」

我說，「沒有耶。就是這麼恐怖。接受它吧。」

我一直待到十一點左右。派對還不錯。都是學校裡的女孩們，還有她們其中幾個的男朋友。我喝了一杯紅酒。我想這能幫助我入睡。派對上放著音樂，人們聊著天，潔思敏的幾位阿姨從酒吧回來，喝得醉醺醺的她們很喧鬧很有趣，音樂更響亮了，大家開始跳舞，氣氛很好。我知道人們會因為我要在午夜之前離去而大驚小怪，她們會試圖說服我留下來。所以我沒有打招呼，就這麼拿起背包和一瓶酒，離開了。

我在街上窺視羅恩家的窗戶。窗上有霧氣，我想他們應該在家。我很好奇像羅恩和她妻子這樣的人會在除夕夜做什麼。出去吃豪華晚餐嗎？微醺地在朋友家跳舞？或者只坐在家裡沙發上喝酒？

我翻牆進入那塊空地，在工程車後方布置好我今晚的休息處。即使碰巧有人進來，沒有人會看到我。工程車也幫我擋了風。在搬開幾塊石頭後，我在地上鋪了一條毯子。我脫下上衣，捲起來當枕頭，重新穿上大外套，然後把無邊軟帽的帽緣往下拉蓋住耳朵。我背靠著工程車坐著，喝了瓶子裡的酒。我以前從來沒有喝超過一杯的量，對於這感覺如此美好感到驚喜，酒意讓一切變得不太一樣。我看了看手機：潔思敏發了好幾則影像動態，每個人都在跳舞、尖叫、對著鏡頭拋媚眼。我不覺得錯過了什麼。我在我想去的地方。

我看了下時間：晚上十一點二十八分。

我傳了訊息給潔思敏，告訴她我累了，先回家了，並祝她新年快樂，她沒有回訊，這表示她玩得很開心。我不想讓她擔心我。

我喝完了酒，整個人籠罩在一股朦朧醉意中。

午夜時分，天空布滿煙火。我想到在基爾伯恩酒吧櫃台後面忙碌的亞倫，正用玻璃杯塞滿洗碗機，周遭全是酒醉人群。我想到爺爺，正和其他逝去的人們一樣在天上。

然後我聽見一扇門打開又關上，有個男人在咳嗽。我走到牆邊，透過樹叢窺視，看到羅恩拱著雙肩，穿著外套，離開了他的房子。我踮起腳尖繞到外面，看見他拐過街角，從口袋裡拿出手機。

「嗨，」我聽到他說。「是我。新年快樂。」

背景裡傳來一個細微的女聲。

「妳還好嗎？妳在……？哦，好的。是啊。很好。不行，我沒辦法聊很久。我說我出來丟垃圾。對啊，我們就是，妳知道的，出去晃晃。有開香檳。沒什麼特別的，就那樣。沒有別的。挺安靜的。是。我知道，我也想。他媽的，是，我當然很想要。妳知道我想。非常想。艾麗西亞。媽的，我太愛妳了。是的。是的。明年這個時候，我發誓。我發誓。明年這個時候就是妳和我，我們去馬爾地夫，或是塞席爾，對！更棒的美食！天啊，是的！只有我們倆。我保證。我發誓。我真的、真的很愛妳。他媽的。艾麗西亞。我得回去了。相信我，我美麗的女孩。相信我。是。是的。妳也是。新年快樂。三天後見！我愛妳。愛妳，掰。掰掰。」

回歸寂靜。

我回到工地前方，看向羅恩的家。他妻子在那裡，穿著襪子站在門口，身上是閃亮的套頭衫和牛仔褲，手裡拿著一杯香檳。

「你去哪兒？」當他轉過街角時，她對羅恩喊道。

「沒去哪裡，」他說。「只是以為聽到了什麼。」

「有嗎？」

「對。有人在大叫。我只是愛管閒事。想說也鬧得太厲害了。」

我沒有聽到他妻子的回答，因為剛好又放了一連串煙火。但我的心在狂跳。羅恩·福斯，三年多來，每週和我一起坐在一個房間裡，如此溫和而巧妙地逐步揭開我的心思的男人，而他在這裡，計畫著離開他的家人去和紅髮妖精相會。**明年此時。**

明年這個時候，那個削瘦的妻子將住在某處某個爛公寓裡，因為這是她唯一負擔得起的住處，而他的孩子們將不得不在兩個鳥地方之間來回，與艾麗西亞尷尬的相處，並試著安慰他們的媽媽，因為她會心碎，不再是原本熟悉的模樣，她會變得像是另一個新媽媽，他們的童年將就此粉碎、徹底改變。我怎麼知道會發生這一切？我就是知道。我可以從兒子偷偷摸摸地抽大麻以及和狐狸說話的行為看出來，他很清楚人生多艱難，而從那豐腴的女兒的自信姿態、宏亮聲音可以知道，她認為生活永遠會這麼單純。我也看出那位緊張地揉著手肘的妻子，她的生活圍繞著那個她認為絕對不會讓她失望的男人，卻也同時很清楚地知道他一定會讓她失望。我知道，因為我看到了。我相信我的雙眼。而且，正如我一直告訴你的，我不笨。

我覺得胃裡的紅酒開始發酸。

我聽到前門再次被打開後關上，於是退回陰影中。有個輕柔的腳步聲漸漸接近，然後轉彎。

一個男聲。「弗林。夥伴。在這裡。」

「喲。」

「新年快樂。」

「是啊。」

「二〇一九年了。」

「他媽的。是呢。」

「希望不會像二〇一八年那麼鳥。」

「每一年都很鳥。」

「真的。這是實話。」

我可以看到兩個男孩在樹籬外相互擊拳的輪廓。然後我看到他們轉過街角，朝樹間的縫隙走去。我把自己縮在最遠的角落裡。又一束煙火施放，我用那陣噪音掩蓋了我在灌木叢中鑽動的聲音。

「哇，」我聽到其中一個男孩說。「看。有流浪漢。」

我看到手機發出的光在我的小營地上照出弧線。

我突然有種領地被侵犯的感覺，趕緊阻止自己衝過去叫他們別動我的東西的衝動。

「你覺得是誰？」其中一個男孩說。

「看起來是個女孩，」另一個說。「你看。粉紅色的睡袋。」

「天哪，這真是太悲哀了。還是個小女孩卻得在外流浪。」

「不過有酒。」其中一個人舉起我的空酒瓶說。

我看到他們都靜止，環顧著整塊空地。等他們確信那名神秘的遊民不會跳到他們身上，他們坐下來開始捲大麻煙。

我藏身的那個小角落很靠近「克萊夫」臥室的窗戶。我抬頭看著從他的窗簾透出的微弱光線，很好奇他在做什麼。可憐的老克萊夫和他的廉價床單。

一分鐘後，我聞到了大麻的味道。他們說話的聲音隨著呼出的煙霧緩緩飄過。「今年會很不一樣。」

我分不清是哪個男孩在說話；他們的聲音在我聽起來差不多。

「哦，嗯。你的意思是……？」

「沒錯。要拿掉面具了。」

其中一個人笑了。然後另一個也加入。

「不再是大好人先生？」

「不再是大好人先生。去他的。叫他滾吧。」

更多的笑聲。

「明年這個時候。」

「是的，明年這個時候。」

「也許我們會變得很出名。」

「惡名昭彰。」

「是的……」

更多的煙火掩蓋了那段談話的其餘部分。

幾分鐘後，他們收拾好東西，站了起來。

「今晚沒看到狐狸？」其中一個說。

「可能是被煙火嚇到了。」另一個說。

他們停下來，低頭看著我的那一小堆所有物。「我想知道那個無家可歸的女孩會不會出現。」

「也許她就在這裡。」

「哦，太可怕了！」

「我們要不要留點東西給她？」

「比方？」

「我不知道。剩下的香檳？」

我這才第一次注意到他們其中一個人手上拿著一個打開的瓶子。

「好啊。沒意見，我不想要了。」

他們小心翼翼地把瓶子放在我的東西旁。其中一個開口說，「新年快樂，無家可歸的女孩。」

另一個人接著說，「希望妳今年過得好些，無家可歸的女孩。」

然後他們就離開了。

我看著他們在外面街上分道揚鑣。喬許慢慢地穿過馬路走回他家，和他同樣身形瘦長的朋友則從另一邊走下山坡。

煙火停了；天空顯得清澈；一片寂靜。我脫下運動鞋，穿上我打包帶來的蓬鬆厚襪子。我把自己塞進睡袋裡，聞了聞那瓶喝了一半的香檳酒，考慮了一下。我打開手機，回覆了一些訊息，其中一則來自亞倫，他說他正在回家路上，早上見。我仰望著天空，清新的二〇一九年的天空。漆黑、嶄新、如空白書頁。

38

凱特在週日去看基爾伯恩那棟房子的整修工程。她不喜歡在週間工人們在的時候去，她顯得礙手礙腳，他們會好奇地打量她，好像她不小心抓到他們在動手腳。

她離開公寓的時間很早；孩子們還在睡，羅恩坐在床上，靠著枕頭用筆電，忙著工作上的事。她決定走路；今天是個令人愉快的早晨，值得花上三十分鐘路程。她穿越街道，透過樹叢望著空曠的那片空地。沒有人會知道，她心裡想，沒有人會看出來這裡曾聚集警察、警車和直升機；這一切彷彿從未發生。然後她經過歐文．皮克的房子，絲毫沒有閃躲。一切都很平靜。窗簾是拉上的。早晨才剛剛降臨。

在她位於基爾伯恩的空房子裡，她幾乎可以看到自己的呼吸。她踩著光禿禿的地板發出聲響；地毯、瓷磚、窗簾、家具、壁紙和靠墊即將歸位。家的雛型初具，她幾乎可以想像之後的模樣。她從雙層窗戶望著出事的後花園。擺滿了一袋袋的水泥和好幾節木頭，草地被覆蓋在建築工程的塵埃之下。她想像著幾個月後的自己：那時將是盛夏，天空澄藍，這裡會擺上新的漂亮擺設——她已經從IKEA目錄裡挑好了——也許會辦個烤肉派對。每次離開家時，她將不再需要看到歐文．皮克的房子，不再需要經過那會有狐狸嚎叫的可怕空地。

她深吸了口氣，靜靜地感受著籠罩全身的愉悅感，以及對這一切的期待。她走上樓梯，來到即將再度成為她的臥室的房間；它俯瞰街道，面向一整排沒有任何威脅性的獨棟平房，和她自己的一樣。沒有陰沉的空地，沒有吱吱作響的老樹在她的床上投下陰影，也沒有潛伏在某扇沉重大門和骯髒窗簾後的性侵犯。就是平凡無奇的住宅區，裡面住著一般人。她再也不會嫌棄基爾伯恩了。

她拍了一些整修進展的照片，稍後可以給羅恩看，然後她鎖上門，將手掌輕輕地、深情地放在房子的外牆上，回到現在住的公寓。

她進門時，羅恩正在廚房烤麵包。

他說，「妳要嗎？我再放一片？」

她說，「不，謝謝，我已經吃過早餐了。」

他看起來異常開心，她想著，很興奮。「妳有看到嗎？」他指著筆電螢幕說。她碰了觸碰螢幕，看到了BBC新聞首頁。標題寫著：「大學講師因綁架薩菲爾．麥朵斯被捕」。

「天哪，」她說。「他們逮捕了他！」

「我知道，」羅恩說。「真是鬆了一口氣。」

她從螢幕上抬起頭。「鬆了一口氣？」她覺得這個詞選得很怪。

「是的，」他說。「現在也許能找到她了。」

她垂下眼，讀著報導。

三十三歲的前大學講師歐文．皮克已被正式逮捕，目前被羈押在坎蒂斯鎮警察局，罪名是綁架失蹤少女薩菲爾．麥朵斯。十七歲的麥朵絲小姐最後一個為人所見的行蹤是在十天前的情人節晚上，她告訴家人她要去前往漢普斯特德見一位朋友。警方消息人士表示，皮克未婚，與阿姨住在漢普斯特德的公寓裡，他無法解釋在他住處發現的血跡。他同時被發現在一些所謂的「非自願獨身者論壇」網站中相當活躍，被認定為「非自願獨身者」，亦即儘管很想卻無法順利和女性發生關係的男性會聚集在這類網站，分享他們的挫折。有說法顯示，綁架薩菲爾．麥朵斯可能是皮克受到其他論壇用戶鼓動的結果。美國最近發生的許多大規模槍擊事件都歸因於這類網站上激進分子的影響。

目前尚未能取得皮克家人對此的看法。據了解，他的保釋金已定為一百萬英鎊。

「非自願獨身者論壇？」凱特說，這個說法讓她作嘔。她曾經看過一部關於非自願獨身者的紀錄片，讓她不寒而慄，滿是恨意、怒氣和怨懟。「耶穌基督啊。」

「我知道，」羅恩說。「也算是預料中，不是嗎？妳看看他，還有他住的地方。我的意思是，只要看著他就知道，根本沒有人會理他。」

「你曾經遇過這樣的病人嗎？」片刻之後她問。「就是像這樣，因為沒有女孩喜歡他們而憎恨女孩的人？」

「老天，有啊，」羅恩說。「那種長大後會在網站上談論強姦女性的最佳方式的小男孩。當然有。幾年前有個十一歲的男孩，他在學校被抓到寫了極端暴力的強姦幻想細節。」

凱特緩緩搖頭，這不是她第一次無法理解她丈夫為何要做這麼艱辛的工作。「難道這從來沒有，嗯，你知道，讓你感到困擾嗎？和那樣的孩子周旋？」

他停下在吐司上塗奶油的動作，轉頭看向凱特。「當然，」他說。「老天爺啊。當然會。」

這是二月學期中假期結束，孩子們返校上課前的星期天，這意味著喬治雅將整天穿著睡衣，憤怒地趕工寫作業，時不時大喊她有多討厭學校、討厭考試、討厭凱特要她上學、討厭政府規定她得上學、討厭她的生活、討厭所有人，還有她才不在乎拿不拿得到 GCSE 中等學歷。完成所有作業後，她會幫自己準備一堆甜食，待在電視機前，因為她認為她忙了一天，值得這樣的享受。這會是高潮迭起的一天，令人筋疲力竭的一天，從那天早上十一點三十分聽到喬治雅打開房門的那一刻起，凱特就準備好了。

「哈囉，小天使。」

「呃，」喬治雅說。「我大概八點多就醒啦，然後就沒辦法睡了。」

「嗯哼，」凱特說，「我在十點半左右有進去看看妳，睡得很沉。」

「喔，好啦，就有點睡睡醒醒的。」

「想吃點東西嗎？」

喬治雅打了個哈欠，搖搖頭。「快要吃午餐了。我可以等。」

「我早上有去看房子，」凱特說，打開她的手機，遞給喬治雅。

「哦，」喬治雅說，神情一亮。「房子！我們的房子！讓我看看！」

凱特讓她看照片，然後沿著走廊走向喬許的臥室。他通常比喬治雅早起。這時候應該會聽到淋浴聲，穿牆而過的音樂則來自他靠在漱口馬克杯上的手機。但是什麼都沒有。

她輕輕敲門。「喬許？」

沒有回應。

「喬許？」

她推開門。

喬許的床是空的。

她去洗手間，發現羅恩坐在馬桶上，褲子脫到腳踝邊，正在用手機玩《糖果傳奇》（Candy Crush）。

「有看到喬許嗎？」

「沒有，」他說。「他還在睡，不是嗎？」

「沒有，」她說。「他沒有。他一定是出門了。」

她回到廚房，從喬治雅手上拿回手機。「知道喬許在哪裡嗎？」她問她。

喬治雅搖搖頭。「我想我半小時前有聽到前門被打開？」

凱特寫了訊息給喬許，按下發送。**你在哪裡？**她注視著顯示為傳送成功的灰色雙勾，遲遲沒有變成藍色。她嘆了口氣。

過了一小時，勾勾還是灰色的。她撥了電話。被轉到語音信箱。她留了言。她們吃完午餐——義大利麵配上辣椒、大蒜和大蝦。她把最後一份舀到碗裡，包上保鮮膜，放入冰箱。

下午兩點，喬治雅終於在廚房桌子旁安頓下來做功課。羅恩和凱特並排坐在客廳裡看電視上的影片，但凱特無法集中注意力。隨著太陽開始往地平線滑落，房間變得陰暗，凱特每三十秒檢查一次她的手機。她又發了五則訊息給喬許，打了三次電話。隨著影片結尾，她轉向羅恩說，「我想我們應該報警。」

「什麼！」

「快四點了。他已經消失快五個小時。」

「凱特，他十四歲。現在是白天。」

「我知道，」她說。「但他不是那種會突然消失的十四歲孩子。他出去的時候總是會告訴我。他為什麼不接電話？」

「可能沒電了，或是在搭地鐵。」

「喬許不搭地鐵，」她惱怒地回答。老實說，有時她覺得羅恩是真的不太了解自己的小孩。「他會恐慌發作，記得嗎？」

「好吧，無論如何，我真的認為現在報警有點反應過度。」

「我們要等多久？」

「等到晚餐？」羅恩說。「即便如此，也還不到十二個小時。」他站起來伸了伸懶腰，「這樣吧，」他說，「我想我出去跑步，順便在路上留意看看。」

「好吧，」凱特說。「好的。好主意。你就這麼做吧。我試著找找弗林的電話號碼。」

弗林是她所知喬許唯一的朋友，他從來沒有進過他們家；如果他們約出門，他會躲在外面發簡訊給喬許。凱特只知道他有一頭紅髮和他的名字。

「喬治雅，」她走進廚房說。「妳不會剛好有弗林的電話吧，有嗎？」

「弗林？」

「對，妳知道的，喬許的朋友。紅髮那個？」

「我究竟為什麼會有需要有**弗林**的電話號碼？」

「我不知道，親愛的。我只是想也許妳有。我是說，他和妳有加任何社群媒體的好友嗎？」

「當然**沒有**。拜託喔。」

「妳知道他姓什麼嗎？」

「天啊，不。我當然不知道。我甚至不認識他。他只是……他只是喬許的朋友。跟我沒有任何關係。」

「妳……？」凱特小心翼翼地開口。「妳有任何關於喬許可能去了哪裡的想法嗎？他一直不接電話。」

喬治雅用力地吐了一口氣。「媽媽，」她說，「我正在忙著寫作業，妳這樣實在毫無幫助。」

「是，是，對不起。妳說得對。但我很擔心他……天快黑了……」

「媽媽，他十四歲了。他可以照顧自己。不然妳去看看對街那塊空地。」

凱特愣住了。「什麼？」

「建築工地啊。妳知道的，就是之前警察搜查的那裡。去年夏天他經常在那裡閒晃。有時是他和弗林一起。」

「在哪裡做什麼？」

「我怎麼知道？妳覺得我會管他？」

「是不會。但……」

「聽著，他是妳的兒子。妳對他的了解跟我一樣多。他對我來說是個謎。我只知道他有時會在馬路對面那塊地晃蕩。」

「但他是怎麼進去的？」

「有一個空隙啊，」喬治雅不屑地說，好像每個人都早該知道這個空隙的存在。「在轉角附近。矮牆那附近。」

喬治雅的注意力回到她面前的教科書上，凱特走向走廊。她拿起外套和門鑰匙，朝外面走去。

灰暗天色轉為汽油般的黑色。她打開手機上的手電筒，沿著轉角處的樹叢摸索，直到找到一段樹叢之間的縫隙足以讓她擠過去。她到了另一邊一片參差不齊的草地上。從這個角度看，那片空地很廣闊。她將手機的光對向整片空地。

她用光線照射著角落和工程車後方。沒有人。

「喬許，」她喊著。「喬許？」

她穿過空地，從後方樹叢可以瞥見歐文．皮克住處的後院。正面空地的是一扇拉上窗簾的窗。那就是他的臥室。她想像他在窗後，筆電的光映照著他的臉，正在網站上寫下恐怖的文字，策劃著綁架一個美麗而有著煩惱的年輕女孩，幻想著當她終於落入他的噁心魔掌中時要做些什麼。

她環顧四周，感覺薩菲爾．麥朵斯就在這裡，儘管十幾名警察花了三天時間爬梳過這片空地的每一寸土仍沒有找到她，卻像是她可能會突然冒出來，向她走來。

手中的手機嗡嗡作響，她打開手機。喬許的訊息。

媽咪，在回家路上。待會兒見。親。

你去哪裡？她焦急地回訊。

電影院，他回答。關了靜音。抱歉。

她關上手機，把它緊緊捂在胸口，往上望著漆黑夜空。**他在回家路上。**她的心舒緩開來，呼吸恢復平穩。電影院。她的小男孩是在電影院裡。

她從樹叢間的縫隙中爬出來，剛好落在一個被嚇到的遛狗行人面前。

「哦，」女人撫著胸口說。

「對不起，」凱特說。「我進去找我兒子。總算找到他了。」

遛狗的人看著她身後，像是等著她兒子現身。

「他在電影院，」她氣喘吁吁地說。「不在裡面。」

女人點點頭，繼續往前走，小狗跟在她身旁，邊走邊扭著尾巴困惑地看著凱特。

◆◆◆

「你去看什麼電影？」幾分鐘後，當喬許走進來時，她這麼問，喬許的臉頰因夜晚的寒氣而泛紅。

「巨石強森那部，」他說。「在講摔角手的。不記得片名了。」

「喔，」她說，好奇著她兒子對電影的喜好。「好看嗎？」

喬許聳聳肩。「還可以。有東西吃嗎？」

她從冰箱裡拿出義大利麵，放進微波爐。

「你怎麼沒有跟我說一聲？」她問。「說一下你要去電影院？人就這樣消失？」

他聳肩。「趕時間。」

「但我就在這裡。」她指指廚房地板。「跟字面上的意思一樣，就站在這裡。你大可以探個頭進來說聲再見。」

他再次聳了聳肩。「抱歉。我沒有想到。」

她一邊說話，一邊用手機在網路搜尋著她兒子說他剛剛看過的電影。她找到了一部叫做《我和我的摔角家庭》的電影。她把手機螢幕轉向他，給他看了照片。「這個？」她說。「你去看這部嗎？」

他點點頭。

「你是去約會嗎？」她說，嘴角浮現一個微笑，一想到她可愛卻寂寞的男孩，坐在電影院後排，摟著某個女孩一起看一部關於女摔角手的古怪喜劇片，她的心泛起一股暖意。

「不是。」他說。

她認為他在撒謊。

如果當著她的面撒謊的是喬治雅，她會毫不猶豫地戳破她。她會說，「別胡扯，告訴我到底發生了什麼事。」喬治雅會露出微笑，每當知道自己已經被逼到角落時的那種微笑，然後告訴她真相。

但她不忍心讓她的男孩置身同樣處境，讓他陷入猶豫和掙扎。他不會只是一笑置之，他看起來會很痛苦。所以她只說了句，「好吧。」然後從微波爐裡拿出他的義大利麵。

39

「你有訪客。」

歐文嚇了一跳，坐起身。距離剛剛警探偵訊已經過了三個小時，他一直待在牢房裡，不知道接下來會怎麼樣。午餐被送進牢房：某種麵包屑炸肉配馬鈴薯和青豆。配了果醬的褐色布丁。他對自己感到有些難為情，因為他很享受這頓牢飯，跟他媽媽做的飯菜很像，菜色普通、有點鹹、沒有奇怪的不知名食材。他把托盤上的食物一掃而空。

「是誰？」他問。

「我不知道，」警察冷冷地說。

「是我去見他們，還是他們要過來……？」

「我帶你去會客室。麻煩你往後退開，離門遠一點。」

他往後退，警察打開牢房的門，領著他穿過三道上鎖的大門，來到一間藍色小房間。泰絲坐在裡面，披著綠色天鵝絨披肩，戴著巨大銀色耳環，耳環中間鑲嵌著搭配的綠寶石。她撇著嘴，一副很不以為然的模樣。

還沒等他坐好，她就開始發難。「我不會待太久，歐文。我幫你帶了一些東西。你的手機，雖然你可能不准用。一些內衣和換洗衣物。都是我新買的。我不想翻你的東西。尤其是在警察在你的抽屜裡發現了那些玩意兒以後。天哪，歐文。還有那個女孩，歐文！那個可愛的女孩到底發生了什麼事？」

泰絲伸手遮著臉，她手上幾個戒指的尺寸太大，彼此交疊起來彷彿是某種盔甲。她低頭盯著桌子看了許久，然後抬起頭來，眼裡充滿了淚水。

「歐文，拜託。你可以告訴我的。她在哪？你對她做了什麼？」

歐文笑了。他實在忍不住。這一切太荒謬了。

「泰絲，」他說，雙手抓著桌子的邊緣。「真的嗎？妳真的認為我跟這件事有關？」

「是，我還能怎麼想？她的血就在你的牆上！手機殼掉在你房間窗外。抽屜裡擺了約會強姦藥丸。還有那些文字，那些你在網路上寫的可怕文字。我的天哪，歐文。這個案子用不著出動神探馬普爾小姐（Miss Marple）就可以破案。為了那個可憐女孩的家人，你得告訴警方發生了什麼事。」

「天哪！」歐文扯著自己的頭髮，然後握拳擊向桌面。「我沒有對她做任何事！我甚至不確定我有沒有見過她！我只有看到一個女孩！我看到的說不定根本不是女孩子，而是個男孩。而我之所以願意說出我看到了什麼，唯一的原因，也只有那麼一個原因，是因為我想幫忙。我的意思是，泰絲，說真的，如果我殺了那個女孩或對她做了什麼可怕的事，我為什麼要告訴警察我見過她？為什麼？想一想，看在上帝的份上，妳想想看，這完全沒有道理！」

泰絲抿著下唇，聳聳肩。「嗯，」她說。「確實沒有道理。但是，歐文，關於你的所有事情都沒什麼道理。所有事。我的意思是，你都幾歲了？三十四……？」

歐文嘆了口氣。「三十三，泰絲，我三十三歲。」

她繼續說。「三十三歲，你沒有交女朋友。你很少出門。你穿得很……」她揮手對歐文比劃了一下。「嗯，以同年紀的男人來說，很不合時宜。你只吃精緻食品之類的食物。我的意思是，歐文，讓我們面對現實吧，你是個怪咖。」

「而這代表我殺了一個十幾歲的女孩，是嗎？」

她瞇起眼睛看著他。她沒有回答這個問題。相反地，她說，「我和你父親談過了。他非常擔心你。」

歐文翻了個白眼。「我確定他一定很擔心。」

「是的，」她堅定地說。「他很擔心你。我建議他來看你，但他還沒辦法決定，他有點……慌亂。」

「不用麻煩了，泰絲。我一點也不想見到他。在這種情況下絕對不想。」歐文垂下頭，目光從膝頭落到地板上磨損的亞麻地毯。他累了。他已經在牢房可怕的床上度過了兩個晚上。他在偵訊室裡待了好幾個小時，不同的警探輪流前來，不斷嘗試要讓他告訴他們薩菲爾．麥朵斯在哪裡。但歐文已經看過很多的警匪劇，他知道警察是怎麼做的，他們會用不同的偵訊方法，直到被偵訊的人被弄得分不清上下左右。但不管他們怎麼努力，又是如何地想讓他陷入混亂和迷惑，有件事他很確定，絕對不會弄錯，就是他與薩菲爾．麥朵斯或她的失蹤毫無關聯。

貝利昨天跟他說了一件有趣的事。

顯然，薩菲爾．麥朵斯曾經接受對街那個萊卡慢跑男的專業心理治療。慢跑男是在波特曼中心工作的兒童心理學家。薩菲爾．麥朵斯接受他的治療已經三年多了，慢跑男提出了堅如磐石的不在場證明。那晚他和他的妻子在床上睡覺。

歐文簡直不敢相信警方會這樣輕易地接受如此薄弱的不在場證明。這實在是典型的對於已婚人士的預設，認定已婚夫婦在情人節之夜當然會同床共枕，已婚的人沒有理由對行蹤撒謊。

他昨天已經把布林的事告訴警方。因為對於房裡的迷姦藥，他實在想不出任何合理的解釋。

「布林是誰？」他們問。

「我不知道他姓什麼。」

「地址？」

「我不知道他住在哪裡。倫敦郊區的某個地方。我只知道他可以坐火車到尤斯頓。三十三歲。跟我一樣。噢，他有一個網站！www.妳的損失.net。」

「好吧，布林某人。住倫敦郊區。三十三歲。有個網站。」

說警方對這個說法存疑，已經是比較輕描淡寫的描述。他們還是試著搜尋了布林，今天早上他們告訴歐文這個人不存在。也沒有這個網站，整個英國境內名叫布林的三十三歲左右的男人，分別住在切斯特、阿伯丁、卡迪根、卡迪夫、倫敦、班戈、紐波特和達特茅斯。顯然沒有任何一位住在倫敦郊區。

「嗯，」歐文說。「想也知道。多虧了媒體報導，還有報紙上到處登出我的照片，他才有時間藏匿起來。但他就在那裡，在你找到我的那些論壇裡。你去搜尋看看，用『妳的損失』當關鍵字找找，一定找得到什麼。他是一個意見領袖。一個網紅。人們還挺敬仰他的。」

「那你呢？」一個警探問，歐文還不太清楚他的名字。「你也敬仰他嗎？」

「是的，」他說。「某方面來說是，但也不是，」他迅速反駁，「不是用那種方式。當他給我那些藥，當他告訴我他希望我做什麼，希望**我們所有人**做什麼……」

「所有人？」

「是的，在論壇上的所有人。」

「你是指非自願獨身者？」

他不喜歡那個字的唸法。聽起來像共濟會或三K黨，某種特殊物種，或甚至是其他沒有人性的存在。

「所以你會說自己是個非自願獨身者嗎？歐文？」

他搖頭。「不，」他堅定地說。「不會。參加這些論壇——只是一個階段性的行為。源自於我在工作場合中的遭遇。我很生氣，很挫折。我感到無能為力。我需要發洩，論壇給了我一個宣洩情緒的地方。但我從不覺得我是他們的一員。我從來沒有覺得我歸屬於那個地方。還有布林……」

「好吧，跟我們說說關於這位所謂**布林**的事。」他們用一種特別強調的語氣念這個名字，好像他只是書中的虛構人物。

「布林很有趣。論壇上很多人的發言都很黑暗，沒有幽默感，把一切都看得過於嚴肅。布林不會，他很有魅力。人們喜歡他。我喜歡他。但是當我終於見到本人時，我看到了真實的他。」

「什麼樣的真面目，歐文？」

「嗯，」他考慮了一會兒後說。「很瘋狂。我想。」

但是現在，他坐在他阿姨對面，遭受所有這一切殘酷的不公平對待，只因為他是一個

「性格古怪」而孤獨的單身男人，顯然因為他看起來不夠體面正直，以至於沒有人出面為他提供他並沒有殘害年輕女孩的不在場證明，他不禁想起布林和他的世界觀。不是關於他想要違背女性意願硬上的那個觀點，而是這個世界的運作是如此不平衡，以錯誤的理由偏袒著錯誤的人。他很樂意和一個看得出真相的人談談。但是布林已經消失了——布林，或者不管他的真名是什麼。他就像那些小兔子一樣，在魔術表演中消失了。現在沒有人會相信他，不管他說抽屜裡的迷姦藥是哪裡來的，也不相信他從來沒有想要使用那些藥的意圖。

他抬頭再次看著泰絲。她正盯著他的頭。她說，「他們准你梳洗嗎？」

他點點頭。

「要我幫你拿肥皂來？還有好一點的洗髮精？」

他再次點頭。「是的，」他小聲說。「麻煩妳了。還有，泰絲，可以請妳幫忙另一件事嗎？幫我聯繫一個人？情人節那天和我出去的女人？那天之後我們常常傳訊息聊天。我們原本應該下週約好再一次碰面。我只是不想讓她以為我忘了她。」

「喔，歐文。親愛的歐文。所有報紙上都是你的報導，新聞都是。我可以保證她知道你為什麼沒有聯繫她。」

他再次試著平息內心的火氣，閉上眼睛，再緩緩睜開。「拜託了，泰絲。可以嗎？不管她是否知道我在哪裡，我都希望她知道我在想她，讓她明白我希望……我希望我不在這裡，這些事從來沒發生過，一切都……妳知道我想說什麼。拜託，泰絲。」

她翻了個白眼，從皮包裡拿出記事本和一支筆。

他寫下迪安娜的電郵地址，這是他唯一記得的聯繫方式。

「請告訴她，我覺得她很棒，泰絲。告訴她我不是那種人，我不是報紙上講的那種人。告訴她，如果她來看我，我可以解釋這一切。請她來看我，泰絲。拜託。其他事不做都不要緊，至少幫我這件事。好嗎？」

他看著她閉上眼睛；他看到她的臉頰抽動著。「好吧，」她說。「好。但我不會幫你說謊，歐文。我不會說任何我不相信的話。」

「不。」他搖頭。「除了我剛剛說的話，什麼都別說。答應我。」

她嘆了口氣說，「好。好，沒問題。」然後她看了一眼手錶，再次嘆氣。「我得走了。我下午得去書店。噢，老天。」她站起來，摩挲著下巴，「我到底該怎麼跟其他人怎麼說？人們會問，歐文，人們會議論。」

泰絲每週有一個下午會去鎮上的慈善書店義務幫忙，讓她保持對自己和她放縱的生活感覺良好。他看著她離開。她沒有碰觸他，也沒有想做任何形式的告別。她就直接離開了。

站在角落裡的警察打開門引導她出去。

坐在桌尾的另一名警察清了清嗓子，「準備好了嗎？」她對歐文說。

他站起身來，跟著她走出去。

房間裡仍然瀰漫著泰絲的味道，飄散著天鵝絨批肩、廉價衣物柔軟精和鳶尾花香水的氣味。

40
薩菲爾

我在新年第一天早上六點回到家。亞倫在睡覺，安吉洛趴在我擺在床邊的小軟墊上。他看到我走進來，懶洋洋地站起來，我抱起牠聞了聞，然後把牠放回床邊。我感到空蕩蕩的。一片空白。太安靜了。整整一夜，我睡了又醒、醒了又睡，周遭是此起彼落的狂歡聲，風吹過高聳樹枝，每隔幾分鐘就有汽車經過，木板門吱吱作響，鳥兒不時鳴叫。每次一睡著，我都會夢見狐狸來了，牠在舔我的臉，在我的耳朵旁邊吹著氣，醒來時發現只有我自己一個人。那是令人震驚的經驗；外面很冷；而在漆黑的夜裡，我感受到自己活著。

現在，我盯著臥室發黃的白色天花板，粉色燈罩上有著心型裝飾，那是我八歲自己在家飾店裡選的。搭配了成套的羽絨被套和檯燈。我不知道那個孩子是誰，也不知道如果哈里森．強生在她十歲時沒有對她做過那件事，她可能成為什麼樣的人。

除了沉睡著的建築物的嗡嗡聲之外，寂靜無聲。我心想，我不屬於這裡。我屬於外面。再一次，另一部分的我，會乖乖做功課、塗指甲油、看《英國烘焙大賽》節目的那個我，正在我耳邊低語：「妳確定妳沒有發瘋？」我知道我沒有。我只是正在變化。蛻變。綻放。

那一晚我再次帶著行囊，睡在羅恩．福斯家對街。我告訴亞倫我要在潔思敏家過夜。他只瞄了我一眼，那眼神的意思是，「我不太相信妳，但妳算成年人了，而且妳正瀕臨崩潰，我不想成為最後一根稻草。」

隔一天的晚上我留在家裡，為了亞倫，不是為了我自己，但困在室內讓我痛苦，我覺得自己快要被床墊、羽絨被和暖氣吞沒。我像是患了幽閉恐懼症，焦慮難安；第二天早上醒來時，床單纏在我的腿上，有那麼一分鐘我以為我癱瘓了。我打從心底地感到強烈的恐慌。我鬆開纏住的床單，坐起來不斷地喘氣。我知道我沒辦法再睡在家裡。我當時已經明白我即將完全蛻變。每到晚上，我會等亞倫上床睡覺，然後出門。

那些晚上我幾乎沒有睡覺。我只是躺在黑暗中，感覺我的靈魂被填滿，我的頭微微顫動，血液在血管中竄動，溫暖而充滿活力。我不需要睡覺。我靠著天上的月亮和地上的土壤注入我身體的奇異能量，在一個不同的層次中運作著。

黎明時分，我會回到公寓準備上學。亞倫不知道，就算他知道，他也沒說話。他大概以為我有男朋友了。但他總是像捧著易碎玻璃那樣地對待我，連句話都不敢多說。這對我很有利。

然後，一月中旬時，那一刻出現了。我想，我一直知道總有一天會遇到那一刻。那個從我十歲起就不願意去想的時刻。因為不管在哪一個社區，即使是一個早、中、晚全天都有著六車道繁忙交通的主幹道匯聚處邊緣的社區，一個充斥雙層巴士、高樓大廈、廣告和銀行的社區，當中仍然存在著許多小型街區。在這些小型街區之間，人們彼此交會、分離、再交會，妳認識的人們可能跟妳上過同一間學校、媽媽在同個地方購物、或者只是剛好都在同個時間走相同路線到同樣的目的地，你知道的，即使住在像這樣人潮熙攘的社區裡，在某個時刻，妳還是會遇上在妳十歲時把手指伸到妳身體裡的那個人。妳就是會。

當我從羅恩家那條街轉進芬奇利路時，有個人一身黑衣，和我一樣拉上了帽子，穿著大外套，在肩上掛著背包。周遭沒有其他人；位在我們中間那盞路燈的微光反射著稀薄晨霧。一開始我只是感到緊張，因為那是個男人，天還很黑，而且我們都是一個人。後來我看到了他的臉，濃密的眉毛，鼻子微微凹陷，好像有人用拇指壓過一樣。

哈里森．強生。

那個粉碎了女孩粉色燈罩夢想的男孩。

他看著我。我看著他。

我看到他認出了我。他笑了。他說，「薩菲爾．麥朵斯。」

我什麼也沒說，盡可能快地從他身邊走過，迎向沿著芬奇利路駛來的清晨車流的明亮燈光。

「薩菲爾．麥朵斯！」他在我身後喊著。「不打個招呼嗎？」

我很想轉身上坡，與他對質，直接當著他的面，對他說**你這個骯髒、噁心的狗屎，我希望你死**。

但我沒有。我往前走。一直走。我的心跳猛烈，胃在翻攪。

我回到家，翻遍廚房所有抽屜，直到找到一枚迴紋針。我把它拉開成一個小鉤子，然後拉下襪子。我用鉤子尖端戳著我的皮膚，來回不斷地戳。一顆鮮紅的血滴冒了出來，然後再一顆，又一顆，我重複這個動作直到我能夠感覺有什麼力量壓過了哈里森．強生。

41

二月的學期中假期結束了。公寓變得安靜。不是孩子們還沒醒時的安靜，不是臥室門還沒打開、早餐和早晨淋浴還沒開始的暴風雨前的寧靜，而是純粹的、恰得其份的平靜：掛鉤上的外套都被拿走了，椅子上的書包也都跟著主人出門了，床鋪是空的，浴室腳墊還有些濕，孩子們去了學校，羅恩在上班，除了凱特自己的工作，沒有其他事情要忙。

她應該要工作，但是她有點分心。

前一天又發生了性攻擊事件。新聞報導占了很大篇幅，因為警方已對該地區的女性正式發布安全指南。這次的受害者是一名中年婦女，傍晚時與朋友在西尾巷聚餐後，回程途中被拉到主幹道附近一家房仲公司後面，「遭受了嚴重的猥褻」。襲擊者被描述為白種人，身材瘦長，年齡介於二十到四十歲間，戴著摩托車賽車手戴在頭盔內的那種黑色彈性頭罩，遮了大部分的臉。襲擊者在猥褻過程中一言不發，留下讓這名婦女必須就醫的嚴重傷害。

傍晚。

這篇報導中的這個詞跳進她的眼簾。這個詞具體地指涉了一天當中一段轉瞬即逝的時間。她立刻回想起昨天傍晚，當時她正拿著手機在建築工地裡徘徊，尋找她失聯的兒子。她兒子不久後回家了，餓著肚子，說他自己一個人去看了巨石強森的電影。

傍晚。

她走到兒子臥室門口，伸手握住門把。

她推開門。窗簾是拉上的，床鋪整理好了，疊好的睡衣擺在枕頭上。她拉開窗簾，透進微弱的晨光。她打開天花板燈。你看不出來這個房間有人住，喬許幾乎沒什麼東西。喬治雅的床頭櫃上總是擺著起碼三杯喝了一半的水、一些飾品、幾本書、線全纏在一起的好幾個充電器、襪子、用過的衛生紙、沒有蓋子的唇膏、一堆硬幣。而喬許什麼都沒有放，只有一個杯墊。

傍晚……

她跪在地上，探看他的床底。他的筆電放在那兒，正在充電，電線整齊地束著。她把它拉出來放在膝蓋上；她沒有坐他的床，她擔心沒辦法復原成原本整齊的模樣，他會發現她來過。

她打開螢幕，啟動電源，她知道他小時候的萬用密碼，而且是她被允許知道的那個密碼。但可能已經不再有效，她可能不得不找其他方法好進入他的筆電。不過去年她以為羅恩有外遇，大幅增進了她破解密碼的能力。她甚至設法登入了他的工作電郵。螢幕亮起，她輸入donkey321，她等待著密碼錯誤的訊息，但螢幕進到桌面，她登入了。

她驚訝地眨了眨眼，心中有一股如釋重負的感覺。如果他的電腦上有什麼他不想讓任何人看到的東西，肯定會把密碼改成他媽媽不知道的密碼。

她點擊著幾個視窗。運算表、iTunes、一篇關於**動物農場**的文章，瀏覽器設了十個標籤，幾乎全和學校功課有關。最後一個標籤是「看電影」，連結至芬奇利路上那間電影院的電影時刻表。

她覺得自己懸著的心稍稍放鬆了一些。

是了，她想著，是的。正如他所說，他去看電影。

她滑動著瀏覽放映時間。《我和我的摔角家庭》，下午三點二十分。看完時應該已經過了傍晚時分。

然後她點進去他的瀏覽紀錄。大約一年前，她對喬治雅的筆電做過相同的搜尋，當時十四歲的女兒涉獵的各種不拘形式的色情內容把她嚇壞了。

最近的搜尋關鍵字是「今天上映的電影」。她略略記下他應該是從昨天早上之後沒有用過筆電。之前的搜尋是「歐文皮克被捕」。

前一個是「歐文．皮克」。

再前一個是「歐文．皮克、薩菲爾．麥朵斯」。

再前一個是「薩菲爾．麥朵斯失蹤」。

再前一個是「薩菲爾．麥朵斯失蹤少女」。

這是完全可以理解的。

自從薩菲爾．麥朵斯出事之後，凱特一直很關注這件事。畢竟薩菲爾曾經是羅恩的病人，而且綁架她的人就住在他們對面。會有這樣的心情並不意外。她應該也不需要因為她兒子也熱衷關注這起事件而驚訝。她很確信，她自己目前的瀏覽紀錄可能與他的相去不遠。

她闔上筆電，小心地將它滑回他的床底下。然後她走向他的衣櫃，裡面放著一件件疊得整整齊齊的衣服，還收著不需要帶去學校的課本。他的書桌是不用時會收起來貼在牆上的壁掛桌，寫功課用的鋼筆和文具也收在櫃子裡。凱特想不透為什麼他每天都費心清理桌面，把它收回牆上，然後把所有東西都放進櫃子裡。在這方面，他遺傳了羅恩，而不是她。衣櫃下方是他的待洗衣物籃。既然進來了，她決定幫他把衣服拿去洗。她拉出籃子，看到藏在籃子後方的手提袋。

在喬許的房間裡出現一個皺巴巴的袋子實在很不尋常，她把它拿出來，鬆開繩結，往裡面看，是穿過的運動衣物，散發出強烈的潮濕氣味，還有某個更難聞的味道。不是汗味，是像汗水的體味。她拿出一件緊身褲，這是羅恩的。然後是一件閃亮的長袖上衣，手臂上有著亮橙色條紋，這也是羅恩的。

接著是一雙黑襪和一副防滑手套。最後掏出了一件有點難以辨識的黑色運動衫。她把它拿起來左翻右轉地檢視著，攤開來，把手穿過中間的一個開口。

她終於搞清楚那是什麼。

那是一個彈性頭套。

42

歐文身體的每一根骨頭都在痛。他在泰絲家睡的床墊應該有起碼一百年的歷史。彈簧已經毫無作用，中間下垂，柔軟而鬆弛，但經過這麼多年，他的身體已經可以適應。牢房裡的床基本上是一塊水泥板，上面只放著一張薄床墊。即使他睡著了，還是可以感覺到他的髖骨在摩擦床板。

他不記得自己家裡的床，那個在媽媽去世前和她一起住的家。他已經忘了床墊是軟是硬，只記得是一間小公寓裡擺在單人房的一張單人床，那是他十一歲父母離異前，他們一家人住的那個家被賣掉後，留下來的唯一一件家具。他和媽媽住的那間小公寓在曼諾莊園區，位於倫敦北部郊區的皮卡迪利線上，這是一個房價永遠不會漲的地區。他媽媽把屋裡整理得很好，她很擅長這類事情，但本質上還是一間可怕的公寓。她總是說，「這全都是留給你的，如果我發生什麼事，一切都掛在你的名下。」然後她真的出事了。四十八歲那年得了腦動脈瘤。歐文從高中放學回家，發現她臉朝下趴在廚房的桌子上。

他以為她喝醉了，這種情況不常見，因為她和他一樣，只在極少數情況下會喝酒。

這間公寓最後並沒有成為一筆可觀的遺產。等他還清了他媽媽所有的信用卡債務，其中幾筆的數額相當驚人，什麼都沒有剩下。只留下幾千英鎊。

就這樣，一如他悲慘人生的所有遭遇，他淪落至泰絲客房裡的鬆軟床墊上，他早已學會習慣並且毫不反抗地接受這一切。

早餐被送進他的牢房：硬梆梆的吐司隨便抹著果醬、一杯茶和一顆白煮蛋。他狼吞虎咽完，用餐巾紙包住他不吃的吐司邊，這樣來取走托盤的警衛就不會注意到了。

幾分鐘後，安潔拉．柯里警探出現在他的牢房外。她穿著一件正面貼著大口袋的合身連衣裙、厚厚的緊身褲和靴子。她把手插在口袋裡，拇指翹在外面。臉上的表情很愉快。

「早安，歐文。今天好嗎？」

「我很好。」

「早餐好吃嗎？」

「還可以。」

「準備好再多談一些了嗎？」

歐文聳了聳肩，嘆了口氣。「還有什麼要談的嗎？」

她笑了。「哦，是的，歐文，哦，是的。有很多得談。」

警衛打開他的門，他跟著柯里警探穿過拜占庭風的走廊來到偵訊室。昨晚他用泰絲送來的清潔用品洗了頭。現在他的頭髮乾淨了，也換了衣服，但額頭上還留著一個不小心被剪刀刺傷的大瘡疤，加上不對稱的瀏海，看起來很像神經病。

在偵訊室裡，他在柯里警探和亨利警探面前坐了下來。亨利警探今天的打扮有點邋遢，顯然家裡有個新生兒，並且剛經歷了痛苦的不眠夜。歐文並不會和亨利警探聊他的私人生活，這是他從他們彼此的交談中聽到的。

過了一會兒，貝利來了。他聞到一陣刮鬍水味，不是機場賣的藍色玻璃瓶裝的運動風清涼薄荷，而是梅菲爾後街老店裡，用棕色瓶裝的那種濃郁、深沉的氣味。他說，「早安，歐文。」但並沒有看著他的眼睛。

偵訊以歐文非常熟悉的方式進行。他清了清喉嚨，從塑膠杯裡啜了一口水，然後把杯子放回桌上。

「所以，歐文。今天是二月二十五號，星期一。距離薩菲爾失蹤已經過了十一天。我們在你臥室牆上發現的血跡——」

「那不是我客戶臥室的牆，」貝利硬生生地插話。他必須不斷糾正這個說法。「這是一堵牆，是一棟房子的一部分，裡面有很多其他人。它不屬於我客戶的臥室。」

「對，抱歉，讓我重新描述。我們在你臥室窗外下方牆面上發現的血跡……至少有一週了。」

「可能更久，」貝利說。這一切都會被記錄，他不能讓他們使用任何可能導致歐文有罪的草率措辭。「正如我的客戶多次提到的那樣，我們不知道那個血跡在那裡多久了。他知道有年輕人經常會在那面牆另一側的空地聚集吸毒。而這個女孩，我們現在知道她與對街那一家人有關聯，她很有可能是自己跑去那塊空地閒晃。她可能是某天晚上嗑藥嗑得太嗨，做了蠢事弄傷了自己。那牆上的血證明不了任何事情。除了證明薩菲爾．麥朵斯過去幾週有出現在我客戶家附近，其他什麼都沒有。」

安潔拉．柯里警探嘆了口氣。「是的，」她說。「的確。但事實仍然是，你臥室窗外下方牆上有薩菲爾的血跡，以及，她失蹤時人在你家附近，光這一點就足以讓我們繼續追查，如果需要，我們會毫不留情。如果我們不這麼做，那就是我們沒有善盡職責。所以，歐文，距離你說你在對街屋外看到她，已經過了十一天。」

「不是她，」他說。「我現在想起來了。我不斷地回想，再回想，我想得越多次，就越覺得那不是她。是個男孩。」

他看到柯里警探和亨利警探重重地吐出一口氣。「根據你之前的陳述，那個人影與失蹤女孩的描述相符。」

「是的，」歐文說，「沒錯。但這並不意味著是她。可能是任何與那女孩描述相符的人。拉上帽子，每個人看起來都一樣。」

柯里警探沒有對此做出回應。她刻意地放慢動作，從她面前桌子上的文件夾裡拿出一疊文件。她故意花了點時間檢視，這純粹是為了製造戲劇性的效果。歐文現在很熟悉這一套了。

「歐文，」她一邊說，一邊給他看文件。「你還記得你告訴我們，你對十幾歲的女孩沒有興趣？」

他的臉泛起紅暈。他有預感有什麼不好的事情將要襲來。他清著嗓子說：「是的。」

「你還記得一個叫潔西卡．比爾的女孩嗎？」

「不記得。」

「這個名字沒有讓你想起什麼？」

「沒有。」他再次說道，語氣更加用力。

「好吧，潔西卡．比爾記得你，歐文。她在——」她引述手中文件的資料，「——二〇一二年時是你的學生。當時她十七歲。她現在二十三歲了，昨天我去見她。我們聊了一下。她告訴我一個令人很擔憂的事件。」

「什麼？抱歉？潔西卡到底是誰？」他瞥了眼文件，但看不出有什麼可以說明眼前到底要發生什麼事情。

「潔西卡．比爾，她聲稱……」柯里警探戲劇性地停頓了一下——她近期內應該與任何奧斯卡獎項無緣，「……你在大學聖誕派對上硬黏在她身邊，你跟她說你上課時一直在觀察她，說她很漂亮。她……很完美。她說你摸了她的臉，還說她的皮膚透亮，還對著她的耳朵吹氣。」

「什麼！不！從來沒有發生過！」

柯里警探拿出一張照片，翻過來給他看。這是一個非常漂亮的混血女孩，有著柔軟的棕色捲髮，有雀斑的鼻子，粉紅色的嘴唇。她看起來有點熟悉。但歐文真的想不起來。她可能曾經是他的學生，可是已經過了六年或甚至更久，這段時間裡他有數百名學生，數百名漂亮女孩。他很可能教過這個女孩，但有一件事是肯定的，他從來沒有，絕對沒有對她說過這些話。

「這是莫須有的事，」他肯定地說。「我也許教過她，我不記得了，但我從來沒有用這種方式和這個女孩或任何女孩說過話。我不會。」

「歐文，二〇一二年聖誕派對的那個晚上，你喝醉了嗎？」

「天啊，我哪會記得。那是七年前！」

「六年多前，更準確地說，歐文。」

「六年、或者七年，隨便，我怎麼可能記得？我不記得這個女孩；我不記得這個派對。」

但歐文確實記得這個派對。他記得很清楚。這個派對是他後來多年沒有參加聖誕派對的原因。那一年，他喝得爛醉如泥。幾個在派對上一直對他很友善的男孩們不斷拿龍舌蘭酒給他喝，房間一度開始旋轉。他記得他站在舞池中央盯著旋轉的迪斯可球，然後意識到整個房間都在旋轉，他在旋轉，他跑到廁所，衝進了一個隔間。幸運的是，沒有人看到這一幕或聽到他的聲音，半小時後他回到派對，臉色發白，渾身濕黏，他立刻打道回府。但沒有發生與女孩之間的那件事。根本沒有。他沒有那樣做。他不會、也沒有那樣做。

「這個女孩說謊，」他說。「不管她是誰。她說謊。跟其他女孩一樣。」

「看起來有點像薩菲爾，不是嗎？」柯里警探說，把照片轉過來朝向自己，做出一副苦惱的表情，好像是她第一次注意到相似之處。

「我不知道，」歐文回答。「我甚至不太知道薩菲爾長什麼樣子。」

「看。」她把一張薩菲爾的照片轉到他面前。

「膚色相似，」他說。「就這樣吧。」

「年齡相仿。而且兩位都很漂亮。」

「喔，看在上帝的份上，」歐文邊說邊把雙手拍在桌上。「我真的不知道這女孩是誰。我以前從沒見過她，也從沒見過另外這個女孩。」他碰觸薩菲爾的照片。「我不喜歡傷害人。也不喜歡接觸人群。我從來沒有為了性而接近女性，這就是為什麼我三十三歲還是個處男。我沒辦法直視她們，女人讓我害怕，女孩讓我害怕。我最不想做的一件事就是在派對上靠近一個漂亮女孩，用言語騷擾她。我不想這麼做，即使我想，我也會怕到不敢這麼做！」

「如果你喝醉了就不一樣，歐文。這似乎是個一致的特徵，不是嗎？這件事——」柯里警探指著潔西卡．比爾的照片，「——發生在派對上，根據潔西卡的說法，你並不清醒。然後是那些指控你性騷擾的大學女孩，發生在另一個舞會上，同樣地，你喝醉了。還有，你在街上謾罵南希．韋德，你故意擋住她的路——」

「那是她如此聲稱，」貝利插話。「我們只有她的說法，記得嗎？」

「好，她聲稱你故意擋住她的路並罵她婊子，那是在情人節的晚上，你自己承認當時你並不清醒。所以我的理論是，歐文，也許你是那種一喝了酒就跟平常不一樣的人之一，在正常情況下，你不會靠近女人或與年輕女孩調情或觸摸她們，也不會騷擾或辱罵只不過在街上路過你身邊的女人，但在喝了幾杯酒後，你的警覺性降低了，完全不同性格的另一面就跑出來了。另一面的你會做的行為，就如你現在所看到的，很令人厭惡，而且絕對有能力將一個年輕女孩從街上帶走並傷害她。現在已經十一天了，歐文，距離情人節那天已經十一天了，時間夠長了。你不覺得嗎？長到讓所有人都飽受煎熬。就當作是給薩菲爾的家人一個答案吧。歐文，請試著回想那個晚上，在你並不清醒的時刻，在你可能表現得不合常理，做出一些你並非出於本意、而是不由自主的舉動的時刻。拜託你，歐文。告訴我們發生了什麼。告訴我們你對薩菲爾．麥朵斯做了什麼。」

「我沒有對薩菲爾．麥朵斯做任何事情。」歐文輕聲說，儘管他這麼說，他察覺到自己模糊的記憶邊緣有個什麼微小卻持續存在的東西在盤旋。像一隻小小的果蠅，繞著他的鼻子打轉。那個戴著帽兜的女孩，她叫他克萊夫。他聽見腳底的摩擦聲。他的腳步聲在迴響，他跟在穿著連帽上衣的女孩後面，在黑暗中呼喚著她，跟著她走進了他的後院。

43

那天一整個早上，凱特因恐懼而感覺渾身冰冷，讓她不時地突然發起抖來。

她沒有清理那個皺巴巴的手提袋和裡面的衣物，就這樣捲起來，塞回洗衣籃後面。

凱特原本應該在月底之前將這本最新版手冊的初稿交給出版商，但她的進度遠遠落後。她坐在筆電前，小心斟酌措辭，寫了一封電郵，解釋說她會晚交。她按下了傳送，跟著嘆了口氣；她很少遲交稿件。可是她現在心煩意亂，根本無法趕工；每次盯著電腦螢幕，她的腦子裡都是一片空白。

相反地，她打開網頁瀏覽器開始搜索「當地性侵害案」。她拿出筆記本，取下原子筆的筆蓋。

這一連串性攻擊事件的第一起，被認為是一月四日在龐德街發生的，犯案的是一名戴著只露出眼睛的頭套帽的男子。

大約在早上十一點三十分，一名二十二歲的年輕女人被穿著黑衣的年輕男子粗暴地碰觸她的胸部，有人走近時，這個年輕人很快地騎著租來的自行車逃走了。

她寫下：一月四日上午十一點三十分。

下一次襲擊發生在三天後。穿著黑衣的年輕人抓住一名六十歲女性的胸部。這次襲擊讓她留下了瘀傷。時間是下午四點左右，地點在休閒中心附近，接近學校。

她把這些訊息寫了下來。

下一次是一月十六日。她和羅恩曾在報紙上看過這一起事件。一名二十三歲的女子被人從身後伸手進衣服裡猥褻，她從未見到襲擊她的男人，但她形容他有洗衣劑的味道，手很小。

她也寫進筆記裡面。

她知道接下來的兩起事件，都在離她們家很近的路上。都在白天。兩者都是抓胸部並造成瘀傷。然後是最近的一次，二月二十四日，黃昏時分，在芬奇利路的另一邊。電影院附近。這是迄今為止最嚴重的一次，受害女子因此受傷住院。

她深吸了一口氣，打開了線上行事曆。她將事件的日期和時間與她自己的活動進行比較，努力尋找兩者間並不相關的證明，要證明這個地區的女性所發生的可怕事情，並不是這間屋子裡的人做的。

她記得她在喬許臥室裡發現的羅恩慢跑服上的氣味：那不是洗衣劑的味道，而是一股酸味，難聞的汗臭味。

她想起羅恩提過的在他診所治療的男孩，那些還未成人的男孩已經幻想著如何傷害女人。

她想起喬許，他的擁抱，他的神祕，他的沉默。

又是一陣顫抖。

但這些衣服不是喬許的，是羅恩的，羅恩也有很多空白的時段。他整天都在外面，無法聯絡。到了晚上，他穿上黑色緊身褲去跑步；有時跑兩個小時，有時更久。他回來時很興奮，雙眼發亮。他有秘密。即使去年沒有外遇，還是有別的事情。還有那張小孩寄來的情人節卡片，卡片和信封的尺寸並不相稱。以及，那個曾經是他的病人的失蹤女孩，她失蹤的那天晚上有人在他們家外面看到她。

這麼多、這麼多不對勁的事。而現在有一個袋子裝著滿是汗臭味的萊卡運動服，還有一頂頭套。

而這些日期，她找不到她的丈夫或兒子不是襲擊者的不在場證明。從行事曆看起來，每一次襲擊的時間，她的丈夫和她的兒子都有可能不在家。她看著時間。已經快十一點了。她想像喬許在學校上課，羅恩在工作。那些地方。那些可能的空檔時間。

她拿起手機，在通訊錄中搜尋伊洛娜，也就是蒂莉媽媽的電話號碼。她的手指懸在通話按鈕上停了片刻，實在沒有勇氣。她改按下簡訊按鈕，開始輸入：**親愛的伊洛娜。希望妳和蒂莉一切都好。只是想找妳聊聊。最近有空喝杯咖啡嗎？再跟我說！**

伊洛娜三十秒後回覆。**當然好。我現在有空，有什麼事嗎？**

她們約在芬奇利路上的咖啡店見面。伊洛娜打扮得很清爽：黑髮向後梳成有型的馬尾辮，披著帶毛皮飾邊的黑色斗篷，穿了黑色牛仔褲和高跟靴。凱特無法理解怎麼有人可以這麼費力地讓自己保持光鮮亮麗。把注意力、時間、金錢花在每一天的精心打扮上面。伊洛娜抱了抱她，一股蜂蜜香氛的餘霧籠罩著她。

「真開心見到妳，凱特，」她用平板的科索沃口音說。「妳的氣色不錯。」

「謝謝妳。」凱特說，雖然她知道自己不太好。

「我幫妳叫杯咖啡。妳想喝什麼？」

凱特沒有力氣爭論應該由誰去買咖啡，所以她只是微笑著說，「小杯美式咖啡，加熱牛奶。」

她坐在扶手椅上，看了一眼手機。有來自喬治雅的訊息。媽？

下一則：媽，我今晚可以做蛋糕嗎？可以幫我買麵粉嗎？還有雞蛋？

兩分鐘後又一則：喔，還有細紅糖。愛妳。

凱特回覆了一個豎起大拇指的表情符號，把手機收了起來。

如果誰在幾年前告訴她，有一天喬治雅會是最不需要她煩心的孩子，她肯定不會相信。

伊洛娜帶著給凱特的美式咖啡和給她自己的薄荷茶回到座位。「所以，」她說，「妳都好嗎？」

「哦，老天，妳知道的，」凱特開始說。「最近發生的這些事實在很戲劇化。妳聽說了嗎？」

伊洛娜熱情地點著頭。「是的，我有聽說。」

凱特突然想到，伊洛娜可能在收到訊息後三十秒內，已經快速地把記事本又翻了一遍。

「所以，怎麼了？」伊洛娜問。

「嗯，妳知道他們已經逮捕了那個人？住在我們對面那個？」

「是的。我有看到新聞。真嚇人。妳覺得呢？是他嗎？」

「嗯，看起來確實如此，不是嗎？不過我有在某篇報導看過，是他跟警方提起有在附近見到薩菲爾。如果真的是他，他為什麼要說？如果他不說，警方永遠不會知道她來過我們街上。他們不會去搜查那個建築工地，也就不會在那裡找到她的手機殼和血跡。這實在有點奇怪。」

「也許他想被抓住？」

「嗯，是吧，有可能。但我還是覺得哪裡不對勁。」

「那麼，妳有什麼想法？」

凱特緊張地笑了。「也沒有。就只是對現在的推論提出疑點。」

伊洛娜敷衍地微笑，顯然想得到更深入的答案。

凱特轉移話題。「對了，蒂莉都好吧。有一段時間沒見到她了。」

「不太好，」伊洛娜說，她的目光落向杯裡的茶葉。「不好。變得很宅，不太喜歡出門。可能是天氣的影響吧。妳知道的，天黑得快。」

「這是什麼時候開始的？」她問。「不想出門？」

「天哪，我不知道。幾週前吧，我猜。過了新年以後。她就只是……」她停頓了一下。「似乎更喜歡待在家裡。」

「會不會是……？」凱特開口，然後停下來尋找合適的詞。「妳覺得有可能跟那天晚上有什麼關係嗎？她離開我們家那一晚。她說有個男人抓住她的手的那個晚上。」

伊洛娜抬頭看著凱特。「我確實這麼想過。」

「結果呢？」

伊洛娜聳了聳肩。「她發誓沒發生任何事。全是她編出來的。」

「不過，這很奇怪，不是嗎？這麼巧？而且現在看起來，今年這一區發生的六起猥褻事件都和她最初所說發生在她身上的情況有些相似？」

「是嗎？」

「對。報紙上有寫。新年以來，已經有六起攻擊事件。襲擊者全都是一名黑衣的年輕男子。過程都涉及粗暴地強行抓取和碰觸。」

伊洛娜顯得些微震驚。

「我的意思是，妳覺得她有任何收回指控的隱情嗎？也許她害怕報警？」

「老實說，我不知道。我的意思是，我們幾乎沒有談論過這件事。我很氣她，因為她撒謊，浪費了每個人的時間。我覺得很丟臉，妳知道的，我是單親媽媽，她的一切舉措都像是在對照出我對她的教養。此外，她很擔心喬治雅、妳和妳們一家人對她的看法。」

「她這麼想？」

「是的。天啊，是的。非常擔心。在喬治雅之前，她從未有過真正的朋友。她崇拜她。我想我們倆都被那天晚上發生的事嚇到了。」

「哦，說真的，別這樣！她真的不需要擔心我們的想法，或者喬治雅的想法。喬治雅是顆頑石，沒有什麼能動搖她，皮厚得很。妳務必轉告蒂莉，無論那天晚上發生了什麼，不管是不是真的，她都可以如實地告訴喬治雅。喬治雅永遠不會因此評斷她。我們家裡沒有人會這麼做。我保證。」

伊洛娜微笑著把手覆在凱特手上。細細的手腕上戴著一條沉重的金鍊子；她的指甲塗成了灰褐色。「謝謝妳，凱特，」她說。「太感謝妳了。今晚我會和她談談，看看她是否有什麼沒有告訴我的。妳人真的很好，這麼關心這件事。」

凱特緊張地微笑。她並不是出於好心。她是出於絕望和恐懼。

她走回家，經過超市時在那裡買了喬治雅列的清單上用來烘焙蛋糕的所有原料。收銀台結帳時，她再次望了眼對街的地鐵站入口，下意識地尋找著自己的丈夫，彷彿兩週前他出現在那裡的身影還會再度重播。

她繞路回家，走過幾個新聞裡提到的地方，警方在電影院旁房仲公司的後門周圍拉了封鎖線，一輛警車仍然停在外面的街道上。接著是通往下一條路的小路轉角，她有時會去寄信的地方。她並不清楚這次襲擊的確切位置，但看著這裡好幾處安全死角，任何人都可以很輕易地在完全沒人看到的情況下強行拉走一個女人，這讓她不寒而慄。

接著她快步走向回家的方向，全身神經緊繃，呼吸變得急促。當她轉過街角走進她住的那條街時，她看到有人靠在她家外面的牆上。是一個年輕人，身材很好。他穿著一件灰色外套，裡面是一件鮮綠色的連帽上衣。當她走近時，她發現他是混血兒，長得很好看。他看到凱特轉進街上，站直了身子，對她說，「嗨，妳住在這裡嗎？」

「是的，」她回答，考慮到剛剛正在思考的事情，她以為她應該會很緊張，但實際上她沒有。「有什麼事嗎？」

「我……我在想。我也不知道。我的侄女，薩菲爾。我想她來過這裡。妳知道這件事嗎？薩菲爾．麥朵斯？她失蹤了……我……」他一邊說一邊搓著下巴，好像在試著拼湊出正確的詞。

「你是薩菲爾的叔叔？」她問。

「是的。我是亞倫．麥朵斯。妳是福斯夫人嗎？」

「是的。」

「羅恩．福斯的妻子？」

她點點頭。

「我能問妳幾個問題嗎？」

她知道她應該說不。她應該說我已經把所有需要交代的事情都告訴警方了，然後請他離開。但是他的肢體語言顯示還有什麼事情困擾著他，不僅僅是他侄女失蹤帶來的痛苦。

她說，「什麼樣的問題？」

「我發現了一些東西，」他說。「在她的房間裡。我知道我應該把它交給警察。但我只是想先和妳確認一下。因為……我不確定。這實在沒什麼道理。我們可以進去談嗎？」

她看著對街歐文．皮克的住處。沒有任何動靜。她抬頭看了看附近鄰居的窗戶。「當然，」她說。「好的。進來吧。」

亞倫．麥朵斯穿著灰色外套在她的廚房裡坐了一會兒，凱特對他說，「來吧，我幫你把外套掛起來。」

「謝謝，太好了。麻煩妳。」

外套下的連帽衫上印著漫威標誌和蜘蛛人的劇照。這莫名地讓她感到安心。

「你想喝點什麼？茶？冰的飲料？」

「水就好。謝謝。」

她倒了一杯水，放在他面前。

他清了清嗓子，尷尬地笑了笑。

「嗯，」他開始說，「我見過妳丈夫，在薩菲爾開始療程之前，大概是二〇一四年了。

他是個好人。」

「是的，」她同意。「他是的。他是一位出色的臨床心理醫生。」

「我對他很有信心。妳懂吧，像那樣的小女孩，嗯，因為發生了一些很不好的事情，一些真的無法面對的事情，不斷地傷害自己。而他會陪著她說話，讓她有安全感，讓她不再傷害自己。」

「她會自殘？」

她其實已經知道這件事，不是羅恩跟她說的，而是因為一年前她偷偷登入他的工作帳戶，看了那些報告。

「是的。從她十歲開始。情況很糟。傷疤不斷。比方，在這邊。」他比著身上慢跑褲的褲管底端。「但是妳的丈夫，他治好了她。非常驚人。然後現在，我們知道她失蹤的時候人在這裡，妳懂吧，就在他家外面。」他搖著頭。「很不真實。這不可能只是巧合，不是嗎？而且，聽著，我知道——」他伸出手，攤開手掌，「——我知道這與他無關，我知道那天晚上妳們出門了，我知道他和妳在一起。但這還是很奇怪，我無法停止思考，這件事一直在我腦袋裡打轉。因為據我所知，在她停止與他的診療後，她再也沒有見過他。我甚至不明白她怎麼知道他住在哪裡。這讓我很困擾。她怎麼知道他住在哪裡？」

他提出的這個問題懸在他們兩人之間。

「嗯，也許是之前在他辦公室裡看到過……？」

亞倫點點頭說，「是的，可能是這樣。也許是我想太多。還有那個人。」他指著身後的街道。「他們認為綁架了她的那個人。」他的聲音在說話時微微顫抖。「妳對他有什麼了解？

妳認識他嗎？」

她搖頭。「不。我們都只是在街上擦肩而過。甚至不打招呼。幾週前，他有和我丈夫說過話；他喝醉了，問我丈夫是否已婚。挺詭異的。不過現在我們知道他的上網習慣……」

「是的，」亞倫說。「真是病態。我完全不了解那些，什麼非自願獨身者的論調之類的。上帝啊。真是可悲，可悲的男人。」

「所謂的『有毒的男子氣概』吧，」她說。「無所不在。」

他點點頭，但接著說，「在我們家裡，沒有這種事。我只是想說清楚。薩菲爾和兩個男人住在一間公寓裡，他們都是好人，非常尊重女性。我想讓妳知道這一點，不管發生了什麼事，我很清楚她並不是為了試圖擺脫這個家。她的家很好。真的很好。」

凱特點頭。她完全相信這個男人，和他說的每一句話。「我聽說你父親去世了？」

「是啊。」他的目光落在水杯上。「去年十月。她調適得很不好。滴水不進，也不想學習。我有向她提議再回來看福斯醫生，我可以幫她預約。但她說她很好。我請了學校輔導室老師來和她談談，也沒有太大幫助。一直到了十一月初，她突然想開了。開始吃飯、回去上課。我們共度了美好的聖誕節，像一個真正的家庭那樣，大家聚在一起。但是，聖誕節過後，她又變得有點……心神不寧。」

「是什麼狀況？」

「不常待在家裡。成天跑去待在她最好的朋友家，或者沒事就說要出去『到處晃晃』。經常在外面過夜。我只是以為，妳知道，她已經十七歲了，她很快就會長大，我猜她正試著展翅高飛。以她的年齡來說，她對這方面是真的很缺乏經驗，她從來沒有真正的社交生活，不參加派對，不交男朋友，不出去玩，什麼都沒有。所以我想，好吧，很好，是時候讓她自由地去闖一闖了。接著……」

她看到他眼裡泛起一層淚水，有一種本能地想要碰觸他的衝動，但她忍了下來。他把手背擦過眼角，露出微笑。「總之，是的，就是這類問題依舊讓我想不透。我開始瀏覽她的物品。老實說，也沒有幾件。警方仍然扣留著她的筆電，但我想他們沒有在裡面找到任何線索；不然早就提出來了。每天晚上下班後，我就坐在她的房間裡，翻著她的東西，尋找著任何可以解釋發生在她身上的事情的蛛絲馬跡。她為什麼出現在這裡，她在做什麼。然後昨晚，我在一件舊慢跑褲的口袋裡發現了這個……」

他把手伸進口袋，拿出一張折疊的紙。他攤開它，把它推過桌面遞向凱特。

她讀著上面寫的字，感覺全身血液彷彿瞬間凝成了黑色血塊。

44 薩菲爾

學校在一月七日重新開學，我又變回了「另一個」薩菲爾・麥朵斯，每天早上乾淨清爽地出現在教室裡，頭髮整齊地紮在腦後，塗著睫毛膏，上了唇彩。倒不是我很想打扮，而是如果我看起來沒精神，人們就會擔心，他們會問我問題，輔導室的女士會拉我進她的辦公室，期待我告訴她我怎麼了。所以我好好地做功課，和朋友閒聊八卦。我對男孩微笑，但與他們保持一定距離。就像超人，我有兩個不同的角色。白天，我是薩菲爾・麥朵斯，個性冷漠但受歡迎，舉措得宜的好學生。晚上，我是夜行動物，就像狐狸一樣，我的超能力是隱形。在學校的操場上，或者在六年級的公共休息區裡，所有目光都在我身上，但到了晚上，我不存在，我是隱形女孩。

與哈里森的偶遇帶來了許多層面的影響。我的名字在他唇邊響起，是當我還是個孩子時，他對我做了那件事情時，他舔過的嘴唇。他現在的體型不再是個孩子，而是一個男人，一個大人。他一身黑衣在夜裡出沒。我想到他就在那裡，能夠隨意來去，為所欲為。這才是我轉變的真正源頭，讓我從自殘轉向了想傷害哈里森的念頭。我覺得我們位處同一塊地、佔據了同樣的地盤。我們是隱形的，但我們都看得見對方，就像兩隻狐狸在昏暗路燈下對峙。我想著，我不想再因為這個人對我的所作所為而傷害自己了。我想著，我想傷害他。

現在，無論我走到哪裡，我都在尋找他。

我知道我們再次相遇只是時間問題。

一月中旬。酷寒。我還是睡在羅恩家對街空地，那裡現在感覺像是我的專屬用地。我很少睡著，一旦想睡，就會立刻陷入深沉睡眠，通常是十分鐘，有時可能長達半小時。聲音會讓我醒來。任何聲音。但這個聲音並沒有吵醒我。一個年輕人在凌晨兩點進入空地，坐在工程車後面，就在我和我的小露宿營地看得見的地方。

他不知道我在那裡。我也不知道他在那裡。直到我醒過來，發出伴隨著清醒而來突然大口吸氣的聲音，我坐了起來。抬起頭，看到一張臉，那是一張我認識的臉。

「喔，我他媽的老天啊。」男孩拍著自己的胸口。「什麼鬼？」

我說，「喬許？」

他說話。「對。見鬼了。妳怎麼知道我的名字？」

我才剛睡醒，腦袋還沒能恢復正常運作，我說，「我認識你爸爸。」我把睡袋拉高到身邊，很冷。

「妳怎麼會認識我爸？」

「我是他的病人。」

「是喔，」他說。「真的？」

「是的，」我說。「之前。」

「妳為什麼睡在這裡？」喬許說。

「這說來話長。」我說。

「妳無家可歸嗎？」

「不。我有一個家。」

「所以為什麼……？這和我爸有關嗎？」

該從哪裡開始說呢？我毫無頭緒。

「是吧，」我開始說。「算是啦。或者至少，一開始是因為你爸爸。不過現在則是因為很多其他原因。我只是喜歡待在戶外；頭上有屋頂讓我感覺無法呼吸。」

「妳有幽閉恐懼症？」

「是的。也許是這樣。但僅限於晚上發作。」

「妳每晚都睡在這裡嗎？」

「對。我確實是。」

「那麼，那天是妳嗎？」喬許說，「除夕夜的時候？」

「是的，」我說。「我在這裡。我躲起來了。藏在那邊的角落。」

我不知道是什麼讓我對他的問題來者不拒。他身上有某種東西，某種純潔的、未受污染的特質。我看著他，我想他能夠理解我。

「所以妳有聽到我們的談話？」

「對。你和你的朋友打算拿下面具還什麼的。」

「哈。是的。沒錯。我想我們可能有點在浪費自己的時間。」

「我以為你們正在計劃學校槍擊事件。」

「呃，」喬許苦笑著說，「不是。」

「好吧。那麼，你們在說什麼？」

「在說我們應該要試著改變。妳知道的，不再默默無聞。而是讓我們自己變得『重要』。」

「去他的，」我說。「我是認真的。別鬧了。不要被看見，隱身起來。那才是你們該做的事。」

我們沉默了一會兒，然後喬許繞過工程車坐到我身邊。

「所以，我爸爸？他有幫助嗎？我的意思是，他是一個好的諮商師嗎？」

我聳了聳肩。「某方面，是的。其他部分，沒用。比方，我很喜歡我們的療程，他確實阻止了我繼續自殘。但還是有些問題在那裡。在我身體裡面。它仍然存在。」

「它？像什麼？」

「就像癌症一樣。他治好了外在的徵狀，但沒移走那顆腫瘤。」

「這太糟糕了，」喬許說。然後他說，「我恨我爸爸。」

他的話打斷了我原本的思路。「真的？為什麼？」

「因為他有外遇。」

「哇喔。你怎麼知道？」

「我見過。他很招搖。我媽媽太軟弱了，對眼前正在發生的事視而不見。他們去年差點離婚，我想也是因為外遇。」

「你說你見過是什麼意思？」

「我的意思是，我見過他，跟一個女孩在一起。我看到他做的很多事，比方撫摸她的頭髮之類的。他甚至沒有試圖隱藏這段關係。這實在是……我媽媽是全世界最好的人。她的個性溫和、喜歡照顧人又善良；她願意為任何人做任何事。而他表現得像是他可以在外面到處風流。回到家，她還是會為他準備一頓美味的晚餐，聽著他抱怨他的工作壓力有多大。我真的很好奇，她是如何能日復一日像那樣地對待另一個人，當他的工作就是在照顧他人，傾聽他們的心理問題，試著陪伴並治癒他們。這真的讓我想吐。」

我有很多話想說。但我只是把雙手夾在膝間試著暖和它們，保持著沉默。

「這是我今年想要改變的事情之一。就像我在除夕夜所說的那樣。我不再當好好先生。」

「你會怎麼做？」

他的頭垂了下來。他說，「我不知道。」

「她叫艾麗西亞．瑪瑟斯。」我說。

他猛然抬頭。「什麼？」

「和你爸爸外遇的女人。她的名字是艾麗西亞．瑪瑟斯。我知道她住在哪裡。」

他眨了眨眼。「妳怎麼知道？」

「我也一直在觀察。我有見過他們。他是在工作中認識她的。她是個心理學家，和他一樣。他們在夏天開始約會，聖誕節前夕在一家旅館過夜。她住在威爾斯登格林區。她二十九歲，有兩個學士學位和一個博士。她很聰明。」

他有一陣子沒說話。然後他用那雙眼睛看著我，和羅恩很像的雙眼，開口說，「妳到底誰？妳是真人嗎？」

我笑了。

「妳很漂亮。」他說。

我說，「謝謝你。」

「我是在做夢嗎?我不明白。我實在想不通。」

「我們以前見過面。」

他說，「什麼?什麼時候?」

「去年。你去道場上過幾堂初級班，我在更衣室和你說話。記得嗎?」

「是的，」他說。「是的。我記得。那時妳有一頭粉紅色的頭髮。對嗎?」

「對，那個就是我。」

「妳知道我是誰?那時候就知道?」

「是的。是啊，我知道。」

「這就是妳跟我說話的原因?」

「對。」

「我那時候很難為情。妳長得太漂亮了。」

「嗯哼，你可以不用一直提起這一點。」

「對不起。」

我笑了。其實我不介意。這男孩真的很單純。「沒關係，」我說，「我只是在開玩笑。

你後來為什麼不去了?道場?」

他說，「我沒有不去。我還是有去上課。只是改變了上課時間。現在上的是週五的班級。」

「你練得好嗎？」

他說，「嗯哼。綠帶。所以，妳懂的，進步中。」

「還記得你告訴我你想保護自己嗎？這是你上課的原因？你說你被搶劫了？」

他點了點頭。

「發生了什麼事？」

他把手伸進口袋，拿出一個小袋子。說話時，他在大腿上解開袋子上的結。

「那傢伙，」他說，從一個紙包裡拿出一張捲菸紙。「跑到我身後。上個夏天。就在那裡。」他指了指山坡下。「用他的手臂扣著我的喉嚨，勒得很緊。他邊說，你身上有什麼？邊用手搜遍我每個口袋。我試圖推開他，但他說，我手上有刀。聽懂吧？然後他拿走了我的手機、我的耳機和我的現金卡，接著用力把我推開，我差點整個人撲在地上，趕緊扶著牆壁避免摔倒。他就這樣跑了。我站在那裡，心臟狂跳。怎麼說呢，就像是發生了很可怕、很可怕的事，而我什麼也沒做。就只是站在那裡，讓他拿走我的東西。那些我媽媽和爸爸辛苦工作買給我的東西。他無權這麼做。這讓我非常憤怒。如果現在看到他，我覺得我會殺了他。」

他的話對我造成了衝擊。我深吸了一口氣。「我知道你的感受。」

然後——多奇怪啊，大家花錢請羅恩治療我，三年多來，在他位於波特曼的溫馨診間裡經歷了無數小時的談話、諮商、詢問，卻從沒能吐出真正重要的那件事？——如今我終於能夠開口說出有關哈里森．強生的事。

「類似的事情也發生在我身上，」我說。「有人拿走了我身上的某個東西。而我無能為力。」

「怎麼回事?」

我沉默了好一陣子。然後開口。

「我十歲的時候，比我高一年級的一個男生性侵了我。他是全年級最高的男孩。兩個妹妹都跟他上同一間學校，他很保護她們。他很調皮，但老師們都喜歡他。他對我特別好。下課時間打躲避球時，他會告訴其他六年級的學生別擋我的路，讓我丟球。他會對我做出像是：別擔心，我會照顧妳的表情。他讓我覺得自己很特別。然後有一天……」我短暫地停頓，整理著激動的情緒。「有一天，他招手叫我去操場邊通常用來辦聚會活動的一塊小區域，其他人都在教室裡或其他別的地方，他說，妳想看神奇的魔法嗎?我說，好，我要看，我跟著他進去，他說，妳得蹲下來，像這樣，他蹲下來給我看，我照他說的做了，我期待地看著他，看!我蹲好囉!快讓我看魔法!然後他……一切都發生得太快了。他用手指插入我體內，很痛，真的很痛，我說，哦!他說，不要緊的，只有第一次會痛，接下來就會有魔法了。他撫摸著我的頭髮，把手指抽出來給我看，他微笑著說，下次的感覺就會好一點了。我保證。」

就像是一條緊束在我身上的皮帶，我每說一個字，它就鬆開一些。當我全部說出來的時候，我覺得我可以呼吸了。儘管我的眼睛裡充滿了淚水，我的頭因那個等待著從未出現的魔法的小女孩的悲傷而疼痛，但我可以呼吸了。我曾三度讓他這樣對我。過完暑假後，哈里森離開了，我再也沒有見過他。但他存在我的腦海裡，在我的身體、我的骨髓、我的呼吸、我的血液裡，他無處不在。他留在那裡。我的腫瘤。

喬許舔了舔捲菸紙將它粘住，扭轉了前端，塞進一小坨菸草。他把手伸回外套口袋，拿出一個打火機。

「真是個混蛋，」他說。「這太變態了。真的很變態。」

「是的。的確是。猜猜怎麼了？前幾天我見到他。我看到那個對我這樣做的男孩。」

「天哪，」喬許說。「靠。在哪裡？」

「那裡。」我指了指山坡下。「他從芬奇利路走上來。而我要下去。他叫了我的名字。他認出了我，他叫了我的名字，感覺就像……就像我又回到了那個操場。就像他以某種方式有權對我這麼做，有權操縱我，我的身體、我的名字。你懂嗎？有一兩天我覺得自己在崩潰，就像我好不容易爬到山頂，突然又失去了立足點，開始向後滑，我試圖尋找可以攀附的東西好阻止這一切，但什麼也沒有。然後，我找到了。」

喬許睜大眼睛看著我，打火機發出的橙色火焰照亮了他的臉。「是什麼？」

「我要報仇。我決定報復他。」

「我的天啊。妳做了什麼？」

「沒有。還沒有。但我只知道這是唯一的方法。讓他永遠脫離我的身體的唯一方法。我需要傷害他。」

喬許把捲菸湊到嘴邊吸了一口。他瞇起眼睛，點了點頭。「妳確實應該這麼做。」他說。

我飛快地看了他一眼。我只是把一些深藏在內心深處的想法化為語言，其實直到我說出口前，我都還不知道那到底意味著什麼。我需要知道別人是怎麼看待這個想法的。

「你這麼認為？」

「是的。完全贊成。他可能直到現在都還在傷害別人。如果他在十一歲的時候就這樣做，而且僥倖逃脫，可以預期……」

我又看了看喬許。他把菸遞過來。我搖搖頭。

然後我們同時聽到灌木叢傳來一陣聲響，出現了兩個琥珀色的光點，還有紅色毛皮的閃爍微光，空中冒出了一個鼻頭。我把手伸進背包外面的口袋，裡面裝著我隨身攜帶的零食。我對著狐狸打開包裝，他走過來了。

我把零食放在我們周圍，看著他依次咬起每一個，完全沒看我們。

「我想幫妳，」喬許說。「幫妳報仇。拜託。我可以幫妳嗎？」

狐狸蹲坐下來，期待地看著我的背包。牠吐著舌頭，舔了舔嘴唇。

我看著喬許。

我說，「好。麻煩你。」

45

「他們能把我留在這裡多久？」

貝利從他的公事包裡拿出一些文件。「他們現在已經起訴你了，他們想留你多久都可以。」

「但他們沒有找到任何新的證據。我的意思是，他們不能只靠這麼少的證據就把這個案子送上法庭。」

「是不能。但他們可以繼續嘗試，相信我，真的，歐文，他們正在挖掘你生活的每個環節、每條線索，直到他們找到想找的東西。與此同時，他們會一直把你帶回那個房間，不斷問你問題，問到你崩潰為止。」

「崩潰？」歐文難以置信地說。「但我不會崩潰。我怎麼會因為我沒做過的事而**崩潰**？」

在他說出這句話的同時，他腦中落下了一道疑惑的帷幕。他的思緒不斷將他帶回那個他甚至不確定是否真的有發生過的時刻，他看到對街那個人影的那一刻。就在他以為自己轉身進屋睡覺之前。

因為他其實不記得自己有轉身回到屋裡。

今天早上的偵訊之後，歐文開始回想他這輩子曾出去喝酒的每個夜晚，意識到通常他所能記得的往往只有些閃過的片段，中間的事都不記得了。

他不記得怎麼回到家的。他不記得自己有把衣服脫下摺好。他不記得那一年他去歡送會喝完酒回家後，出現在他口袋裡的那個「比爾」的電話是哪裡來的。他不記得有買過現在臥室地板上手提袋裡的那瓶威士忌，上面還附了收據，詳細記載他的信用卡資料，證明他確實去過那一家分店，並親自完成了整筆交易。他也不記得有在舞池裡撫摸女孩的頭髮，或把汗水灑到她們身上。

他根本不記得有對一個肌膚柔軟的名叫潔西卡的女孩說她很漂亮。而且他絕對不記得情人節那天晚上是怎麼上床睡覺的。他只知道他在床上醒來時還穿著襯衫和一隻襪子。他知道他睡到很晚。他知道自己宿醉。他記得那個罵他噁心的女人，牽著白狗的男人，他也記得那個穿連帽上衣的女孩。至於其他，他全都想不起來。

有個畫面不停地在他的腦海中閃現：一個人影從他家門外經過他身邊，朝屋後走去。有可能是她，那個穿連帽上衣的女孩。也可能是其他人。或者它可能只是他想像出來的一個荒謬畫面，是他的心為了對應他在現在這個處境下所受的創傷，自行召喚出來的東西。就像過去也曾讀過這樣的報導，人們會承認他們沒有做過的事情。這是怎麼發生的？他很好奇。是你自己的大腦對自己這麼做的嗎？在大腦裡植入某種記憶，像個銅箍一樣地控制了你的想法？

他低頭看著自己的雙手。看起來很陌生，彷彿是別人的手接在他的手臂上。他開始不知道自己是誰、應該是誰、打算做什麼或他曾經是誰。他試圖讓自己回到和迪安娜在一起的那間義大利餐廳，試圖將她那天晚上望著他的表情深深地印在腦海裡，而不是柯里警探在偵訊室裡看著他的神情。如果他能堅持住這一點，也許這場惡夢就會結束。

貝利摸著他那條真絲寬領帶說，「有個女孩失蹤了。你是他們僅有的線索。而且對他們來說，押寶在你身上看起來也頗有機會。在現在這個時間點，你到底有沒有做過這件事無關緊要。除非他們不得不讓你離開，他們不會放你走的。」

「不是我，你很清楚。」

貝利沒有回答。

「不是我做的。」

貝利瞇起眼睛看著歐文。「什麼？」他說。「什麼事不是你做的？」

「傷害那個女孩。我沒有傷害那個女孩。」

貝利有一陣子沒說話。然後他全神貫注地直盯著歐文的眼睛，他說，「好吧，歐文，現在是你證明這一點的時候了。請證明這一點，歐文。告訴我一些明確的證據，能讓你離開這裡的資訊。拜託。為了我們兩個好。」

「好了，」柯里警探說，由於調查沒有太大進展，她的臉沒有像之前那樣意氣風發。「歐文。拜託，我知道這些我們都已經從頭走過一遍了，但還是值得再試一次。我們談得越多，你回想起某些事的機會就越大。請再告訴我們二月十四日晚上發生了什麼事。」

歐文大聲吐氣。他沒辦法再來一次，他就是沒辦法。「布林那件事如何，」他說。「妳們還是沒找到他嗎？」

她對著他詭異地笑了笑。「不，」她說。「還沒有。」

「好吧，我希望你們趕緊找到他。應該坐在這裡是他。不是我。他才是那個神經病。性變態。他現在可能正在外面強姦女性，而妳卻坐在這裡一遍又一遍、一遍又一遍地問我同樣的問題。」

柯里警探停頓了一會兒。她瞇著眼睛看著歐文，然後說，「好吧，歐文。那麼，請你告訴我們關於這位『布林』的線索，讓我們可以找到他，隨時候教。麻煩你了。」她靠向椅背，冷冷地打量著他。

歐文嘆了口氣。他揉了揉自己的臉，試著回想任何布林曾經洩漏過自己是誰的細節。他回想他看過的第一篇部落格文章。布林在下雪天坐在那間酒館裡，觀察著周遭的渣男們和史黛西們。他絞盡腦汁努力回想。在風雪中，那間酒吧看起來像是狄更斯小說裡的場景，老舊燈具在雪中透著光芒，以及以前用來拴馬的棧道。酒館在裝潢後改過名字，在此之前的名字是……

獵人酒館。

他緊抓住桌子邊緣說。「他住的小鎮有一間餐酒館。一間新開的餐酒館。原本的名字是獵人酒館。看起來很普通。對面有個池塘，裡面有鴨子。那裡是他的地盤。他是那裡的常客。如果你找到那間酒館，就可以找到他。他有一頭捲髮，長得很矮。他穿的藍色夾克前面有塊污漬。隨便問店裡任何一個人應該都知道他是誰。他很容易辨認。」

他看到柯里警探微微翻著白眼。她沒想到他會給出有用的資訊，而歐文居然想出來了，這讓她有點火。

「我們會去調查的，歐文。交給我們吧。但是，歐文，即使我們真的找到了這位『布林』——他已經刪除了他的部落格，他也刪除他在你說他常常造訪的論壇上的所有足跡——所以即使我們找到他，問他關於迷姦藥的事情，你覺得他會怎麼回答？你認為他有可能照你所說的那樣說嗎？說他是在沒有你同意的情況下把藥塞給你？而你無意使用這個藥？歐文，如果這個人真的存在，而我們找到了他，他一定會否認他認識你。」

「但是他有留下指紋。就在罐子上。妳有問過那間酒吧？尤斯頓車站那間？妳有要他們給妳看監視器的錄影嗎？那天晚上的影片？那可以證明他認識我。而且也可能可以證明藥是他給我的。」

「是的，但你可能沒搞清楚，歐文，這些都不會有什麼不同。現在的事實是，你的臥室裡藏著約會強姦藥物，坦白說，我們真的不在乎你從哪裡取得這些藥或你拿這些藥的目的是什麼。如果你想向我們證明你沒有綁架薩菲爾．麥朵斯，也沒有在二月十四日晚上傷害了她，恐怕你得試試別的方法。」

歐文瞥見貝利正在看著他，臉上的表情在說，「就跟你說了吧。」

他深吸一口氣，眨了眨眼。他直視著柯里警探，「請告訴我，妳認為薩菲爾發生了什麼事？我真的很想知道。妳覺得我對她做了什麼？我是怎麼把這個女孩，這個算高大的女孩帶到妳覺得我把她帶去的地方？我，自己一個人。我是如何在午夜拖著她穿過漢普斯特德的街道而沒被發現？在情人節晚上，滿街都是人的時候？我沒有車。我也沒有特別強壯。我真的很希望妳和我分享妳的理論。因為老實說，在我看來，妳現在是窮途末路沒其他辦法了而已。」

柯里警探抿了抿嘴唇。「歐文，」她說。「警方正在做我們該做的工作，運用各種調查途徑。相信我們。我們對薩菲爾發生的事情有很多理論，而我可以向你保證，如果我們沒有強而有力的理由證明你知道薩菲爾發生了什麼事，我們不會花上納稅人幾千英鎊的錢，把你留在這裡。所以，歐文，再一次，從頭開始，請把你記得二月十四日晚上發生的所有事情都告訴我們。就從你離開家去考文特花園一家餐館見一位名叫迪安娜·沃斯的女人開始。」

歐文垂下頭去。然後抬起頭，開口說，「下午六點左右。我出門，沿著下坡路走到芬奇利路地鐵站。」

46

凱特坐著等羅恩回家。亞倫留下的那張紙擺在她面前。她不太確定他為什麼不直接交給警方。她感覺他似乎對羅恩有某種錯誤的過度信任，反而希望她能給他一個合理的解釋。

她把這張紙和她之前從筆記本上撕下來的那張並排放著。目光在兩張紙間來回掃視，既看到了相似之處，也看到了很大的不同。當她把紙張整平時，她的手微微顫抖著。

她看了一眼廚房的時鐘。七點十八分。他在哪裡？

她現在近乎百分之百確定，幾乎可以肯定發生了難以置信的事。她兒子下午放學回來擁抱她時，她感覺自己有點退卻。

「媽媽，妳還好嗎？」他問，藍色眼眸中滿是關切。

「還好。只是有點不舒服，我不想傳染給你。」

他拿著一份《地鐵報》。他在她面前揮了揮那份報紙，指著標題。「妳看，」他說，「他們還沒查出來薩菲爾發生了什麼事。」

凱特注意到，他唸薩菲爾名字的方式有種奇特的親密感。

「你見過她嗎？」她故作平常地問。

「誰？」

「薩菲爾。你見過她嗎？我的意思是，她住在你放學回家的路上。而且顯然她在你去的那個道場上過課。你有可能見過她嗎？」

他搖了搖頭。他說，「沒有。完全沒印象。」然後他問，「晚餐吃什麼？」

她再次看了看她面前那張紙。那張寫有她兒子名字的紙。在薩菲爾的慢跑褲口袋裡找到的。不僅是她兒子的名字，還有這個區域從新年以來所有發生猥褻案的日期和地點。和她自己那張紙上整理出來的日期一樣。但有個區別：薩菲爾的清單裡包括了一月二十一日。沒有報紙報導這天有發生性攻擊案件。但根據凱特的日記，一月二十一日正是蒂莉聲稱在她們家外面遭到襲擊的日子。

在日期下方，有幾個用簡潔的草書看似隨機寫下的名字。

克萊夫。

羅恩。

喬許。

艾麗西亞。

「我只是想，」亞倫這麼說，「也許這有什麼意義。我在報紙上看到妳有個兒子叫喬許。我的意思是，我知道這是一個常見的名字。但是，可以請妳問問妳兒子嗎？問他知不知道這是什麼意思？問他是否認識她？」

這些日期馬上讓她有所聯想。她說，「當然，我會問他的，」她努力克制自己聲音裡的激動。他一走，她就從記事本上撕下她寫筆記的那一頁，比較著兩張紙上的日期。她緊張地將手摀著喉嚨那裡。

她直接走進喬許的臥室，從他的衣櫃裡拿出洗衣籃。那個提袋不見了。她從書架上拿起喬許的教科書，瘋狂地翻著，不知道自己在找什麼。克萊夫和艾麗西亞是誰？為什麼薩菲爾要把羅恩和喬許的名字寫在紙上，上面還寫著性攻擊案件的日期？**薩菲爾失蹤的那天晚上為什麼會出現在她們家外面？**

她沒有在兒子的臥室裡找到任何東西。他電腦的瀏覽紀錄也沒什麼特別的。喬治雅放學後先到家，直接回房間脫掉制服，在慢跑褲和運動衣外繫上圍裙，在廚房裡立起了iPad，開了食譜，開始烘焙。凱特心不在焉地繞著她打轉，把清理好的餐具放進洗碗機，一邊聽著她女兒高分貝的獨白，偶爾插幾句話。喬治雅絮絮叨唸著她要怎麼裝飾她整修好的舊家裡的臥室，也許該用深色調，暗一些、深一點的顏色，甚至直接用黑色，或者接近黑色，再不就是完全相反，來個乳白色，像她現在的臥室那樣，但深色比較自在，不是嗎？

一個小時後，喬許回到家，和凱特打了招呼後就直接回自己的房間。

烤好的蛋糕被擺在桌面上，抹上了巧克力奶油，撒上了薄薄的碎巧克力片。喬治雅幫自己切了一片，露出了香草蛋糕體的切面。

烤箱裡正在烤義大利麵。那味道讓凱特覺得有點不舒服。

她又看了一眼時鐘。

七點三十一分。

「媽媽！」喬治雅叫她。「晚餐什麼時候會好？」

「很快，」她回答。「等爸爸回來！」

她心不在焉地擺好桌子，把沙拉的蔬菜倒進碗裡，並把長棍麵包切成一片一片。必要時他們就先開動，不等羅恩了。

但一分鐘後，她聽到了關門聲，羅恩神采奕奕地出現在廚房裡，身上散發出激烈運動後的熱氣。

「哦，」她說，「你去跑步？」

「對，下班後直接從辦公室跑回來。」當他脫下手套、圍巾和無邊便帽時，他仍然氣喘吁吁。「突然想跑一跑發洩一下。我一路跑到市中心又跑回來。我經過了一個地方。」他拉開拉鍊脫下夾克。「就在另一頭。真是奇怪的地方，有點像007電影裡面的場景：成排獨棟平房，專屬人行道，就隱藏在樹叢後方。」他把夾克掛在廚房椅子的靠背上。「總之，我上網查了一下，顯然這是國會有史以來建造過最昂貴的建築的遺址！一九七〇年代工黨政府失敗的社會主義實驗計畫。當然，現在都變私人財產了——值錢得要命。但老實說，那裡感覺很詭異。很未來感的風格，有點像科幻片……」

羅恩滔滔不絕地說著，凱特大概知道他在說那裡，她有點想要回應，想跟他說，對，是的，我也有看到那個地方！但是她的話卡在喉嚨裡面，因為當他說話時，她忍不住注意到了她丈夫身體的輪廓，萊卡運動服緊貼他長而有力的手臂，還有袖子上從手腕延伸到肩膀的螢光橙色圖案。

「你在哪裡找到那件上衣的？」她打斷了他。

「什麼？」

「你身上那一件啊，你在哪裡找到的？」

「不知道。抽屜裡吧，我想想……為什麼這樣問？」

「我以為……」

「怎麼了？」

「沒事。只是之前我一直找不到這件衣服。」

不知何時，藏在喬許衣櫃後方的那件運動上衣已經被清洗乾淨，放回羅恩的抽屜裡。

羅恩聳了聳肩。「我要去洗澡了，」他說。「晚餐吃什麼？」

「焗烤義大利麵，」凱特說，她莫名地拉高了說話的音頻。「還有沙拉。」

47
薩菲爾

喬許問我哈里森．強生長什麼模樣，於是我上網搜尋給他看。輸入的時候我的手顫抖著。無法忍受萬一查出比如他有個小孩，成了好人好事代表，或者很聰明之類的資訊。我很怕他會做了些什麼足以自我救贖的事情，削減了我的復仇之火，那是當時的我唯一能真實感受到的情緒；是這份心情支持著我每天早上起床，去上學，讓我願意吃飯，繼續呼吸。

我屏住呼吸，按下了搜尋鍵。

然後他出現了：他的臉，壓扁的鼻子，濃密的眉毛，擺出某種愚蠢的幫派姿勢。根據下面的文章，他是一個社區音樂推廣計畫的成員；跟他就讀的大學有關。

我把手機轉向喬許。「就是他。」

「那是哈里森？」

「是的。」

「看起來像魯蛇。」

「對，」我同意。「超級魯蛇。」

我們在另一個街區的運動場裡，我叫喬許到那裡來找我。我身上還穿著學校制服。

喬許看到我時，他說，「妳看起來很不一樣。」

我說，「這是另一個我。」

「那麼，妳的計畫是什麼？」喬許這麼說。

我關上手機。「嗯，我知道他現在住在哪裡。」

喬許說，「妳是怎麼做到的？」

我摸了摸鼻子，說，「我告訴過你了，我很聰明。」

「妳也跟蹤他嗎？」

我開玩笑地打了喬許的手臂。「我又不是跟蹤狂！」我說。

「有點像。」他回答。

他笑了，我喜歡他的笑容。就像當一隻狗以深情、清澈的眼神望著妳時，妳會打從心底覺得，喔，狗狗，你也是啊，你對這世界來說實在太美好了。喬許．福斯笑的時候就是這樣，整個世界為之失色。

「總之，」我回答，「我已經開始著手了。我今天下午跟著他去了某間店。他沒有看到我。」

「他買了什麼？」

「軟糖。還有香菸。」

「讚喔。」

「可不是嗎？」我說。「然後現在，我知道他上哪間大學了。他擺脫不掉我的。」

「我可以跟妳一起去嗎？」

「你是說，你要跟我一起去跟蹤他？」

「是的。」

「當然可以。」

「現在就去？」

我查看手機上顯示的時間。快五點。

「來吧，」我說。我們跳下矮牆。「這邊，」我說。「跟著我。」

哈里森住在我家那條路的另一頭，往查克農場區那一邊，一間背靠著鐵軌醜陋的低樓層公寓。我們坐在公寓對面的長椅上。天氣很冷，我能聽到喬許凍到牙齒打顫。「你還好嗎？」我問。「如果你想，隨時可以回家。」

他搖頭。「不。我想看看他。真實血肉之軀的他。」

我對他露出一抹淺笑。我們轉回頭盯著公寓。

然後他出現了。推開公寓大門走了出來。他又穿了一身黑，大外套、黑色緊身褲、黑色運動鞋，中間露出一抹裸露的腳踝，揹著一個提包。當他走到街上時，他點燃了一根菸，瞇起眼睛吸著。然後他右轉，朝哈弗斯托克丘走去。我們不發一語地跟著他。他在車門關上前的最後一刻，趕上了一班開往漢普斯特德的公車。

喬許和我對看了一眼。那是一輛單層巴士。我們無法在不被發現的情況下繼續跟蹤。我們各自打道回府，約好第二天碰面，同一時間，同一地點。

兩天後，我看到一則標題寫著漢普斯特德荒地性攻擊事件的報導。一個戴著面具的黑衣人，把一個女人拉進一條安靜的小路，對她上下其手。他把手伸進她的內褲，抓她的胸部。

然後跑了。

我想起兩天前的五點二十分，哈里森．強生跳上前往漢普斯特德的公車，穿著黑色外套和黑色緊身褲。就是他。我知道是的。

一月二十一日，喬許打電話給我。他聽起來很驚慌。他說，「我認為哈里森襲擊了我姐姐的朋友。警察來了。他媽的。我該怎麼辦？」

他解釋說，他姐姐的朋友放學後來家裡，在晚飯前離開。幾分鐘後她衝回來說有人攻擊她。

「她說他長什麼樣子？」我問。

停頓了一下。「她沒有看到他。但她說他沒有說話，就是從背後抱住她。緊貼著她的屁股，在她身上摩擦，還試圖抓她的胸部。但她掙脫了，跑回我們家。薩菲爾，我應該說些什麼嗎？跟警方說？我可以說我想我知道可能是誰嗎？」

我最大的遺憾是我沒有說「好」，沒有告訴警方。給出他的名字，讓警方一路追查到他家門口，搜查他的黑色提包，取他的指紋，質疑他的行蹤。讓他們好好修理他。

我沒有這麼說，因為我想成為制裁他的那個人。萬一他們敲他的門，而他說那不是他呢？他們會不會就相信了？然後他會關上門，洋洋得意，他會認為自己比任何人都聰明。又或者，萬一他們把他帶回偵訊後，結果不是他？我希望那就是他。我需要是他。他是邪惡的，他必須被阻止。

所以我說，「什麼都別說。保持低調。交給我吧。我會處理。」

48

貝利走進偵訊室。歐文現在可以從幾公尺外就認出他的皮鞋踩在木地板上的聲音，後面跟著濃重的刮鬍水味。

「早安，歐文。」

「他們要讓我走了嗎？」

貝利停下腳步閉上眼睛。「沒有，歐文，恐怕不會。你應該先看一下——這是剛出來的新聞。」

他從公事包裡拿出一疊折起來的報紙，扔在歐文面前的桌子上。今早出刊的《地鐵報》寫著：「薩菲爾案嫌疑犯約會強姦數十名女性的病態計畫」。

下面又是那一張可怕的照片，額頭上帶著鮮紅傷口的歐文被塞進警車，溼答答的不對稱瀏海翹得亂七八糟，眼神空洞，嘴唇的輪廓則暗示著著參差不齊的齒列。

他困惑地看著貝利。「但是……？我不……？」

「看一下內容，歐文。」

歐文·皮克，這位名譽掃地的大學講師目前因綁架和可能殺害失蹤少女薩菲爾·麥朵斯而被北倫敦警察局扣留，他過去經常瀏覽的一個非自願獨身者論壇上的朋友表示，他有一個宏偉的大計畫。這位不願透露姓名的朋友告訴本報，皮克在本月初一次在酒吧中的會面裡，向該名友人透露了一項可怕的計畫。

他表示，非自願獨身者所遭遇的一部分問題是我們正在從社會上消失，女性不願意和我們發生性關係，因此我們沒有機會生育。我們的基因被政府、媒體和社會刻意淘汰。這是在非自願獨身者當中經常被提及的核心問題。歐文和我也就此花了很長時間交換意見。儘管我原則上同意這樣的理論，並且積極參與非自願獨身者的相關群體活動，試圖改變社會對我們的看法，但上次與歐文．皮克的會面確實令我感到相當震驚。他選擇了一間破舊不起眼的酒吧，而當我第一次見到他時，我很訝異他的外表其實蠻得體的。從我的角度來看，他並不像是典型的非自願獨身者。他看起來應該符合這社會的一般眼光。我不明白為什麼他會在女性關係上遇到困難。但他有點怪，帶著一種冷酷、偏激的感覺。讓我有點害怕。我必須說他身上有很多精神病患者的特徵。然後他告訴我他有一個計畫。他拿出一瓶藥丸給我看。我不知道它們是什麼。他把瓶子放在我們中間的桌子上，開始陳述他的計畫。他打算用約會應用程式把女生約出來，對她們下藥，然後在她們昏迷時霸王硬上弓。他說這麼做是為了所有非自願獨身者的利益，我才不相信。他有個特質，一種極度的自戀，缺乏人性和同理心。我相信他有人格障礙，並且正在利用非自願獨身者社群和我們的理論，試圖合理遂行他自己的病態計畫。在我看來，歐文．皮克就是個強姦犯，他只是偽裝成非自願獨身者的一份子。

歐文發出一聲怪叫。他也沒想到自己能發出這種聲音。彷彿發自身體裡最深處的角落爆，一聲極其凝重的咆哮。他舉起在閱讀報導時已經握得死緊的拳頭，用力地擊向桌面。然後他把報紙揉成一團，扔到房間的另一頭。

「操！」他喊道。「去他的。去他媽的！」

他重重地坐下，將臉埋在雙手手掌中，開始哭泣。當他抬起頭時，貝利坐在那兒，正在調整襯衫的袖口。他看到歐文在看他，從外套裡拿出一條手帕遞給他。

「情況不太妙，歐文。」他平靜地說。

「這全是胡說八道——你懂的，對吧？全是胡謅的。根本不是這樣。他把整件事都扭曲了。**他**才是那個人。是**他**把藥塞給我的。全都是他一個人在推銷他自己的想法，我只是在應和他。他媽的！」

貝利繼續看著他。「嗯，」他說。「我們還有很多工作要做。但這些——」他指著那張被揉爛的報紙，「——只是道聽塗說，與調查無關。讓我們先把這件事擱著，看看咱們的警察朋友們今天為我們準備了什麼，好嗎？」

過了一會兒，柯里和亨利走進了房間。歐文觀察著他們的情緒。過去幾天他們一直在浪費力氣，因為所有的所謂線索全都成了一場空，他們對於歐文的調查毫無進展。但是現在，這對搭檔坐下打點著自己和準備文件時，似乎帶著某種準備進攻的氣息。

柯里警探單刀直入。「歐文，你認識一位叫艾麗西亞．瑪瑟斯的女人嗎？」

歐文搖頭。「從沒聽說過她。」

「好吧，艾麗西亞．瑪瑟斯聲稱她見過你。」

歐文嘆了口氣。他覺得很困惑。彷彿他如今生活在一個人們告訴他天是綠的，草是藍的，二加二是五，黑是白，白是黑的世界裡。而在這個世界裡，是的，艾麗西亞．瑪瑟斯當然見過他。

次抬起頭。

「是嗎？」他說。

「是的。她說那天晚上她看到你，你正在和一個穿著連帽上衣的年輕女孩說話。」

他把頭靠在桌面上，塑膠貼著他的額頭感覺很涼。他閉上眼睛，默默地數到五，然後再次抬起頭。

「而她現在才站出來指證，是因為……？」

「是……？」

「情況很複雜，」柯里警探說。「她之前不出面是有充分理由的。很敏感的原因。」

「我無權與你分享資訊。」

「是，」歐文說。「是的。妳當然不行。那麼，請繼續吧，**這位**艾麗西亞聲稱她看到了什麼？」

「艾麗西亞說她看到你和一個穿著連帽上衣的女孩在談話。就在你家外面。」

一道光閃過歐文的腦海。又出現了，他遺失的那段時間，每當他閉上眼睛時，那段時間的記憶就以連串零散碎片形式不斷閃現，一遍又一遍。穿連帽上衣的女孩其實沒有走開，而是朝他走來，對他說著什麼。他以為這是錯誤的記憶。但現在他被告知可能並非如此。

「那可能是真的，」他說，話一說出口，他有種解脫感。「過去這一天，我腦袋裡一直突然浮現一些畫面。她說的可能是真的。但我不知道我們談了些什麼。我不記得她說了什麼，我又說了什麼。我毫無頭緒。」

歐文聽到右手邊的貝利沉重地嘆了口氣，兩位警探的表情因他的話而出現了變化，肌肉和神經微微抽動。

「歐文，艾麗西亞・瑪瑟斯說她看到穿連帽上衣的女孩在你家外面和你說話然後她看到你跟著她進了你的後院。」

「是的，」歐文說，他的腦中浮動著模糊的影像，他的皮膚因女孩把手放在他手臂上的不確定記憶而刺痛。「是的，可能是這樣。是的。她朝我跑過來。有個女人正走向對街那棟房子。女孩向我跑來，她跑過馬路，她說……」那句話就在那裡，從他的腦海中浮現：**克萊夫！克萊夫，是你嗎？**

「她叫我克萊夫。她想要我去看樣東西。她……」

她做了什麼？房間裡沒有任何聲音。他可以看到安潔拉屏住了呼吸。他低頭看著自己的手。當他感覺到另一個記憶回來時，他手掌上的皮膚發麻。「她請我幫忙抬起她。她要到車庫的屋頂上。我把手伸出來，就像這樣。」他示範著用他的雙手併攏著。「她很重。我不是很有力氣。她差點摔在我身上，但她設法抓住了什麼，屋簷邊的排水溝吧，或者其他施力點，她把自己拉到了屋頂上。然後……」

他搓了搓鼻樑。這些記憶都跑去哪兒了？過了這麼多天？

他繼續說：「我不知道。我就站在下面等。不確定過了多久。我沒有和她說話。然後她用跳的跳了下來。她發出噢的一聲。就是那個！」他突然想到了什麼。「那一定就是她割傷自己的時候！留了血跡在牆上。手機也飛出去了。她掉了手機，然後又撿起來。她離開了。她跟我說『謝謝，克萊夫』，接著就跑開了。」

「克萊夫？」安潔拉說。

「對。我也不懂。我不知道她為什麼叫我克萊夫。她大概把我認成別人。」

他看到柯里警探和亨利警探彼此交換了一下眼神。

「她跑開了？」柯里警探說。

「是的！」他說，他的聲音充滿活力。「她跳了下來。她說噢，她的手機掉了。她撿起手機。她說『謝謝，克萊夫。』然後就跑開了。」

他對於總算恢復了在緊身褲男家外面看到她，和看到她在街上奔跑之間這段莫名遺失的記憶感到一陣欣喜若狂，他甚至可以記起她的橡膠鞋底踩在寒冷乾燥的人行道上發出的聲響。

「那對街的女人呢？」

「我不記得。我不……她在……」

出現了，就像找回一張從沙發背面飄落下來的舊照片：那些遺失的記憶碎片。

「她正在和馬路對面的那個人說話。跑步男。妳們知道吧，那個心理學家。她在和他說話。她在大叫，她在哭。就是這樣，」他說。「我只記得這麼多。」

房裡陷入沉寂。柯里警探在一張紙上記下一些東西。她清了清嗓子。

「嗯，謝謝你想起來，歐文。但這實在讓我想不透，我們花了這麼多天、這麼長的時間。」

「是在妳提起那個女人的時候。我知道——我一直有種感覺這當中少了什麼。但在妳們提起那個女人之前，我怎麼樣都想不起來。」

「這叫做突發性記憶斷片，」貝利說，他坐挺了起來。「經常發生在大量飲酒之後。遺失的記憶可能會由那段記憶中的某人或某事觸發後恢復。」

歐文看了貝利一眼。他身上有些什麼不一樣了。他的舉止，他的語氣，帶著一股溫柔。

一種之前未曾出現的暖意。幾乎像是，歐文想著，像是貝利相信他是無辜的一樣。

柯里警探正在檢視她的文件紀錄。「我們有派人到車庫屋頂檢查過嗎？」她問亨利警探。

亨利警探茫然地來回翻閱著自己的文件。「我不確定，」他說。「我再去查看看。」

柯里警探緩緩將手擺在她的文件夾上，看著歐文。她說，「抱歉，我們馬上回來。」

當她們離開房間時，貝利轉向歐文，自從歐文週五早上被帶進來之後，他第一次露出笑容。

「幹得好，」他說。「好極了。現在讓我們看看他們會帶著什麼回來。」

49

凱特的手機在廚房桌子上震動。她拿起它，看著螢幕上的來電顯示。是伊洛娜，蒂莉的媽媽。

「凱特？」

「我是，」她回答。「嗨！」

「嗨。我是伊洛娜。妳有時間說話嗎？」

「有，」她回答。「有的，請說。」

「我昨天晚上和蒂莉談過了，關於之前發生的事情。她很激動。從某個角度來說，我再次提起這件事好像嚇到她了。我想她以為一切都結束了。她一直說，妳為什麼要問我這件事，為什麼？接著，凱特，她開始哭，她說，我不能告訴妳，我不能告訴妳。我說到底是怎麼了？她說，太可怕了，我不能。她說——我試著解讀她那些感覺前言不對後語的字句——但我想她是在告訴我，確實有這件事，真的有發生過，而且她知道是誰，但她似乎很害怕，凱特，她不敢告訴我是誰。」

凱特的思緒迅速飄回二十一號那天晚上。蒂莉在廚房。爐上的咖哩。喬許說，「我想吃點辣的。」蒂莉離開了。四個人坐下來吃飯。有四個人，對吧？她瞇著眼睛想讓腦中的影像聚焦：咖哩，桌子，喬治雅，羅恩，喬許。蒂莉回來敲門的時候他們坐下來了嗎？不，太快了。她一定還在擺桌子或上菜。她不記得當時誰在廚房裡。她知道喬治雅在那裡。羅恩和喬許一定也在。她很確定。

但就在她這麼想的時候，還是有股懷疑爬上心頭，模糊了她的記憶。

「嗯，」她短促地對伊洛娜說。「好吧，謝謝妳讓我知道。」

「但會是誰呢？」伊洛娜說，她的聲音帶著絕望。「如果真的發生了這件事？卻讓她不敢說？可能是誰？」

「我不知道，伊洛娜。我很抱歉。」

「妳覺得我應該再去找警方嗎？」

「天哪，我不知道。聽起來蒂莉還沒有準備好談論這件事……」

「但如果他們正在調查這個人，那個在仲介公司後面攻擊婦女的人，這可能……可能會是同一個人？是不是應該讓警方知道？」

「我真的不知道，我……」

「我很害怕，凱特。如果這個傢伙，如果他還在外面並且跟著蒂莉怎麼辦？如果她認識攻擊者，那麼他可能知道她住在哪裡，我們住在哪裡？我該怎麼辦，凱特？我該怎麼辦？」

凱特的胃在翻攪。她把手機從耳邊移開，試著調整呼吸。過了一秒鐘後，她將手機放回耳邊，「對不起，伊洛娜。很抱歉。但我得先掛電話了，我真的很抱歉。」

然後她掛斷了電話。

50

午餐是夾了薄火腿的三明治、胡蘿蔔、南瓜泥和一塊藍莓鬆餅。加了藍莓真是太可惜了。歐文把它們挑出來，放在托盤的一角。

今早過後，自從他回想起十四號晚上遺失的那段記憶之後，氣氛就變得不一樣了。他很確定他應該不會被視為變態的戀童殺人犯，真正的犯人不是他。但他接著又想起了早上那篇報導，布林瞎編的那些故事。不管在這個房間裡發生了什麼，他可能很快會被放回家，撤銷所有指控，那對金髮搭檔柯里警探和亨利警探會跟他握手致歉。但不論他回家前這裡發生了任何事情，他仍然會是報紙頭版上那個人，鮮血淋漓的額頭、滿腦子激進主張、抽屜裡塞滿了約會強姦藥丸。他將永遠是那個會罵陌生女子婊子的人，臥室外牆沾著女孩的血，因為在舞會上把汗灑到另一個女孩身上而被學校解僱。他永遠會是那個歐文．皮克，變態、詭異的傢伙，薩菲爾．麥朵斯或許不是他殺的，但他肯定他媽的做了什麼。

門打開了，警探們回到房間。他們相偕坐下，看著歐文。柯里警探說，「好吧，我們派人上去查看了屋頂。他們剛剛報回初步發現。上面有與薩菲爾穿的運動鞋相符的腳印，排水溝上有她的指紋。沒有證據顯示你也在屋頂上。但是，歐文，我們還不能完全採信你對於你所記得的關於那天晚上發生了什麼的說法。我們還無法讓你退出這起事件的調查，還早得很。所以，如果有任何你突然回想起來的事情，請告訴我們。」

他們整理好文件，然後離開。

歐文看著貝利，呼出一口氣。

「我們快要可以離開了，」貝利說。「就快了。」

他接著說，「噢，對了，泰絲剛剛轉了些東西給我。是一封電郵。你想看一下嗎？」

「嗯，好。當然。」

貝利按開手機，滑過桌面給歐文。

是迪安娜的電郵。

親愛的泰絲，

非常感謝妳傳來有關妳姪子歐文的電郵。雖然我和歐文度過了一個相當愉快的情人節夜晚，但我想我現在的生活已經有太多負擔，無法再承擔更多額外的複雜事物。我不知道應該如何看待他被捕這件事，又或者報紙上關於他的過往歷史和背景的報導。這些描述與那個和我共進晚餐的男人並不相符，他溫柔、有禮、體貼。不過，人們在精心打造的面具下可能隱藏著很多黑暗面，不是嗎？我為妳正在經歷這件事感到難過，為了妳和歐文，我希望這一切能趕緊過去，結果證明是一場誤會。請轉告他，我確實有想到他，但在目前的情況下，我不可能考慮與他更進一步。

祝一切順利，

迪安娜・沃思

歐文把電郵讀了兩遍。他的目光落在帶有希望的字句。他注意到，在這封信裡，她沒有說她認為他會殺人。她也沒說她再也不想見到他，沒有說她討厭他或被他嚇到了。他認為這代表了一線曙光。他要試著保持希望。

51

那天晚上，喬許很晚才從學校回來。他一如往常地直接走進廚房擁抱凱特，身上仍舊帶著戶外的冰冷。「愛妳。」

「我也愛你。」她說這句話的時候顯得生硬。

他準備離開廚房，她在自己失去開口的勇氣之前，很快地說出，「喬許，我能問你一件事嗎？一個可能有點奇怪的問題？」

他轉身看著她。她注意到他看起來好瘦，顴骨下方明顯凹陷，臉色黯沉。「怎麼了？」

「我昨天去了你的房間。」

他瞪大了眼睛，瞳孔略為放大，幾乎無法察覺，但足以出賣他內心的焦慮。「嗯哼？」

「我想幫你把髒衣服拿去洗。洗衣籃後面有個提袋。裡面裝了些你爸爸的運動裝備。你知道是為什麼嗎？」

一陣沉默。然後喬許說，「我去跑步了。」

「你去跑步？什麼時候？」

「不記得耶。有幾次。」

凱特閉上眼睛。她想著這個排行第二的孩子，動作如此緩慢。總是落後幾拍。她記得在他小時候，她曾無數次得在人行道上停下來等他追上她。「不要磨磨蹭蹭的，」她會說。「快點！」即使是現在，他已經長到快六英尺，走路仍然像蝸牛一樣。他做什麼事都慢條斯理。

她無法想像他奔跑。她說，「真的嗎？你？」

「是的。為什麼不？」

「因為……我不知道耶，你不是會去跑步的那種人。」

「嗯哼。人都會變，不是嗎？」。

她嘆了口氣。「我想會的，沒錯。但奇怪的是，我把那些運動衣留著，沒有拿去洗，現在它們不見了。結果你爸爸穿著它們，說是在抽屜找到的。」

喬許聳了聳肩，兩腳前後交叉站著。「對啊。我洗好了。」

「你洗了？」

「是的。」

她再次閉上了眼睛。「好吧，讓我搞清楚現在的狀況。你借了你爸爸的運動衣去跑步。完全沒有跟我說你打算這麼做。然後你把衣服塞在衣櫃後方的手提袋裡，再自己拿去洗，晾乾，放回你爸的抽屜？」

「對。」

「我不明白，喬許。這沒有道理。」

「為什麼？很正常啊。」

「不，喬許。並不正常。而且你讓我感到很不舒服，好像你在隱瞞我什麼事情。」

然後喬許做了一件他從未做過的事情。他大喊，他張開嘴，咆哮著，「夠了。看在老天份上。夠了。我尿褲子了，可以嗎？我出去跑步，我也不知道為什麼。我不知道為什麼，好嗎？但我就是尿在褲子上了。幾乎全濕了。我沒辦法告訴任何人，因為我覺得很難為情。所以我把衣服塞進袋子裡藏起來，一直等到我有機會把它洗乾淨。可以了嗎?妳現在高興了？」

凱特被兒子的憤怒震撼到微微搖晃。然後她走向他，把他抱在懷裡，摟著他說，「對不起。我不是故意逼你的。我不是故意要讓你難堪。抱歉。這沒關係的。」

她感覺到他的手臂摟著她，他的臉埋在她的肩膀上，她意識到他在哭。他說，「媽媽，我很抱歉。我很抱歉。我真的很愛妳。我真的愛妳。」

她揉了揉他的後頸，在他耳邊低聲說話。「不要緊，喬許。沒事的。你有什麼事都可以告訴我。你可以告訴我。不要緊的。」

「我不能告訴妳，」他說。「我就是不能。永遠不能。」

然後他掙脫了她的懷抱，大步離開了房間。

52
薩菲爾

情人節那天晚上八點左右，我收到了喬許發來的訊息。上面寫著：鳥事快要爆了！艾麗西亞寄了一張情人節卡片給我爸爸，喬治雅剛剛打開了。還沒有其他人看過內容。天殺的現在該怎麼辦。

我回答：燒掉。

他說：我不能。我爸爸知道有這張卡片。我要跟他對質。

他發了一張卡片上內容的照片給我

它寫著：「我不能再等了。我會死。現在就離開她，不然我就自殺。」

我想，天哪，真是個戲劇女王。到底是誰允許這些人從事惡搞孩子們腦袋思考的工作？

我回覆喬許：什麼都不要做。等一下。

不，他回答。是時候了。

我的心跳加速。我感到異常想吐，彷彿不是別人，而是我的家人正身處險境。

那之後的幾個小時，我都沒有收到喬許的回應。外面又冷又濕，天空中飄著細雨，我考慮了一下，我今晚不想待在戶外睡覺，所以換上了舒適的慢跑褲，微波了千層麵，看著電視上播的《莎翁情史》。亞倫在晚上十一點左右回到家，我們聊了一會兒。然後我收到了喬許的訊息：她來了！艾麗西亞在這裡！在我們家！她氣瘋了！妳能過來嗎？

我對正在廚房裡的亞倫喊了聲。「我要去一下朋友家。」

「哪個朋友？」他回喊。

「就是一個學校裡的朋友。住在漢普斯特德那一帶。我很快就回來，好嗎？」

我大約十一點十五分到了羅恩家。看起來一切平靜。我發了訊息給喬許：我在外面。怎麼了？

他回答：我想我擺脫她了。

你爸媽呢？

他們出門了，他回答。

我說：我幫你注意一下外面。

我轉過街角，坐在矮牆上。四周很安靜。大約十五分鐘後，我看到羅恩和他的妻子回家了。他們看起來醉醺醺的，很開心，手牽著手。接著又恢復寧靜。

我發訊息給喬許。我說：我想她應該是回去了。完全沒看到她。我會等到午夜，好嗎？

他回答：妳是最棒的。

我回了笑臉和勳章的表情符號。

又過了十五分鐘。一對情侶手牽著手走過；她的另一隻手拿著一朵玫瑰。接著是牽了隻小白狗的男人，後面則是一個眼睛直盯著手機的女人。

我的眼角餘光有了些許動靜。羅恩家的前門外站著一個女人。她手裡拿著手機。她微側過身，是艾麗西亞。

我穿過馬路，現在和羅恩家在馬路的同一側。

我低聲說，「艾麗西亞！」

她轉過身來看著我。我可以看出她一直在哭，而且喝得很醉。她說，「嗯？」

我說，「不管妳打算做什麼，不要這麼做。好嗎？」

她說，「我認識妳嗎？」

「我之前是波特曼中心的病人。我認識羅恩。我知道妳和羅恩的事。」

她說，「這與妳無關。」

「對，」我同意。「確實。但喬許是我的朋友。如果妳做了妳現在想做的事，妳會毀了他的生活。」

她轉身離開我，回到羅恩家的門口。

「別這樣，艾麗西亞，」我說。「拜託。」

然後我聽到馬路另一邊傳來腳步聲。我轉身，有一個人朝我們走來。他走得很慢，腳步踉蹌。當他走近時，我看出是克萊夫，或者說是歐文。不管他叫什麼名字。我回頭看著艾麗西亞。我交叉著雙臂，直盯著她。「麻煩妳，艾麗西亞，回家吧！」

話才說完，門開了，羅恩出現了。我衝到大門另一邊花園入口處藏了起來。我聽到艾麗西亞說，「你不能這樣對我，羅恩，」她的聲音變得有些低沉，好像有人用手摀住了她的嘴，然後我看到羅恩把她從他家前院往外拉，到了街上。我很想看看發生了什麼，但我站的地方看不到。我轉身看到那個叫克萊夫或歐文的人，他正站在他的房子外面，看著這一切，我跑向他。我對他說，「克萊夫，我需要你的幫助。帶我去那個屋頂。快點。」感謝老天，他照做了，他幫我爬上了屋頂。我可以看到一切。

我拿出手機，錄了下來。

艾麗西亞快崩潰了。她捶打著羅恩，他隨她這麼做，她說著她會如何結束自己的生命，而這全部是他的錯。他則抓著她的手腕說，噓，噓，拜託，艾麗西亞，小聲點，求求妳。天哪。

相較於艾麗西亞是否會自殺，羅恩很顯然更關心他妻子是否會發現。她的聲音越來越大，我看到他把手摀在她的嘴上。她咬了他的手，他搧了她一巴掌。她想反擊，但他一把抓住她的胳膊，把她從身旁推開，她摔倒了。我的手在顫抖。太可怕了。簡直是野蠻。

艾麗西亞終於離開，羅恩站在人行道上，激動地前後搖晃。我拍下他走回他家的畫面。

下方的克萊夫對我大喊。他說，「我要進去屋裡了。」

「等等，等一下，幫我下來！」我說。

「我得睡覺了，」他說。

「不，克萊夫，等等我。」

他看起來像是打算走開把我留在那裡，我情急地往下跳，角度完全失準；我的腿在跳下來的途中擦到了牆面，我感覺到慢跑褲被撕裂了。最後我整個人呈大字型地用屁股用力著地，手機飛了出去。我頭昏眼花，幾乎無法呼吸，我能感覺到有血從磨破的慢跑褲滲出，但我設法站了起來。我在草地上摸索著掉落的電話，然後推開了克萊夫，追著艾麗西亞。我想確認她是否安好。

當我聽到一棟大廈外的保全攝影機發出的咔嗒聲和嗡嗡聲正轉向我時，我已經幾乎追上了她。我低下頭，把連帽上衣的帽緣拉近了臉龐，好讓自己不被看到。

在我前方，艾麗西亞正在加快腳步；她知道她被跟蹤了。我也加快了步伐好趕上她。但是當我聽到身後的低沉腳步聲時，我放慢了速度，我注意到有個黑色人影跟在我們後面。

在我看到那個人影的臉之前，我已經知道這是誰的影子。

53

第二天的早餐是微溫的粥、一根小香蕉和某種綜合果汁——有點像是，熱帶水果口味？歐文覺得等他可以回家的時候，他應該會想念這裡的食物。他喜歡監獄裡提供的餐點。比較像真正的食物，並且去除了大部分他不愛的成份。他喜歡食物被排列在托盤上的方式；他可以什麼都不用想地進食。他想著，也許他也會喜歡待在這裡。也許他在監獄裡會比在外面更快樂，不需要對食物挑挑揀揀，不用面對活像他會強姦她們似的女人，也無須擔心得幫自己找個新工作、交個女朋友。或許，其實這就是他的歸宿？他們可能會在床底下發現薩菲爾·麥朵斯的屍體，然後他會突然驚醒，哦，是的，他確實殺了她，結案，終身監禁，不得假釋。他可以一輩子享用托盤上平淡乏味的食物。而且他成了無情地殺害年輕漂亮的女孩的冷酷兇手，搞不好會有一群怪女人想要嫁給他。說不定對他來說這會是一個更好的結果。

他把空托盤遞給門另一邊的警察。他叫威利，是個保加利亞人。他完全沒有幽默感，這對於一個名叫威利的人來說並不是什麼好事。

八點剛過。外面感覺是個晴天。歐文好奇著自己是否有可能在一週內就被這裡同化了？他對於過去的生活已經失去了真實感。在泰絲家的浴室裡準備修剪瀏海的那個人成了遙遠的記憶。曾經朝九晚五地工作，教年輕人寫程式的那個傢伙像是一場夢。報紙上的那個男人，想要迷姦女性好讓她們生下自己的後代的非自願獨身者也不過是個虛構人物。唯一感覺真實的是現在這個自己，就在這裡，獨自坐在肯特鎮警察局的牢房裡的他。他坐了一會兒，盯著陽光在他牢房牆壁上映照出的那方明亮角落，感受著充滿希望的奇異時刻。迪安娜不認為他是個駭人怪物，這就夠了。他可以如此度過餘生。

他的思緒開始倒帶，越過陽光明媚的牢房，越過在泰絲家浴室剪瀏海的那天，越過伊靈學院滿是霧氣的教室窗戶，越過泰絲在他母親的葬禮上搭在他肩上的手，再往前越過看到他母親癱倒在廚房的桌面上，像是喝醉了，但實際上已經死了的那一刻。他的記憶回到另一個縮小版的自己：那個在模特兒經紀公司的工作室裡，彆扭地對著鏡頭微笑的漂亮小男孩。那個小傢伙是誰？他忍不住想。他去哪兒了？他是怎麼淪落到這個境地？

他試圖回想可能促使他變成現在這副模樣的痛苦時刻。他想起他父母在他十一歲時離婚之前，那不斷升高的衝突。眾所皆知，父母離異會對孩子造成傷害。但是，在他的家分崩離析的過程中，是否還有什麼特別的因素，可能導致他在無數可能的人生版本中成了這一版？

他想起他們在溫奇莫爾丘住的房子。戰後風格，有著碎鵝卵石鑲嵌牆面和小扇窗戶，門廊滿是蜘蛛網，擺了電話和記事本的深色梳妝台，一個小吊燈。他媽媽很喜歡吊燈。他記得他媽媽站在樓梯底端，手裡拿著電話，和一個朋友說話，一邊用皺巴巴的面紙擤著鼻子，她說，「我想這次是真的結束了，珍，我真的這麼認為。」

他記得他那時坐在樓梯平台上，有股菸味盤旋而上。電話一結束，他走下樓說，「媽媽，怎麼了？」她微笑著掐滅了菸，「沒什麼，歐文。沒事。回床上去。明天要上學。」

在那之後，他一直處於高度警戒的狀態，像鷹一樣地觀察著他父母，想知道到底發生了什麼事情。

突然，有個記憶讓歐文抖了一下，這是過去曾經一直纏繞著他，但已經多年沒有再回想過的事，自從他媽媽去世後就沒有想過，因為這會讓他感到噁心。

他記得有一天晚上他爸爸下班回家，非常晚了，他身上瀰漫著倫敦酒吧的味道。歐文從樓梯頂端看到他進門，他把鑰匙丟在梳妝台上，拉開外套的拉鍊。他看到他嘆了口氣，縮著肩膀像是在為什麼事情做好準備。

「瑞奇？」他媽媽的聲音從前面的房間傳來。「瑞奇？」

他爸爸再次嘆了口氣，朝房門走去。「嗨，親愛的。」

他爸爸推開房門，有些聲音，不是來自電視的，而是帶著奇異、迷濛曲風的樂音自門內流洩而出，有個美國腔的男人唱著描述某種邪惡遊戲的歌詞。他媽媽說，「哈囉，你好啊，親愛的，快進來吧。」

歐文踮著腳走下樓梯，從樓梯欄杆間隙看過去，他媽媽站在點滿蠟燭的房間裡，一身奇特的裝扮：洞洞內衣，脖子上圍了東西，四吋高跟鞋，雙唇塗得艷紅。歐文的爸爸走進房內，他媽媽抓住他的領帶把他拉向她說，「我想要你把我當妓女一樣地幹我。」

門關上了，傳出了各種聲音——咕噥呻吟、啪啪聲響、低沉哀號——接著嘎然而止，他媽媽在啜泣，他爸爸走出房間，拉好褲子，脹紅了臉說：「妳當自己是妓女，我就會像對妓女一樣對妳。」

他媽媽哭著說，「喔，瑞奇。拜託。求求你。我要你。我需要你。拜託。我願意做任何事！」

她的睫毛膏順著臉頰流淌。鏤空胸衣的其中一側乳房露在外面，皺巴巴地下垂著。

「瑞奇，求你。」

他爸爸撿起丟在走廊的外套。拿起鑰匙。離開。

那個男人還在一直唱著那首邪惡遊戲的歌曲。

大門被關上了。

歐文的爸爸在兩週後永遠地離開了這個家。賣了房子。換買了一間公寓。他媽媽死了。他爸爸恨他。他爸爸的新妻子恨他。他阿姨討厭他。女孩們討厭他。他丟了工作。他因為殺了一個女孩而被捕。他開始喜歡牢房裡的餐點。

會這麼簡單嗎？他很想知道。只因為撞見他媽媽像個妓女一樣向他爸爸求歡？看出他爸爸對他媽媽的嫌惡？一切都從那時候開始出了錯嗎？他對於女性的恐懼？害怕被拒絕？如果是這麼單純的原因，肯定也能輕易地一筆勾銷吧？只要改寫那段人生？一切就可以重新開始。但是要怎麼做？他要如何改變那一刻？他意識到唯一能夠破除心魔的方法，是直入核心。他得和他爸爸當面談談這件事。

他走到牢房門口，敲著門。

威利打開門上小窗的蓋子。「是。」

「我需要打個電話，」他說。「麻煩你。非常緊急。」

威利緩緩地眨著眼。「我得問一問。」

「拜託。我還沒有在這裡打過電話。之前有說過我可以打一個電話，我還沒有打過。」

威利關上窗戶說，「我去確認。等一下。」

過了一會兒，威利回來了。他說，「把你的東西收一收。」

「收東西？」

「收好你的衣服和盥洗用品。顯然你可以離開了。」

「什麼?我不……?」

「我不知道;我只是轉達我被告知的指令。請收拾好你的東西。立刻收。你該走了。」

「我不明白。發生了什麼事?他們找到她了嗎?」

「請開始動作。」

歐文收著東西。他看著牢房牆上的金色光影,床墊上的凹痕,折疊整齊的毯子。他透過牢房的窗戶望向那塊方正的藍天。他想起他在這個房間裡度過的時光,幾乎感覺這裡將是他的唯一歸處。如今,他竟然擺脫了它。

但他確信:他不會再面對另一種人生。他不會被泰絲拒於門外。他不會是人們眼中犯下強姦和謀殺的嫌疑犯。他不會是那個會和激進的仇恨女性者湊在一起喝劣酒和大發議論的人。

威利打開門,歐文默默地跟著他穿過走廊,通過那些把東西歸還給他並要求他簽名的人所在的房間。然後他到了外面。站在肯特鎮的人行道上。今天的陽光明媚溫暖,帶著春天將臨、萬物從新的預兆。

他確認著錢包裡的信用帳卡和現金,然後伸出手臂,招了一輛計程車。

54

凱特和喬許在肯特鎮警察局。她沒有告訴羅恩他們在這裡，也沒有跟喬治雅說。她今天早上打電話給喬許的學校，說有緊急情況得帶他去看醫生。

她把皮包放在腿上，緊張地清了清嗓子，看著她面前的旋轉門每隔幾秒就被推開又關上，制服警察和便衣警探拿著文件、手提包、咖啡和手機來回穿梭。

她轉向喬許。「你還好嗎？」

他緊張地點點頭。看起來像是在用盡全身力氣抗拒著跳起來拔腿就跑的衝動。

終於，在她們抵達十五分鐘後，柯里警探出現了。

「嗨，福斯太太，」她說。「謝謝你們過來。你是喬許？」

喬許點點頭，和她握了手。

「要麻煩你們跟我來。我想我應該有成功地弄到一間空的偵訊室，運氣還不錯；我們今天這裡不知為何忙得不可開交。」

他們跟著她穿過走廊到了一扇門前。警探敲門，裡面的人開了門。「這是我的搭檔亨利警探。我們一直在合作處理薩菲爾．麥朵斯的案子。請坐。需要咖啡？還是茶？」

有人去幫他們倒水，柯里警探輪流對著他們微笑，「那麼，喬許。你媽媽說你可能有一些關於薩菲爾．麥朵斯下落的訊息。」

凱特看著喬許。他搖搖頭，又點點頭。他說，「我不知道她人在哪裡。我只知道發生了什麼事。就這樣。」

「發生了什麼事？」

「是的。在情人節那天晚上。與對街那個人無關，我很確定。但我不知道她現在在哪裡。我不曉得薩菲爾在哪裡。」

凱特看到兩位警探交換了一個眼神。柯里警探轉向喬許露出友善的微笑。「那麼，你也在場嗎？那天晚上？」

凱特屏住呼吸，喬許已經把這件事告訴了她，她知道接下來他會說出什麼，而且她想，再聽一遍，會讓她更難受。

喬許今天早上走進她的房間，坐在床尾對她說，「我必須告訴妳一件事。一件真的很可怕的事。」

她扔下剛剛用來洗臉擰乾了的毛巾，在他身邊坐到床上。

「說吧，」她說。

然後他告訴了她。

她的世界隨之崩解。

柯里警探繼續說：「你看到了什麼？」

喬許抬頭看著她。「我不只是看到，」他說。「我也參與其中。我和薩菲爾都是。我們試圖阻止某些事發生，但後來的發展出人意料。她跑開了，就這樣跑走了。我不知道她去了哪裡。而且她沒有回覆我的訊息，我很擔心她發生了不好的事。我很害怕。」

柯里警探緩緩地吸氣。她再次露出那種略帶木訥的微笑，然後說，「好吧，喬許，我想我們一下子跳得太快了，也許應該從頭開始。從你第一次見到薩菲爾開始。比方，你是怎麼認識她的這一類的事。」

喬許迅速瞄了凱特一眼，然後小心翼翼地把雙手放在桌子上。「她睡在建築工地裡。對街那塊空地。我之前有時候也會溜進去。只是為了保留一點個人隱私、一點空間。你們懂吧。而且那裡有一隻狐狸。」

「狐狸？」

「對。一隻半馴化的狐狸。我很喜歡跟牠一起待在那兒。然後有一天晚上我去看狐狸時，她在那裡。薩菲爾。她說她以前是我爸爸的病人。」

「她有沒有告訴你她為什麼在那裡？」

喬許看著凱特。她鼓勵地握緊他的手。

「她在那裡是因為她一直在注意我爸爸，注意我的家人。我真的不知道為什麼。而且我覺得她可能有類似幽閉恐懼症之類的問題？她沒辦法好好睡在自己家的床上。所以她跑來睡在戶外星空下。」

「你認為她為什麼會執著於你爸爸的事？」

凱特再次握緊他的手。

「一開始，好像是因為她覺得自己被他拋棄了？她看了他三年多吧？從她還小的時候到現在？她覺得他在真正治癒她之前就要她離開，而她還沒有準備好放手。所以她有點像是在跟蹤他，看著他每天在做的事，感覺自己仍然是他生活的一部分。後來，在她跟蹤他時，她發現他……」喬許吞了吞口水。「他有外遇。」

凱特覺得臉上那個鼓勵的笑容僵住了。

她還記得喬許今天稍早跟她坦承時，她胸口心臟劇烈跳動發出的怦怦巨響。隨之而來的是對於這個不可避免的事實的一股忍不住想吐的感覺。羅恩當然有外遇。在他們共同生活的三個十年期間，羅恩大概一直在偷吃。從瑪麗一直到艾麗西亞，一個接著一個，未曾間斷。他當然是這樣，她想著。無庸置疑。

「然後，」喬許繼續說，「我想她開始更加關注他的一舉一動，還有我們，他的家人。幾乎就像她在監視我們所有人一樣。但那天晚上，我們見面的第一個晚上，我們聊了起來。這真的很奇怪。我們就只是彼此敞開心扉，聊了很久。她會有所有這些心理上的問題，和她小時候發生的事情有關。她對如何改變自己有了個想法。我說我會幫助她。就從那時候起，情況開始有點……嗯，失控……」

「失控？」

「對。完全失控。」

55

歐文父親的住處很像他們之前位於溫奇莫爾丘的房子：戰後風格的小型鉛框窗戶、前花園、門廊、大門上方閃耀的彩色玻璃。歐文以前從未來過這裡。只有在生日卡和耶誕卡上看過地址。他付了錢給計程車司機，走向通往大門的小徑。他爸爸曾經在公務部門工作，現在已經退休了。

他按下門鈴，發出電子鈴聲。他清了清喉嚨，等著有人應門。門上帶著紋路的霧玻璃透出一道人影。歐文吸了口氣，希望是他爸爸，而不是他爸爸的妻子。門打開，是的，是他爸爸。他看到是歐文時臉色出現了變化，從驚訝到驚嚇，再到恐懼。

「歐文，我的天，你怎麼會來這裡？」

他父親看起來比他記憶中要老。他去年才退休，但從那時起他似乎已經老了五歲。他的頭髮曾經有深淺不一的棕、銀、白色，現在幾乎全白了。

「他們讓我離開了，」他說。

「警察？」

「對。就在剛剛。他們放我出來了。」

「嗯……這樣啊？所以那不是你做的？」

「不，爸。不是，老天。當然不是我。」歐文越過他爸爸的肩膀望向屋內。「我可以進去嗎？」

他爸爸嘆了口氣。「老實說，現在剛好不太方便，歐文。」

「爸，讓我們面對現實吧，任何時候對你來說都不不方便。從來就沒有合適的時間，永遠都不會有。但是請讓我提醒你，我剛在警察局的牢房裡待了快一個星期，被審問一樁根本與我無關的罪行。所有報紙都用頭版對我大肆抨擊，完全不認識的人任意地詆毀我。現在我被無罪釋放，我自由了，我沒有做錯任何事，並被允許回歸社會繼續我的生活。所以也許，這樣想吧，也許對我來說，現在正是個談一談的好時機。」

他爸爸微微低下了頭。再抬起來時，他的眼眶濕潤。他說，「進來吧。但是我沒有太多時間。我真的很抱歉。」

屋裡很溫暖。每面牆塗著不同的顏色，牆上掛著霓虹燈標語裝飾：「琴酒往這兒走」、「愛」、「我們的家」。還有一道彩虹。一隻用後腳立起的獨角獸邊旋轉邊變換著顏色。

「吉娜很喜歡那隻獨角獸的顏色，」他爸爸說，領著他走進客廳。那裡有一座掛著百葉窗簾的小型拱窗，粉色天鵝絨沙發，上面放著幾個繡有叢林動物和更多標語的抱枕。「請坐。」他說。

他沒有拿喝的給歐文。但歐文並不在乎。

「爸，」他說。「我被關起來的時候想了很多。我思考著自己怎麼會變成現在的樣子。我是如何成為了今天的我。你懂我的意思嗎？」

他父親不置可否地聳了聳肩。他穿著灰色套頭衫和海軍藍長褲，純白髮色和這房間的繽紛色彩放在一起感覺不太協調。

「你知道我在說什麼。你知道我一直有點狀況。從我小時候就是這樣。但我不再是小男孩了，我是個男人。我已經三十三歲，將近三十四歲。發生在我身上的是一個無辜的人可能遇到最糟糕的狀況，就只因為我長成這副模樣。你拋棄了我。那天晚上你要我離開你的公寓，那時我十八歲，剛剛埋葬了媽媽，而你要我離開。你為什麼要我離開？」

他爸爸在粉色天鵝絨沙發上有些坐立難安。「這似乎是最好的做法，」他說。「你知道。那間公寓對我們所有人來說太小了。我們還有一個年幼的孩子。你在那裡也不開心……」

「我在那裡不開心，因為我感到不受歡迎。非常不受歡迎。」

「嗯，可能確實有部分是如此。並不只有你。我們多少都有這種感覺。所以當泰絲說他願意收留你的時候——」

「但你知道泰絲是如何對待我的嗎？爸，她並不喜歡我。她甚至不讓我進她的客廳。你知道嗎？我是她的姪子，可是我不准踏進她的客廳。為什麼？為什麼你不要我？」

「我說過，歐文。這並不是在針對你。」

「是，爸，是的，就是這樣。一切都是在針對我。每一件事都是。發生在我身上的一切都是因為我。因為人們不喜歡我。」

「哦，看看你，歐文，你現在是在胡說了。我喜歡你。我非常喜歡你。」

「爸，告訴我你和媽媽之間發生了什麼。為什麼分開？是因為我嗎？」

「什麼？不是！天哪，不是的。與你無關。我們只是……我們不相配。就只是這樣。她在某方面顯得……嗯，不足，在其他方面卻又太超過了。她很想再生一個孩子，但是一直沒有成功。她封閉在自己的世界裡，完全地自我封閉起來。」

「你知道，」歐文緩緩開口，「我曾經看到一些事。我十一歲的時候。我看到媽媽在客廳裡，她穿著性感內衣，點了蠟燭。她把你拉過去，然後……」

歐文的爸爸嘆了口氣。「是的，」他說。「我確實有提醒她，你可能會剛好走進房間。我跟她說過這樣很蠢。」

「你叫她妓女。後來，你們就離婚了。她是妓女嗎？我媽媽？這就是你離開我們的原因嗎？」他知道答案，他當然知道，但他需要聽他爸爸說。

「你媽媽？哦，上帝，不，當然不是！」

「那你為什麼叫她妓女？」

「喔，歐文。上帝啊，我根本不記得有這樣說過。」

「你說，妳當自己是妓女，我就會像對妓女一樣對妳。」

歐文在等待父親的回答時感覺臉部肌肉微微抽動。

「我有說過嗎？」

「是的。你有。」

「好吧。那一段日子對我們來說很難熬。我們漸行漸遠。她知道我遇到了別人。她……我想她很絕望，想盡辦法要留住我。陷入絕望的女人是很可怕的，歐文，非常可怕。」

他們沉默了片刻。然後他爸爸說，「我愛你媽媽，歐文。我非常愛她。還有你。」

「我？」

「是的。離開你讓我非常痛苦。」

「真的？」

「當然。你是我的兒子。那時的你正是要成長茁壯的年紀。但是我承受了很大的壓力。

吉娜並不年輕，她希望能立刻組成自己的家庭。她用盡全力地要讓我遠離你們。我現在明白這對你來說有多不好受。」

「所以你離開不是因為媽媽是個妓女。你離開是因為吉娜想要你只屬於她。」他爸點點頭。「基本上確實如此。」

歐文停下來消化這一切。

「而我十八歲的時候你要我離開，是因為吉娜想要她自己的家庭？」

「是的，還有一些其他因素。但是，是的，是有些……壓力。」

又一陣沉默。然後歐文說，「爸。你對女性有什麼看法？你喜歡她們嗎？」

「喜歡？」

「是的。」

「我當然喜歡女性！老天。是的。女性很了不起。我很幸運有她們兩個和我共度人生。我的意思是，看看我……」他指了指自己。「我不是很有魅力的那種男人，對吧？我這輩子差不多就是這樣了，也不會再有什麼了不起的成就。」

門口傳來聲音，歐文轉頭看到吉娜出現了。她穿著一件印有深色花朵的黑色緞面襯衫和藍色緊身牛仔褲。她的頭髮染成閃亮的桃花木色，紮成馬尾辮。她已經快六十歲了，但看起來仍然很年輕。

「喔，」她說。「我聽到了聲音。瑞奇——」她看著歐文的爸爸，「——怎麼了？」

「他們放他走了，吉娜。就在今天早上。警方撤銷了所有指控。他是一個自由人了。」

「噢。」她顯然不知道該說什麼。「那不是很好嗎？」

「當然好！太棒了。」

「其他的事呢？」她問，仍然站在門邊。「大學裡的女生？約會強姦藥物……？」

「吉娜──」

「不，瑞奇。這一點很重要。不好意思，歐文，但確實如此。是這樣的，我不是很了解你，對此我很抱歉。如你所知，這些年來，我──我們──就是和傑克森一起生活著。不過，無風不起浪，歐文。即使你已經洗清了那個女孩失蹤案的嫌疑，還是有很多關於你的傳言。非常多。」

歐文感覺胸口燃起一股熟悉的怒火。但他試著平息，用力地吸了口氣。他轉過身，以一種他少見的直接與女性對看的方式，直視著吉娜，他的目光清澈，心無芥蒂，他說，「妳是對的，吉娜。我完全明白妳的疑慮。這麼多年來，我沒有讓自己過得很好，我得對發生在我身上的一切負責任。但我剛剛經歷過的這些事改變了我，我不想再回到以前的那個我了。我要努力讓自己變好。」

吉娜的防衛姿態有些微鬆動。她略點了點頭。「嗯，很好，」她說。「你或許可以從道歉開始。向那些在大學舞會上因你而感到不舒服的女孩道歉。」

「是的，」他說。「是的。我會把這一切都好好整理一下。所有事情。我發誓。」

吉娜讚許地點著頭：「好孩子。」她神色嚴肅地思考了一會兒。「但如果不是你綁架了那個女孩，犯人是誰呢？」

歐文眨了眨眼。他沒有問警方。他被這陣子突如其來的一連串事件搞得六神無主，離開警察局時根本沒有想過這個問題。

56

「我爸爸收到了一張情人節賀卡，」喬許向柯里警探解釋。「我姐姐拆開了卡片，我媽媽一把搶過來，她說這是私人信件，不應該隨便打開。我姐姐認為我媽媽應該也很想知道是誰寄情人節卡片給我爸爸，她們為此吵了一陣。後來我媽媽把卡片藏進抽屜裡，我趁她不在時偷偷看了內容。是她寫來的。那個女人。艾麗西亞。」

「上面說了什麼？」亨利警探問。

「喔，就是一堆充滿絕望的文字。她需要他，沒有他就活不下去之類的。」

「看起來像是她要你爸爸為了她離開你母親？」

喬許聳了聳肩。「是吧，我這麼猜。我只是……當我看到那張卡片時，我對我爸爸非常生氣，他和那個女人之間的事已經侵入了我們家。所以我跑去跟他對質。」

「這是什麼時候的事？」

「就是那一晚。情人節那天晚上。他出去跑步，我追著他跑了出去，在轉角處攔住了他。我手裡拿著那張卡片。我對他說，爸爸，你他媽的在幹什麼？如果你這麼做，你會毀了媽媽。你這樣是殺了她！」

「但爸爸告訴我，那天他帶艾麗西亞出去吃午飯時，已經說清楚他不會為了她離開媽媽。他們的事情已經結束了。我和爸爸擁抱在一起，我哭了，他說他很抱歉，他非常抱歉。我說，這張卡片該怎麼辦。我們不能丟了它，媽媽知道有這張卡片的存在。如果卡片不見了，她反而會起疑心，她會知道有什麼事情不太對勁。他說，交給我吧。我會解決的。交給我吧。然後他和媽媽出去吃晚飯，我和喬治雅在家。大約十一點鐘時，門鈴響了，我以為是媽媽和爸爸忘了帶鑰匙，結果不是。是她。是艾麗西亞。她喝得很醉，哭著說，讓我進去，讓我進去，我想見他，讓我進去！我說，他不在這裡。他和媽媽出去了。我叫她滾開。別來煩我們。」

「當這一切發生時，你姐姐在哪裡？」

「她在走廊另一頭她自己的房間裡，正戴著 AirPods 看電影，她什麼也沒聽到。」

柯里警探記錄下來，然後對喬許點點頭，示意他繼續說。

「我打電話給薩菲爾，告訴她發生了什麼事。她說她會過來。」

「她為什麼這麼說？」

喬許聳聳肩。「就像我說的，我們互相照應。我們是朋友。我幫助她，而她也會幫助我。」他拿起水杯，又放回去。「她大約在十一點十五分到了我們那條街上。發訊息跟我說她人在我家外面，沒看到人，艾麗西亞不見了。她說她會再待一會兒幫我留意。媽媽和爸大約十五分鐘後回來了，我以為就這樣，沒事了。但過了幾分鐘，我聽到我房間窗外有動靜，爸爸在前花園裡，然後我看到他把某個人往外拉到人行道上。是她。艾麗西亞。」

「我不知道薩菲爾當時在哪裡，我以為她已經回家了。幾秒鐘後，艾麗西亞跑著經過我們家外面；她看起來在哭。接著，薩菲爾突然冒出來追著她跑。那是我最後一次見到薩菲爾，她在追艾麗西亞。」

喬許清了清嗓子，啜了一口水。

「你知道薩菲爾和艾麗西亞去哪裡了嗎？」柯里警探問道。

喬許搖頭。「我不知道。但那天晚上稍晚，大概是凌晨一點左右，薩菲爾有打電話給我。她說她不能告訴我她在哪裡，但她碰到一些很可怕的事情，她需要躲起來一段時間，她很害怕。她告訴我不要告訴任何人，不要告訴警察，甚至不要告訴她叔叔。才說完，她就關機了。我聯繫不上她。但是……」喬許雙手交握，凱特伸手摸著他的手。「薩菲爾在跟監某人。一個在她還是個孩子時對她做了某事的男人。她找到了他住的地方，並且一直在跟蹤他，她確信——我們都確信，他與這一帶的性攻擊事件有關。你們知道吧，那個一直到處襲擊女人的人？」

柯里警探驚訝地看著喬許。「噢，」她說。「那麼，你知道那可能是誰？」

「她要我永遠別告訴任何人。她叮嚀我不要這麼做。但我現在真的很擔心是他對她做了什麼。因為她應該要回來了，如果她很安全，她早就應該現身了，不是嗎？」

「喬許，那個人是誰？你和薩菲爾認為是誰犯下了這一系列的性侵害案？」柯里警探小心地問。

喬許嘆了口氣，在回答前陷入片刻沉默。

凱特盯著他看。

他總算開口。「他叫哈里森・強生。住在阿爾弗雷德街，靠查克農場區那一端。他大概十八歲。當她還是個孩子的時候，他傷害了薩菲爾，她認為他現在正在傷害其他女人。」

兩位警探對彼此使了個眼色。男警探離開房間，柯里警探轉向喬許。她說，「謝謝你，喬許。非常感謝。亨利警探會立刻去追查。」

「還有一件事。呃……」喬許把手放在臉上。「……還有一件事。」他抬頭看著柯里警探。「我也一直在跟蹤他。」

他瞥了一眼凱特。凱特瞪大了眼睛看著他，他沒有告訴她這件事。

「那天晚上一點薩菲爾打電話給我時，她是這麼跟我說的。她說她不能回來，除非哈里森．強生被警方關起來。她說她害怕他會殺了她。所以她要我去監視他，看看有什麼足以讓警察逮捕他的發現，找到明確的證據顯示是他犯下那些猥褻案。我每天晚上出門就是為了跟蹤他，等著他做點什麼。任何舉動。」

凱特用力地嚥著口水。百感交集的情緒湧了上來：驕傲、恐懼、擔憂、愛；她覺得自己就要被淹沒。

「幾天前，我聽到他在電話裡跟對方說他週日下午約了一個女孩，準備帶她去看電影。我跟著他們一起進了電影院，觀察著他，他不斷在對那個女孩上下其手，她一直推開他，我看得出來她覺得他真的很煩人。電影結束後，他們離開了，我看到他試圖拉這個女孩離開大馬路往電影院後面走去，他表現得彷彿只是在跟她打鬧，但我覺得她並不這麼想。我越靠越近，真的很接近，太接近了。因為他注意到我了，然後像這樣把我壓著靠到牆上。」喬許在衣領附近握著拳頭。「他說他不知道我是誰，也不知道我想要什麼，但如果他再看到我在他附近閒晃，他會狠狠揍我一頓。他說，我認得出你的臉，蠢蛋，我記住你了。下次再讓我看到你，就受死吧。」

喬許停頓了一下。他舔了舔嘴唇，轉向凱特。「那就是我尿溼褲子的時候。」

一想到她如天使般的寶貝男孩被強壓在牆上，因嚇人的遭遇恐懼到不由自主地尿失禁。

想到他顫抖著雙手把濕臭的衣服塞進手提袋，難為情地塞進衣櫃的角落，凱特眼中盈滿了淚水。

「我說，你對薩菲爾做了什麼？他說，別跟我提那個婊子的名字。她是個骯髒的臭丫頭。我問，她人在哪兒？她到底他媽的在哪裡？他說，我去他媽的不知道。我祝福她最好自取滅亡。現在滾開，跟蹤狂。」

喬許垂下肩膀。然後他抬頭看著警探說，「我沒有逮到哈里森．強生的任何把柄。我真的很努力，非常努力。不管怎樣，妳可以去抓他嗎？不要讓他待在街上？這樣薩菲爾就可以回來了。拜託妳。」

57

薩菲爾

我身上每一寸肌肉都硬了起來，繃緊了每一根神經，緊張到寒毛直豎。原本就跳得很快的心臟開始狂飆。我可以看到他越來越靠近艾麗西亞，他加快了步伐。

我想，喔，不，你不會，哈里森．強生，**天哪，不，我不准你這麼做。**

我躲在陰影處等他經過，然後跑到他身後，用胳膊勾住他的脖子，把他摔壓在地上。他的身體在撞擊人行道時發出了令人滿意的爆裂聲。我把他固定在那裡一會兒，他的臉貼著地面，所以他看不到我。

「你想要什麼？」他說。

我把嘴湊近他的耳朵，近到可以聞到他的刮鬍水，剛剛抽過的香菸的餘味。

我在他耳邊低聲說話。我說，「想看看神奇的魔術嗎？哈里森．強生？」

我摘下我的無邊軟帽，一把塞進他的嘴裡，讓他叫不出聲。然後我伸手去抓他的手。他的右手。

我把它彎著，舉到他面前。

接著，我以非常緩慢的速度，依次將他在我十歲時放進我體內的三根手指逐一折斷。

每次他痛苦地喊叫時，我都會對他說，「哈里森，只有第一次會痛。就痛一下下。下一次你就會覺得很**神奇**了。」

「啊，」他一邊說，一邊捂著斷掉的手指，臉部因疼痛而扭曲，「啊，操，天啊。他媽的！」他設法翻身，把我壓倒在地上。他轉過我的臉，直視著我的眼睛。他抬起了手臂，似乎要打我，但眼神突然一陣迷茫，整個人癱倒在我身上。

我抬頭一看，有張天使的臉，背著路燈的光，一頭紅髮。是艾麗西亞。

「妳還好嗎？」她說。我看到她顴骨邊緣開始出現瘀青，那是羅恩打她的地方。

我把哈里森從身上推開，他開始蠕動，抓著斷掉的手指，呻吟著。

我看著艾麗西亞說，「妳**也**沒事吧？」

她茫然地看著我。「妳是誰？」

我說，「我們離開這裡吧。妳可以叫車嗎？」

她點點頭，從包包裡掏出手機。她的手顫抖著。

哈里森試圖站起來。他一拐一拐地跟著我，我抓起艾麗西亞的手，一起跑下山。

「我要殺了妳，薩菲爾．麥朵斯，」我聽到他在我身後怒喊。「下次再讓我見到妳，妳他媽的必死無疑。妳他媽的聽到了沒？**我會殺了妳。**」

計程車把我們載到艾麗西亞的公寓。我想告訴她我以前來過，我知道她住在四樓。但經過深思熟慮，我想即便沒有這些沒來由的加油添醋的敘述，這一晚的經歷對我們倆來說已經夠詭異了。

她的公寓真的很不錯。薄荷綠色的木腳沙發，靠背上有著裝飾鈕扣，白框書架上擺著時髦藝術品，很多植物，還有很多書。

艾麗西亞幫我們倆泡了茶，打開了幾包餅乾。拿起杯子時，我注意到自己的手在發抖。我放下杯子，用力地吸著氣。我在腦海中重演著哈里森・強生骨頭斷裂的感覺，骨頭發出了奇怪的喀擦聲響，就像安吉洛咬餅乾時的聲音。然後我想像他抓著受傷的手指，笨拙地回到他位於阿爾弗雷德街鐵軌旁的公寓。我看到他坐在皇家自由醫院的急診室，待了一段時間後離開，手上綁著某種塑膠布、夾板和繃帶，那些用來在手指癒合前幫助固定的材料。我想著，他要如何向大家解釋這一切？他會去報警嗎？我試著想像他對著那些剛從警校畢業的生嫩警員陳述，有個叫薩菲爾的女孩無故在黑暗的大街上壓倒他，折斷他的手指。目前我看不出來有發生這個場景的可能。

「妳準備好要告訴我妳是誰了嗎？」艾麗西亞問我。

「我是薩菲爾・麥朵斯。」我說。

「妳曾經是羅恩的病人？」

「嗯。」

我看到艾麗西亞快速地思考著，她聰明的大腦袋試圖釐清眼前的情況，但失敗了。

「那傢伙呢？」

「他是我之前認識的人。他傷害過我。所以我現在對他報仇。」

「他說如果他再見到妳，他會殺了妳。」

「是的。」我說。這就是問題所在。這就是為什麼我的手在顫抖。我終於透過讓加害者痛苦來消除童年的創傷，但這麼做也再次讓我曝露了自己，面對更多的威脅、恐懼和傷害。

「妳有住的地方嗎？」

我盯著我的手指。「我和我叔叔住在一起。」我說。

「那裡安全嗎？」

「不盡然，」我說。「我家離那個人住的地方很近。我的學校就在他公寓那條街的轉角。」

「妳今晚可以留在這裡，如果妳也想的話？」

我抬頭看了看艾麗西亞。她仍然因剛剛的哭泣而雙眼通紅，臉頰上被羅恩打的地方開始腫脹。我想，她像我現在需要她一樣也需要我的陪伴。於是我點點頭說，「謝謝。我很感謝妳願意讓我留下來。」

我在艾麗西亞那裡住了兩週。

這兩週當中，我克制著自己聯繫亞倫的衝動。我其實也不知道該怎麼解釋，我怎麼會對他做出這種事。我知道他一定會非常擔心我。我知道他會因此而痛苦。但每一天破曉時我都想著，不是今天，還不行，他可以再等一等，我很快就會回家。我每一天都以為那一天將是我躲藏起來的最後一天。那一天喬許會逮到哈里森・強生為非作歹的證據，他會被警察逮捕，我將能夠平安回家。

那段日子，時間對我沒有太大意義。沒有了那個需要化妝和上學的我，少了切換版本的斷點，我幾乎整天都保持在休眠狀態。我對於日常生活的本能反應有點錯亂，艾麗西亞得提醒我吃飯。我會在凌晨三點一片漆黑時醒來，以為已經是白天，而我瞎了。

艾麗西亞在最初幾天請了病假，盡全力關注於讓我安全和保持清醒。我的意識飄忽散亂，後來我對她傾訴一切，我從未告訴羅恩的關於我自殘的真正原因。

艾麗西亞比我大十二歲，在我們共度的那段日子裡，她更像是一位朋友，我想，那種我原本一直設法保持著一定距離的閨蜜型好友，而不是諮商師。艾麗西亞回去工作後，我一個人待在她的公寓裡。我甚至偶爾會想不起自己的名字。過去生活的片段像凌亂無序的幻燈片在我腦海中閃過。我有時會看到狐狸出現在房間角落，又或是聽見艾麗西亞的電視裡傳來喬許的聲音，前門外有小貓喵喵叫，潔思敏誇張的笑聲就在樓上。每次我閉上眼睛，哈里森・強生就從四面八方向我逼近，伸出手形成爪子，威脅要殺了我。

艾麗西亞下班帶回來的報紙頭版上出現了歐文・皮克的臉，讓我震驚到從奇怪的神遊狀態中瞬間清醒。我想，哦，不，不可以，不應該是這樣的。不是克萊夫。不是那個睡在破爛單人床上、有個惡毒女房東的可憐蟲。我覺得很內疚。

那天我差點兒就去了，差點兒就走進肯特鎮警察局，把真相和盤托出，好讓他們放了那個可憐蟲。但有件事阻止了我。同樣的事情阻止了我聯繫亞倫。那是一種預感，我感覺我必須讓情勢自然發展，結局已經近在眼前，一定會有好的結果，不知何故，我有預感這麼做是正確的。

在接下來的幾天裡，報上報導歐文・皮克是個非自願獨身者，在他房間的內衣抽屜裡找到了約會迷姦藥，正計畫著以此報復不想跟他上床的眾多女性。我在想，也許這是件好事？歐文・皮克現在不能去迷姦那些跟他出去約會的女性了，也許我的失蹤是件好事，讓一個壞男人因此被關起來。

艾麗西亞指著照片說，「看起來就是那種人，不是嗎？很典型？」

我點點頭說，「他確實是。」那天晚上我盡量不去想他，他那晚因酒意而無法對焦的眼神，他幫著我爬上屋頂時，踩在他穿著高級夾克的肩膀上的堅實感，還有他不停甩著蓋住眼睛的瀏海，好看清楚自己在做什麼時的那一派天真老實的模樣。

我也盡量不去想幾週前他喝醉時，我們在上坡路偶遇時令人心情愉快的短暫交談，我告訴他我的名字是珍，他說，「晚安哪，晚安，珍。」實在是個很可愛的人。我很努力地不去回想這些事。

星期二，我一身冷汗地從噩夢中驚醒。隨著腦袋清醒過來，夢的細節消失了，只記得幾個主要場景：亞倫在這個夢中死了，我的小貓也死了。

無疑地，這是我的心在吶喊，要我結束這一切，就是現在。我走進艾麗西亞的房間。已經快到早上七點，她的鬧鐘應該快要響了，所以我坐在她的床腳邊，動了動她的腳，吵醒了她。

我說，「妳今天可以去找警察嗎？告訴他們妳也在那裡？妳看見我了。歐文・皮克沒有傷害我。妳可以告訴他們妳看到我跑開了嗎？妳可以不用跟他們說妳知道我在哪裡。我不想讓妳惹上麻煩。只要告訴他們妳看到了什麼。告訴他們歐文・皮克沒有殺了我。拜託。」

第二天，艾麗西亞帶回了一份《標準晚報》，標題寫著，「薩菲爾一案嫌疑人已被釋放」。

我大力地在她的咖啡桌上攤平了報紙，快速地瀏覽著。

北倫敦警方今天釋放了他們逮捕的涉嫌綁架十七歲女學生薩菲爾·麥朵斯的主要嫌疑人。三十三歲的前大學講師歐文·皮克在一名新證人提供了新證據後被釋放，該證人聲稱能夠證明薩菲爾並未遇害，目前藏身於安全之處。至於失蹤原因則尚未透露。根據此一新證據，警方今天逮捕了一名來自查克農場的十八歲男子哈里森·強生，他涉嫌犯下當地一系列性侵害案件。強生之前曾因搶劫和偷竊等罪行被捕，目前正在接受訊問。

我看著艾麗西亞，我說，「妳跟他們說了哈里森·強生的事嗎？」

她搖頭。「沒有。」

我倒抽了一口氣，把頭往後一仰。「是喬許！」我說。然後我笑了。

接著，今天早上，艾麗西亞從辦公室打電話給我。她說，「他們已經起訴哈里森·強生。新聞報得鋪天蓋地的。有個小女孩出來作證說他襲擊了她，並且威脅說如果她敢對警察說什麼，就殺了她和她媽媽。結束了，薩菲爾，」她說，我能聽到她發自心底地微笑，真誠而美好的笑容幾乎將我融化，「結束了。妳可以回家了。」

58

亞倫的車停在艾麗西亞的公寓對街，他坐在車裡。我推開公寓大門走出來時，正伸手擋著陽光，一時沒注意到他。但是他看到了我，開門下了車。他快步走過來，在前院小徑的半途中迎向我，幾乎把我撞倒，他整個人撲上前，雙手環抱住我的肩膀，把臉埋進我的頭髮裡。

我也伸出雙臂摟著他，用力地抱住他，很用力，非常用力；比我過往對於任何事或任何人都要更堅定並用盡全力，我感受到他對我的愛，我想他很愛我，我知道我是被愛的。

他在哭，我意識到我也在哭。

「我很抱歉，」我說，感覺淚水滲進了他的外套。「對於這一切。讓你擔心。對你隱瞞。我傷到你了。我很抱歉。」

「沒關係，」他說。「不要緊。」

「我不是故意的……」我開口繼續，但不知道我自己到底想說什麼。

「沒關係，」他說。「真的沒關係。現在已經結束了。都過去了。」

我們分開來，亞倫看著我，凝視著我的眼睛。「我知道，」他說，「我一直都知道妳是安全的。我可以感覺到。」他握拳撫著自己的胸口。「就在這裡，我能感覺到。我和妳、妳的靈魂，彼此相連。我們是一家人，」他說。「不管發生什麼事情。我們永遠都是。懂嗎？」

我用袖子擦掉臉上的淚水，抬頭看著叔叔，這個超級大好人，我微笑著說：「我真的很想看看我的小貓咪。」

「嘿，妳離開的這段時間，牠長大了。牠現在就像一隻真正的貓。」

「牠有想我嗎？」

「牠當然想妳！我們都很想妳！」

我們爬上他那輛破車，我繫上好安全帶。

「亞倫，我可以跟你解釋一下這一切嗎？我能解釋一下到底發生了什麼事嗎？」

「妳隨時可以開口，」他說。「我們有很多時間。多到不可勝數的時間。但是首要之務，讓我先帶妳回家。好嗎？」

「好的，」我回答。「好。」

59 現在

歐文離開哈默史密斯訓練中心，過去兩週他每天都在那裡度過。現在是三月下旬。天氣晴朗。今天是他的三十四歲生日。他轉身向身後一個女人道別，她叫莉茲。她和他參加了同一個課程，所謂「職場員工和管理階層之性別平等教育和諮商」課。莉茲是伊靈圖書館的人力資源部經理。她在今年初負責處理了一件由兩名女性員工提起的職場性騷擾案件，顯然處理方式嚴重錯誤。經過兩週的角色扮演、相互詰問、課程影片和第一人稱自我闡述後，他們已經相當了解彼此。當然，歐文第一天早上走進門那一刻，所有人就已經知道他是誰。房間裡一陣騷動，呼吸聲清晰可聞。就是他，因殺害那個女孩被捕的男人，激進的非自願獨身者，色狼、變態、怪胎。他看到房裡所有女性微微退縮。

他被無罪釋放並不重要。女孩現身了並與家人團聚也不重要。不知為何，她在報紙頭版上的笑臉並沒有抵消掉他被登在頭版的醜怪照片。他的臉、他的名字，仍然具有某種影響力。他得花上數週、數月甚至數年的時間，才能消去他曾是這個國家最受唾棄的人的這段記憶。

警察找到了布林。他們將他帶回去接受訊問，那時他正離開當地的酒館，就在樹蔭濃密的住宅區的鴨塘對面。那是他們讓歐文回家的同一天。當然，他的名字不叫布林。他叫喬納森。他們在他的公寓裡發現了更多約會強姦藥物。大量的非自願獨身者激進理論的相關讀物、暴力色情內容。他的筆電中有部落格文章草稿。他的指紋與歐文那瓶藥丸上的指紋相符。他現在被列入了警方的觀察名單，被視為恐怖分子。這讓歐文很高興。

莉茲經過他身邊時對他微笑，她說，「再見，歐文。認識你真是太好了。我真心祝福你順利，一切都越來越好。我希望你能把那些過往拋在腦後。你是個好人，我很高興認識你。」她略吻了吻他的臉頰，捏了捏他的手臂。

他看著她衝過馬路，走向那部停著的車裡等她的人。她從車窗內向他揮手，他也向她揮了揮手。

這次的訓練課程讓他獲得很大的啟示。不僅是告訴他在工作場所應該如何表現，更讓他明白什麼是絕對不應該有的舉止；他開始理解女性在想什麼，什麼讓她們感到安心，什麼會讓她們不安，什麼玩笑可以開，什麼令人不舒服。

這個禮拜稍早，他們請了一位女士來談她被前雇主性騷擾的經歷。那位雇主起初看起來很友善，但過了一段時間後，她意識到他們每一次碰面的每一刻，無論他們在做什麼、討論什麼，他都只把她視為一個女人，而不是一個人。這完全戳中了歐文內心的想法。他意識到，他就是這樣。他和女性談話、見面或相處，腦袋裡想的都是，這是一個女人。他沒有一次不是這樣想的，每一次都是。

他舉手，請教她要如何讓自己不會再這麼做。

那位女士說，「你無法就停止這麼做，但你有意識地想要讓自己停止這樣思考，就表示你在和女性相處時還是只注意到了她的性別。唯一的辦法，」她說，「就是在發生時，承認自己確實有著這樣的反應。然後，繞過它。想想別的事情。對自己說，這是一個穿著紅色夾克的人。或者，這是一個有著北方口音的人。也許是，這是一個有著燦爛笑容的人。再或者，這是一個有問題需要我幫忙解決的人。面對你的反應。然後，繞過它。」她鼓勵地對他微笑，他馬上將她的建議付諸行動。他在和一個年輕、相當有魅力的女人交談時，想成在和一個穿著棕色鞋子的人說話。這個方法有用，它打破了魔咒。他對她微笑，然後說，「謝謝。真的很感謝妳。」

現在，只要等課程主管也認可他已通過評估標準，歐文就可以回到學校工作。他寫信向莫妮卡和梅西解釋，他並未期待得到她們的憐憫甚至理解，雖然他只喝了一點點酒，但還是會出現記憶片段不清的情況，他對於那個晚上的記憶與她們的大不相同。但是，他全心全意地相信並接受她們的版本。對於他讓她們感到不舒服，還有在她們鼓起勇氣說實話時，他卻提出質疑，對此他表示遺憾和悲傷。這是一封冗長的信件，但確實發自他的內心，並且是該做的事，他是這麼想的。這樣就沒有人會指責他只是為了找回工作而這樣做。他希望下週在課堂上能夠面對她們，並希望與她們之間建立起情誼，而不是決裂。

歐文搬出泰絲的住處。他暫時先在西漢普斯特德租了間套房。他很快就會想好新的人生規劃。短期而言，重要的是他得擺脫泰絲和她對他的有害看法。她試著假裝對他的離開表示難過，但其實不然。歐文現在有一張沙發，而不是扶手椅，有一張雙人床，不是單人床，他盡可能地將他的家有溫馨感。

他前往地鐵站，打算搭皮卡迪利線到考文特花園。就在他搭著手扶梯下地鐵站時，他拿出手機，找到迪安娜的號碼，發出了一則訊息：「剛上地鐵。二十分鐘後到。」他等了一下，看她會不會回覆。然後收到了訊息：「二十分鐘後見，壽星男！」

他關上手機，微笑著走進地鐵站，準備在生日這天和女朋友共進晚餐。

60

凱特將鑰匙插進她們位於基爾伯恩的房子前門上閃亮的新鎖中。她轉頭看看身後的孩子們。喬治雅推了她一把說，「繼續。繼續。繼續吧！」

她轉動鑰匙，推開門，就是這裡。她們的家。這是一個可愛的四月早晨，復活節假期剛過一半。搬家工人正從漢普斯特德的公寓出發，從包商第一次出現在這裡，經過了四百五十六個工作天，這裡再次完全屬於凱特。

陽光沿著完美無瑕的淡灰牆面灑下，在新上蠟磨光的地板上留下一灘金色的光。四處沒有任何一絲灰塵、污痕或雜物。這是一張美麗的空白畫布，正好適合新的開始。

喬治雅一陣驚呼。「看起來太棒了！」她說，衝上樓去看她的臥室。

凱特走到廚房，雙手撫過流理檯面的淺色木紋、淺灰色的榫接櫥櫃，以及閃閃發亮的陶瓷爐灶。她幾乎不記得之前的廚房長什麼樣子，兩者之間的變化實在太大。

凱特終於和羅恩分開了。二月那個早晨，當喬許來到她房間，對她說出他爸爸有外遇之後，凱特麻木地認為她可以繼續這樣下去。她以前這麼做過，她想，她可以再來一次，在表面上維持這段婚姻，直到孩子們過幾年後長大離家。但是，在薩菲爾失蹤事件戲劇化的轉折漸漸過去，生活再次回歸常軌後的某天早晨，那天她很早就醒了，俯身看著一旁熟睡著的丈夫的臉，他在睡夢中總是那麼平靜，臉上皮膚依舊光滑不見皺紋，隱約帶著一抹得意的笑容，她心想，關於你的一切都是假的。你騙了我三十年，我再也無法相信你了。

當她告訴他希望他離開時，他哭了。他哭著說他不能沒有她。他當然會這麼說。這是羅恩的典型說詞。但她很享受在這麼長時間被當成有妄想症的妻子後，取回權力主導地位的感覺。他休了一段長假，好平復最終得為自己的行為付出婚姻代價的創傷。他回到他父母位於萊伊鎮的小屋，住在客房裡。他經常打電話來，不斷說著他可以如何改變。但凱特不需要他改變，她只希望他讓她自己一個人過接下來的日子。

凱特接下來的日子要做什麼呢？上週，她訂下了尼斯登一家診所的治療室，等喬治雅考完中學會考，她會再次開始擔任全職的物理治療師。孩子們已經可以逐漸自立。喬許自從和薩菲爾成為朋友，變得比較開朗，凱特覺得她不再需要為了他一直待在家裡。而且，她將房子拿去二貸好支付原本羅恩該付的那一半貸款，她得有收入還貸款。她也需要廚房餐桌之外的生活，與家人之外的人們互動的刺激；家務事不再是她生活的唯一重心。

在喬許和警方談過之後，很多事情都歸位了。一切都巧妙地連結在一起。

事實證明，蒂莉確實有在她們家外面遭到襲擊，襲擊者是哈里森．強生，喬許和薩菲爾一直在跟監的那個男孩。蒂莉認出了哈里森。他在她的學校待過幾年，因偏差行為被退學送進特殊收容所。他的惡名昭彰，學校裡每個人都知道他。哈里森注意到她看他的眼神，意識到他也認識蒂莉，和她住同一層樓的鄰居是他朋友。一發現自己被認出來時，他用力抓住了她的手腕，在她耳邊低聲說，「我知道妳住在哪裡，懂吧，好好記住這一點。**我知道妳住在哪裡。**」他向她覆述了她的地址，然後沒入黑夜中。

哈里森．強生的故事有一段奇怪且令人不安的插曲；當他因一系列的襲擊事件被捕後，人們發現他十一歲曾在羅恩的診所接受過幾個星期的治療。命運的安排詭異地嚇人，哈里森・強生剛好就是羅恩幾週前提過的那個男孩，書寫了暴力強姦幻想的小男孩。這樣的巧合令人不安。

如喬許所說，一等哈里森因襲擊蒂莉被警方拘捕並被還押候審後，薩菲爾現身了。她沒有清楚解釋她去了哪裡，只是告訴警方，因為受到哈里森・強生的威脅，她很擔心自己的生命安全，所以她「和一個朋友在一起」。凱特將喬許帶到警察局後的第二天，薩菲爾回到她位於阿爾弗雷德街八樓的公寓，回到她叔叔和她的小貓身邊。報上各篇報導附了照片，微笑的薩菲爾・麥朵斯和她的小貓安吉洛。一個快樂的結局。

當然沒那麼簡單。

沒有什麼是完美的。即使是這棟房子，凱特想著，目光掃過屋內簡潔的陳設，也不是完美的。就在此刻，即便是這間剛進行補強和粉刷過的房間，她仍然看得出牆角處有一條大裂縫，而包商昨天才剛離開呢。

沒有什麼是完美的。這樣很好。凱特不需要完美。她只需要當下，此刻，此處，她們在空蕩蕩的、明亮的、帶著油漆味的房子裡來回穿梭的這一刻，夏天即將到來，她從 IKEA 訂購的庭院傢俱裝在紙箱裡等著被組裝起來，過去幾個月的冬季裡她一直在夢想的烤肉派對就近在眼前，她幾乎已經可以聞到甜甜的山胡桃木煙燻味了。

61 薩菲爾

我們都很清楚，沒有所謂幸福快樂的結局。

如你所知，我跟著亞倫平安地回家了。我克服了幽閉恐懼症，現在和小貓一起睡在床上，蓋著羽絨被。當我早上醒來時，我的床單依舊服服貼貼地，不會纏在我的腿上。儘管缺課兩週，我預估我的模擬考成績還是會很不錯。哦，還有，我交了個男朋友。一個喜歡了我很多年的人。不算是真的在談戀愛，不過感覺還不錯，你懂吧。我終於可以想像對某人敞開心懷、讓某人靠近，這樣真的很好。

艾麗西亞現在在另一家診所工作，不知道她當時究竟看上了羅恩什麼。我們成了好朋友，大約每週會一起喝杯茶閒聊。

我也和喬許保持聯繫。他說他的父母離婚了，這並不讓我感到驚訝。我為他媽媽感到高興；她看起來是那種生活重心全繞著丈夫打轉的女人，如今她可以自在地成為自己真正希望的樣子。羅恩似乎在精神上受到過大的衝擊，目前正在休假，和父母住在薩塞克斯郡的某個地方。

哈里森．強生因為對那個小女孩的作為而被收押候審。

還有我幾週前列出的名單上的其他兩次襲擊事件。當受害者在報紙上看到他的照片並確認他是襲擊者時，她們挺身而出。監視錄影機的影像顯示他出現在案件發生地點附近，他的指紋與一名受害者手提包上的指紋相符。所以，就這樣，我得到了我想要的，我得到了正義。我讓這個變態被逮捕了，現在全國都知道他是個爛人。

然後是歐文．皮克。我前幾天很奇妙地和他巧遇。他剛出地鐵站，而我正要進去。我們停下來說了一下話，我終於有機會向他道歉，因為我沒有早點去報警好讓他們知道他與我的失蹤無關。我說，「當時我的腦袋一片混亂。根本想不清楚是非對錯。」

他說，「明白，我懂妳的感覺。我也是。」他說他已經請求學校讓他回去上課，學校同意了。他已經不住在建築工地旁的那棟房子，並且打從出生以來首次有了自己的住處。他還說他交了一個女朋友。「才剛開始，」他說。「但到目前為止，進展得還不錯。」

我們在道別時擁抱了彼此，感覺就像是總算拼上最後一片拼圖。我離開他身邊，心想著，一切都結束了。所有事情都回歸正軌。

不對。

感覺還是有什麼不太對勁。跟情人節那個晚上，我在羅恩住處外面發生的事有關。待在艾麗西亞家的第一個晚上，我看了我從歐文車庫屋頂上拍攝的手機影片。我看了一遍又一遍。在羅恩的手打到艾麗西亞細緻的臉頰上時，我放大他臉上的表情，那個神情充滿了憤恨、怒火和陰沉。

我了解世界運作的方式。

男人會打女人。

女人也會打男人。

女孩會為了報復童年的虐待而折斷男孩的手指。

然而，羅恩是以醫治病人為業的男人，他毆打艾麗西亞時，臉上的表情卻冷酷地可怕。就像我跟喬許第一次聊天的那個晚上，他曾提出的問題：他的工作就是在治療其他人的心理問題，他是如何說服自己，讓自己所愛的人每天生活在痛苦之中？

那天晚上我把影片放給艾麗西亞看。她正用一包冷凍豌豆敷著顴骨上的瘀青。她被影片嚇壞了。我說，「去，艾麗西亞，這是什麼樣的男人？」

她說，「我不敢再去想這件事。」

我說，「什麼意思？」

她把那袋豌豆放到腿上。「他這輩子都戴著面具生活。今天晚上，我看到他的面具脫落了，讓我很恐懼。這讓我開始思考，」她說。「讓我開始回想一些事情。」

「什麼樣的事情？」

「一些他談論過的事。他想在床上做的事情。他說過的話。」

「比方？」

她拿起豌豆敷臉，輕輕搖著頭。「有次他被我撞見，」她說的時候呼吸有些急促，「我是在他的辦公室看到的。他正在……自慰。我取笑他，問他是不是在想我。他笑了，說當然是在想我。但是我的眼角餘光看到，薩菲爾，我看到他正在看病人寫的一篇文章，幻想強姦女人的文章。」

我瞪大了眼睛。

「看哪，」她說。「他就是那種人，妳知道嗎？如果妳仔細想想，他其實就是那種人，這樣妳就不會對他做的事感到太驚訝。如果妳看到面具後的真面目。他可能其實是個壞人，而不是好人。他可能根本不是什麼助人的救世主。」她停下來抬頭看著我。「他可能是個殘酷的獵食者。」

她說完這段話的時候，我一瞬間無法呼吸。

前幾天我回去看了羅恩舊住處對面，我曾經常駐足的那塊小空地，回憶著舊時光。看來終於要蓋新公寓了。建築工人們正在打地基，主樑已就位。整天都有人在，大門敞開，車輛進進出出。

我專屬的那一方空地，還有那時的和平與寂靜，如今已蕩然無存，包括那隻小狐狸。

現在，我坐在自己的床上，在這個明亮的四月晚上，抬頭望著天花板上有著心型圖案的粉色燈罩，我對當時選中它的那個八歲小女孩的感覺好多了，因為她長成了一個很棒的傢伙，知道怎麼折斷人的手指，能夠報復那個傷害她的人。我低頭看著安吉洛，不再是棄貓樣，牠長得很好，帶著一點點野性。我應該對這一切感到滿足才對，卻還是有什麼在我腦子裡嗡嗡作響。哈里森因三起性攻擊事件而被收押，但其他幾件則都有著不在場證明，看來可能一直不只有一個攻擊者。

我下床走到窗前，凝視著樓下廣場。然後我想起今年稍早的某個晚上，那天我也和喬許一起準備去跟監哈里森．強生。

真相如飛鏢直射我的胸膛。

「盡量不要讓自己引人注目。」那時我提醒他。

於是下次我們見面時，他穿著緊身褲和慢跑鞋，一件拉鍊夾克，一頂黑色無邊便帽。一開始我不知道是他，因為他的臉被只露出眼睛的那種頭套遮住了。等走近時，他把頭套拉下來，露出他的笑臉。

他說，「怎麼樣？夠隱蔽吧？」

我指著他的頭套大笑，「你從哪裡弄來這種嚇人的鬼頭套？」

他聳了聳肩。「從我爸的抽屜裡找到的。」

他又笑了。「來吧，」他說。「我們出發去狩獵吧。」

致謝

理論上致謝是為了感謝幫助你撰寫及出版這本書的人。這麼說來，我主要需要感謝的是我、我自己、我本人！在這一年大部分的時間裡，我確實都在沒有其他人提供意見或建議的情況下寫作，只有我和我打字的（那三隻）手指和我的異想世界。一直到全文寫畢，在沒有任何人協助的情況下打下了最後的句號。我沒有做研究，即使在應該做的時候，因為它會打亂我寫作的步調（所以我要為書裡面所有的錯誤道歉），而且我不喜歡在正寫作的時候，聽到太多編輯上的意見。

但是在我打下最後一個句號的那一刻起，所有這些神奇的人都出現了，默默地走進妳創造的想像世界，幫妳修整，讓這些文句看起來更漂亮：為它設計封面：和書店人員交涉，請他們把書賣掉；然後拿給國外的出版社，請他們同步出版。這些人讓這本書在書架上看起來變得很吸引人，這樣人們就會注意到它、購買它並閱讀它，寫一些關於它的好話來鼓勵其他人閱讀。他們會帶著妳去書店和圖書館和讀者碰面，他們會敦促朋友們看這本書，他們會寫信告訴妳這本書給他們帶來的感受。

所以當然這本書並非全部是我一個人完成的。如果是，這將只是我筆電裡面一份粗糙、含糊、荒謬的文件，裡面會滿是謬誤和錯字，現在也不可能會出現在你們手中。

感謝參與打造這本書的每一個人。感謝我的英國編輯賽琳娜、美國編輯琳賽，我的經紀人強尼和黛博拉，謝謝她們在寫作初期所提供的建議。感謝瑞芊妲．陶德的巧手排版，感謝路克、安娜和柯蒂斯．布朗經紀公司的電視電影部門將這本書推薦給製作人們，以及裘蒂和外國版權部將這本書介紹給各國出版社。感謝世界各地的銷售團隊將它送進書店，包括莎拉和她的行銷團隊，勞拉和她在英國的宣傳人員，以及美國的艾瑞兒和瑪麗亞，謝謝你們的大力宣傳，讓每個人都知道了這本書。感謝所有書商、圖書館員、讀者們和評論家們。

謝謝你們。

高寶書版集團
gobooks.com.tw

TN 286
隱身黑暗的少女
Invisible Girl

作　　者　麗莎・傑威爾（Lisa Jewell）
譯　　者　吳宜璇
主　　編　楊雅筑
封面設計　黃馨儀
內頁排版　賴姵均
企　　劃　鍾惠鈞

發 行 人　朱凱蕾
出　　版　英屬維京群島商高寶國際有限公司台灣分公司
　　　　　Global Group Holdings, Ltd.
地　　址　台北市內湖區洲子街88號3樓
網　　址　gobooks.com.tw
電　　話　(02) 27992788
電　　郵　readers@gobooks.com.tw（讀者服務部）
傳　　真　出版部　(02) 27990909　行銷部 (02) 27993088
郵政劃撥　19394552
戶　　名　英屬維京群島商高寶國際有限公司台灣分公司
發　　行　希代多媒體書版股份有限公司/Printed in Taiwan
初　　版　2021年 11 月

國家圖書館出版品預行編目(CIP)資料

隱身黑暗的少女/麗莎.傑威爾(Lisa Jewell)著；吳宜璇譯. -- 初版. -- 臺北市：英屬維京群島商高寶國際有限公司臺灣分公司, 2021.11
　面；　公分. -- (文學新象；TN 286)

譯自：Invisible girl

ISBN 978-986-506-269-9(平裝)

873.57　　110016998